Michael Bres
Martin Springenberg

Mein Schwein pfeift

Ein Münsterlandkrimi

Ullstein

Besuchen Sie uns im Internet:
www.ullstein-taschenbuch.de

Mix
Produktgruppe aus vorbildlich bewirtschafteten Wäldern und anderen kontrollierten Herkünften
www.fsc.org Zert.-Nr. GFA-COC-001278
© 1996 Forest Stewardship Council
FSC

Dieses Taschenbuch wurde auf FSC-zertifiziertem Papier gedruckt.
FSC (Forest Stewardship Council) ist eine nichtstaatliche, gemeinnützige Organisation, die sich für eine ökologische und sozialverantwortliche Nutzung der Wälder unserer Erde einsetzt.

Originalausgabe im Ullstein Taschenbuch
1. Auflage Dezember 2010

Umschlaggestaltung: HildenDesign, München
Titelabbildung: © Felix Eckardt
Satz: Pinkuin Satz und Datentechnik, Berlin
Gesetzt aus der Adobe Garamond
Papier: Pamo Super von Arctic Paper Mochenwangen GmbH
Druck und Bindearbeiten: CPI – Ebner & Spiegel, Ulm
Printed in Germany
ISBN 978-3-548-28287-9

I

Mit einem diabolischen Grinsen hielt er einen Revolver an Karin Schumanns Schläfe und drückte ab. Benommen vom fürchterlichen Knall, sah ich, wie sie blutüberströmt zu Boden sank.

»Ganz ruhig, ganz ruhig«, versuchte ich zu retten, was nicht zu retten war, denn von Ruhe konnte keine Rede mehr sein. Mit einem Aufschrei wechselte er die Knarre in die linke Hand und zielte auf mich.

»Verrecke, du Judas!« Dann betätigte er den Abzug.

Begonnen hatte alles bei LUM. Das Kürzel stand für »Lebensmittel und mehr«. Hatte heutzutage nicht jede zweite Firma den Namenszusatz »und mehr« – wenn auch meist auf Neudeutsch? Das sollte Interesse wecken, die Neugier reizen, neue Kundengruppen anlocken wie eine Eier legende Wollmilchsau. Blickte man jedoch hinter die Kulissen des Slogans, wurde einem schnell klar, dass sich dieses »mehr« auf eine zusätzliche Schaschliksauce in der Pommesbude oder einen dreihundertprozentigen Nachtzuschlag beim Schlüsseldienst beschränkte. Ein leeres Wort also wie »Krise«. Ich glaubte keinem der Wirtschaftsweisen, Fernsehkommentatoren und anderen Propheten, die Deutschland und die Welt in den Abgrund reden wollten. Konnte man wirklich von Krise sprechen, wenn Sir Elton Johns Vermögen von fünfundsiebzig auf dreißig Millionen schrumpfte?

Ich jedenfalls blickte voller Optimismus in die Zukunft, auch wenn sich tatsächlich nicht leugnen ließ, dass eine Konjunkturdelle ein kleines Loch in meinen Kontostand gefressen hatte. Kein Grund zur Panik, denn normalerweise profitierte das Privatschnüfflergewerbe von trüben Zeiten. Unternehmer brauchten uns, um die schwarzen Schafe aus der Arbeitnehmerschar auszusortieren. Die Behörden brauchten uns zur Überführung emsiger Hartz-IV-Schnorrer und die Politiker, um dunkle Flecken auf den Westen der Konkurrenten sichtbar zu machen.

Um aus eigener Initiative die Talsohle zu verlassen, hatte ich bei besagter Dülmener Discounter-Filiale als Ladendetektiv angeheuert. Die kärgliche Bezahlung reichte zumindest aus, um meine laufenden Kosten zu decken. Bei dieser Kette meinte das »mehr« übrigens allerlei Ramsch wie von indonesischen Kinderhänden liebevoll gewebte Kleidung, von rumänischen Strafgefangenen sorgfältig konstruierte Tupperimitate und von deutschen Dumpinglohnempfängern gefertigte Haushaltsgeräte. Made in Germany, das zählte noch was. Ein automatischer Apfelschäler für einen Euro konnte so verkehrt nicht sein, dachten viele Kunden, und das war LUMs Geschäft.

Meine Tätigkeit stellte sich ziemlich schnell als trostloser Job heraus. Stundenlang auf Überwachungsmonitore glotzen und mindestens fünf Langfinger pro

Schicht liefern. Aber wie konnte ich diese Quote erfüllen, wenn die Leute zu wenig klauten? Im Grunde war der Westfale ein ehrlicher Knochen. Leider, musste ich aus geschäftlicher Sicht konstatieren.

Immerhin schnappte ich in meiner ersten Woche um die zwei Schwerverbrecher pro Tag. Meistens Schülerinnen, die fürchteten, ohne den neuesten Lippenstift nicht hip zu sein, oder pickelige Jungen, die sich als Mutprobe einen Kümmerling in die Hosentasche steckten. Während die Mädels sich zumindest die Seele aus dem Leib heulten, wenn ich sie der Polizei übergab, rotzten die Kerle auf meinen Schreibtisch und behaupteten, als Rache exotische Sexualpraktiken mit meiner Schwester, Mutter oder Oma auszuüben. Was waren das für Knilche, bei denen sogar Super-Nanny Katja Saalfrank kläglich versagen würde? Mit einem Eintrag im polizeilichen Führungszeugnis waren sie die Helden der Clique. Die Zeiten änderten sich; nicht immer zum Besten. Mein Fazit: Es machte keinen Spaß.

Ich redete mir ein, dass bestimmt bald ein Klient seine von der Last der schweren Geldbörse gehemmten Schritte in meine Bulderner Detektei lenken würde, denn nach Heraklit musste jeder gegenwärtige Zustand unausweichlich über kurz oder lang ins Gegenteil umschlagen.

Doch der Umschwung ließ auf sich warten. Der nie vorhanden gewesene Elan ließ nach, und ich strapazierte meine Augen lieber mit einer Dostojewski-Schwarte als mit Hausfrauen, die Deoroller in BHs verschwinden ließen.

Ich nahm einen Schluck Kaffee aus meiner Rot-Weiß-Essen-Tasse und blickte flüchtig zum Monitor.

Meine Augen wollten sich wieder am Logo meines Lieblingsvereins erfreuen, bewegten sich jedoch zwanghaft zurück. Heike Brand, eine der Kassiererinnen, durchwühlte einen Ramschtisch. Ihre Zivilkleidung ließ darauf schließen, dass sie Feierabend hatte. Nichts Besonderes, mochte man denken. Allerdings stand Supermarktleiter Heiko Wimmer direkt hinter ihr und stopfte einen grün gepunkteten BH in ihre Einkaufstasche. Mit einem fetten Grinsen verschwand er aus dem Bild.

Was war denn das?

Wenige Minuten später sollte ich es erfahren, denn da kam Wimmer in mein Büro gestürmt. Er war ein feister Mann Mitte vierzig, der den Verkauf von Lebensmitteln nicht als Job, sondern als Mission sah. In seiner Freizeit schrieb er Gedichte über Gemüse, Geflügel und Tiefkühlkost, die er in lokalen Anzeigenblättern veröffentlichte. Seine Kopfform hatte was von einem Dreieck: schmale Stirn, breiter Mund. Dabei glänzte seine Haut immer speckig, was auf übermäßigen Genuss von Produkten der Fleischtheke zurückzuführen war. Ließ man den Blick vom Gesicht abwärts schweifen, folgten eine schmale Brust und ein kugelförmiger Bauch, der bei Verzehr einer weiteren Salami seinen LUM-Kittel sprengen konnte.

»Sind Sie eigentlich blind, Nannen?«, prustete er nach Luft ringend los.

»Pardon?«

»Hier wird geklaut, was die Raben übriglassen, und der Herr Ladendetektiv trinkt Kaffee. Noch dazu aus der Tasse dieses Loservereins«, fauchte er. »Wo spielen die jetzt, dritte Liga?«

»Regionalliga«, gestand ich zähneknirschend.

»Ist auch egal. LUM-Mitarbeiter sind Schalker, denn Schalke ist eine Religion. *Blau und weiß, wie lieb ich dich, blau und weiß, verlass mich nicht, blau und weiß ist ja der Himmel nur, blau und weiß ist unsere Fußballgarnitur*«, grölte er so laut, wie falsch. »Aber genug der Lebenshilfe. Wann gedenken Sie eigentlich, Ihre Arbeit zu tun? Unsere fürstlichen Gehälter sind nicht fürs Kaffee-Schlürfen.«

»Mir entgeht hier nichts, Herr Wimmer. Wenn jemand die Finger lang macht, bin ich zur Stelle. Aber zu starke Präsenz im Verkaufsraum halte ich für kontraproduktiv.«

»Papperlapapp«, winkte er ab. »Hören Sie jetzt genau zu, Nannen. Schon seit geraumer Zeit habe ich eine unserer Kassiererinnen im Verdacht, die Firma zu bescheißen. Und was soll ich sagen: Gerade habe ich beobachtet, wie sie ein Wäschestück in ihre Tasche gesteckt hat. Hat mir nicht den Anschein gemacht, als wollte sie dafür bezahlen. Gehen Sie sofort raus, und durchsuchen Sie die Dame. Heike Brand, die müssten Sie ja kennen«, deutete er auf den Monitor, wo die vermeintliche Diebin Richtung Ausgang schlurfte.

»Meinen Sie den BH, den Sie ihr untergejubelt haben?«, ließ ich Fjodr unauffällig unter meinem Schreibtisch verschwinden.

»Die Frau will einen Betriebsrat installieren«, zeigte Wimmer nicht den Hauch von Verlegenheit. »Ich habe strikte Anweisung, sie aus unserer Firma zu entfernen. Ohne LUM würden die Leute von der Stütze leben, aber von Dankbarkeit keine Spur. Die Frau muss weg, die stört den Arbeitsfrieden. Also, Meister, wenn wir die Alte entlassen können, gibt's einen Bonus. Wenn nicht, finden Sie sich auf der Straße wieder. Hab ich mich klar ausgedrückt?«

»Lassen Sie mich draußen eine rauchen und darüber nachdenken, okay?«, entgegnete ich frostig.

»Dafür ist ja wohl keine Zeit«, schrie Heiko und stürzte aus meinem Kabuff in den Verkaufsraum. Auf meinem Monitor sah ich, wie er die arme Lady kurz vor der Kasse schnappte und triumphierend das angebliche Corpus delicti ans Tageslicht beförderte. Grinsend blickte er in die Kamera und fuhr sich mit der flachen Hand quer über die Kehle. Abserviert.

Ich wechselte das Überwachungsvideo, schnappte mir die Zigarettenschachtel und spazierte an den beiden vorbei nach draußen. In der Pommesbude auf der gegenüberliegenden Straßenseite arbeitete eine gute Bekannte, der ich das Tape in die Hand drückte. Dann schnell ein wenig Lungenmassage betrieben und wieder zurück in den sympathischen Discounter-Schuppen.

Von Heiko und Frau Brand war nichts zu sehen, also zurück in meine Box. Den Rest der Schicht widmete ich als zuverlässiger Arbeitnehmer meinem Buch. Punkt sieben packte ich Dosto und Kaffeetasse in meine Aktentasche und bewegte mich in Vorfreude auf den Feierabend auf die Tür zu. Doch bevor ich die Hand auf die Klinke legen konnte, wurde sie von außen aufgerissen. Wimmer.

»Folgen Sie mir in mein Büro«, befahl er und marschierte voran. Das verhieß nichts Gutes.

Und tatsächlich: Drei Herren in dunklen Anzügen saßen aufgereiht an einem Besprechungstisch, auf der anderen Seite ein leerer Stuhl.

»Setzen Sie sich, Herr Nannen. Mein Name ist Kopp, ich bin Mitglied der Geschäftsführung.«

»Balger, Human Resources«, stellte sich der nächste Anzug vor. »Meews, Legal Affairs«, kannte ich jetzt auch den Dritten im Bunde.

»Ich stehe lieber«, konnte ich mir ein innerliches Grinsen nicht verkneifen. Meinten diese Kasperköpfe, mich beeindrucken zu können?

»Sie sind Arbeitnehmer der LUM AG. Als solcher sind Sie weisungsbefugt. Setzen«, herrschte mich Meews an.

Was soll ich sagen: Ich blieb trotzdem stehen. Die drei sahen sich an, ohne eine Miene zu verziehen.

»Sie haben gegen Ihre Arbeitspflichten verstoßen. Obwohl Herr Wimmer Sie darauf hingewiesen hat, dass eine unserer Mitarbeiterinnen im Begriff war, Waren zu entwenden, hielten Sie es nicht für notwendig, diesem Verdacht nachzugehen und die Firma vor Schaden zu bewahren.«

»Sie haben unser Unternehmen durch Ihre Untätigkeit erheblich geschädigt«, übernahm Kopp das Zepter. »Sie werden sicher verstehen, dass wir Mitarbeiter, die den Firmengrundsätzen keine Priorität in ihrem Interessenportfolio einräumen, hier nicht gebrauchen können.«

Dieses Rumgeschwalle wurde mir allmählich zu bunt: »Wissen Sie was, meine Herren: Sie schicken mir eine sofortige Kündigung mit einer Abfindungszahlung von sechs Monatsgehältern, dann sind wir quitt.«

War ganz schön laut, als vier Kinnladen auf den Tisch knallten.

»War's das?«, hatte Kopp als Erster die Sprache wiedergefunden. Kein Wunder, dass er in der Geschäftsführung saß.

»Nicht ganz: Weiterhin verlange ich, dass Sie Frau Brand wieder einstellen, und zwar zu verbesserten Bezügen, sagen wir mal: plus zehn Prozent.«

Das anschließende Gelächter verstummte abrupt, als ich den Comedian Harmonists von dem in Sicherheit gebrachten Video berichtete. Mir wurde zwar noch ein wenig gedroht, von wegen Diebstahl von Firmeneigentum und so weiter, aber letztendlich mussten sie in den sauren Apfel beißen und meine Forderungen erfüllen.

Gnädigerweise gab ich ihnen eine Woche Zeit für die Überweisung der Abfindung, dann machte ich die Bürotür von außen zu. Ein Hoch auf die Selbständigkeit, dachte ich erleichtert, als ich auf den Bürgersteig trat.

Zu Hause hörte ich den Anrufbeantworter ab. Eine ältere Dame schluchzte, dass ihr heißgeliebter Wellensittich entflogen wäre. Sie würde ihre kompletten Ersparnisse opfern, um den Ausreißer zurückzubekommen. Glücklicherweise hatte sie vergessen, ihre Telefonnummer zu hinterlassen. So blieb es mir erspart, sie von der Aussichtslosigkeit dieses Unterfangens überzeugen zu müssen.

Die zweite Botschaft stammte von meinem Freund Klaus Lindner, einem Münsteraner Rechtsanwalt. Ich sollte ihn schnellstmöglich zurückrufen. Was ich schnellstmöglich tat, nämlich sofort.

Obwohl Lindner in einer wichtigen Sitzung mit einem Mandanten festsaß, wie mir seine Sekretärin versicherte, konnte er sich augenblicklich loseisen, als er hörte, wer am Apparat war. Schien wichtig zu sein.

»Gut, dass du anrufst. Ich stecke in der Klemme.«

»Lass mich raten: Dein Pudel wurde von Marsmenschen entführt, und ich soll ihn wiederbeschaffen. *Matula* steht zu Diensten.«

»Ich bin nicht zu Scherzen aufgelegt«, drang es aus der Muschel. »Hast du von dem Prominentenfußballspiel gehört?«

»Beckenbauer hat beim Stammtisch so was verlauten lassen.«

»Heute spielt eine Prominentenelf gegen den FC Dülmen für einen guten Zweck. Krebshilfe, glaube ich. Bürgermeister Schlemmbach, der Schirmherr der Veranstaltung, ist einer meiner besten Mandanten. Er hat mich gebeten mitzukicken.«

»Und wegen des guten Zwecks hast du deinem Herzen einen Stoß gegeben und zugesagt.«

»Ähm, ja. Dummerweise wurde ein Prozesstermin vorverlegt. Die Verhandlung kann ich auf keinen Fall sausen lassen. Das Spiel genauso wenig, denn das würde Schlemmbach mir nie verzeihen.«

»Und ich soll deinen Mandanten vor Gericht vertreten. Kein Problem, schick mir die Akten rüber.«

»Lass die Scherze. Hattest du nicht erzählt, dass du früher Fußball gespielt hast?«

Das stimmte. Ich war eines der vielversprechendsten Stürmertalente des Essener Südens gewesen. Als ich mich beim FC Bredeney sportlich unterfordert gefühlt hatte, war ich zu Schwarz-Weiß, später als Karrierehöhepunkt in die A-Jugend von Rot-Weiß gewechselt. Leider hatte mein Knie nicht mitgespielt und damit den jugendlichen Hoffnungen auf Reichtum und Ruhm ein jähes Ende bereitet.

Während des Betriebswirtschaftsstudiums hatte ich mich noch zwei Jahre beim Kreisligisten Essen-Kray fit gehalten, doch wer einmal Profiatmosphäre geschnuppert hat, verspürt wenig Lust auf die Tretereien in den unteren Ligen. Also hatte ich die Stollenschuhe an den Nagel gehängt und nur noch einmal im Monat mit Freunden auf einem Ascheplatz neben einer stillgelegten Zeche gebolzt. Lang, lang war's her, dachte ich wehmütig.

»Ich hätte schon Lust, aber bin ich denn prominent genug?«

»Dein Name steht öfter in der Zeitung als meiner. Hauptsache, Schlemmbach hat elf Männer auf dem Platz. Du spielst also mit?«

»Ich lasse keinen Freund im Stich. Wann steigt das Spektakel?«

»Um fünf im Westfalenstadion am Hermann-Löns-Weg.«

Nachdem Lindner zugesichert hatte, sich bei Gelegenheit zu revanchieren, legten wir auf. Es war natürlich reizvoll, wieder vor das runde Leder zu treten, aber noch mehr entzückte mich die Aussicht, Kontakte zur Dülmener High Society knüpfen zu können. Diese Leute hatten einen Haufen Probleme, die nur ein Privatdetektiv lösen konnte. Meine Aufgabe würde darin bestehen, ihnen diesen Tatbestand begreiflich zu machen.

Ich studierte meine Armbanduhr: Bis zum Spiel war noch genug Zeit, mich meinem Garten zu widmen, und das war wegen der tropischen Hitze auch dringend nötig. Im Frühjahr hatte ich nämlich Gemüsebeete angelegt und Beerensträucher gepflanzt, die zu verdursten drohten.

Wer jetzt vermutet, ich wäre vom Fast-Food-Gourmet zum Schlabberpulliöko mutiert, irrt gründlich. Der alleinige Grund für diese Wahnsinnstat war Karin Schumann, meine attraktive Nachbarin und Besitzerin eines Biogemüsehofes.

Nach meinem letzten großen Fall hatte ich mit ihr und meinem Kumpel Peter Grabowski nebst dessen neuer Flamme Renate eine Kreuzfahrt in die Karibik unternommen. Leider hatte sich kurz nach dem Ablegen herausgestellt, dass Karin unter Seekrankheit litt. Während Peter und Renate auf dem Achterdeck herumschäkerten, musste ich Handtücher befeuchten, Medikamente auftreiben und die Kotzschüssel bereithalten.

Auch an gemeinsame Landausflüge war nicht zu denken, da die Biobäuerin die Zeit ohne Seegang zum Schlafen nutzte. Diese wenigen unbeschwerten Stunden verbrachte ich mit hochprozentigen Getränken in den Hafenkaschemmen. Wenn ich dann mit deutlicher Schlagseite an Bord zurückkehrte, jammerte meine bessere Hälfte, dass sie mir den ganzen Urlaub verderben würde. Obwohl ich vehement beteuerte, dass dies nicht der Fall war, bekam sie Depressionen, die ihr dann wieder auf den Magen schlugen, und so weiter und so fort.

Als wir endlich wieder europäisches Festland erreicht hatten, machte Peter seiner Renate einen Heiratsantrag. Die Trauung wurde noch am selben Tag in einer holländischen Kapelle vollzogen. Auf der Rückfahrt vergoss Schumann Millionen von Tränen, weil sie dieses Glück nicht fassen konnte, und nannte mich sogar einen schrecklich netten Kerl. Leider hätte ich eine Menge Angewohnheiten, die ihr Sorgen bereiten würden. Zum Beispiel würde ich kaum frisches Gemüse essen und wüsste nicht mal, wie man Obst schrieb.

Um das Fazit aus diesem Gespräch und der misslungenen Reise zu ziehen: Ich wurde verdonnert, Gemüse und Beeren zu züchten.

Nach dem Anlegen des Nutzgartens hatte ich in meinem jugendlichen Leichtsinn gedacht, dass die Plackerei vorbei wäre. Dies hatte sich schnell als Irrtum herausgestellt. Der April brachte tropische Hitze mit sich, und die Blätter des Johannisbeerstrauchs verfärbten sich bräunlich, wie Karin bei einem Kontrollgang bemerkte. Daher musste ich jeden zweiten Nachmittag eine Pipeline von der Waschküche zum Garten legen, um das verhasste Grünzeug zu bewässern.

Während ich mit dem Schlauch durch die Plantage wanderte, dachte ich mit Beklemmung an die bevorstehende Erntezeit. Ich verspürte nicht die geringste Lust, zwischen Brechbohnen und Kopfsalat auf dem Boden herumzukriechen, also musste ich mir dringend etwas einfallen lassen.

Nach getaner Arbeit warf ich den Kaninchen einige Handvoll Löwenzahn ins Gehege und machte mich dann auf die Suche nach dem Nagel, an dem die Fußballschuhe hingen.

2

Um zehn nach vier traf ich im Westfalenstadion ein. Bis auf den Namen hatte diese abbruchreife Ruine nichts mit dem Dortmunder Prachtbau gemein. Unter der Tribüne hingen verblasste Werbeplakate aus den Fünfzigern. Im weiten Rund waren genug Steine abgebröckelt, um die Chinesische Mauer wiederaufzubauen. Der Rasen hatte ebenfalls schon bessere Zeiten gesehen. Man musste schon sehr genau hinschauen, um die grünen Flecken im braunen Sand zu entdecken.

Obwohl es noch eine Dreiviertelstunde bis zum Anpfiff war, hatten sich bereits um die fünfhundert Zuschauer eingefunden. Die meisten standen in kleinen Grüppchen im oberen Tribünenbereich und schlürften Sekt. Ein Schild wies diesen Sektor als VIP-Bereich aus.

Ich zeigte dem Kassierer meine Fußballtreter und wurde in die Katakomben geschickt. Dort erwartete mich ein Mann, der es zwar nur auf einen Meter sechzig Größe, dafür aber auf einen Doppelzentner Gewicht brachte. Er trug einen blauweiß gestreiften Trainingsanzug, um seinen Hals baumelte eine Trillerpfeife. Bei meinem Anblick strahlte er wie ein Kind bei der Weihnachtsbescherung.

»Sie sind Langen, unser Rechtsaußen?«

»Nur sportlich. Außerdem heiße ich Nannen.«

»Den Witz muss ich mir merken. Darf ich mich vorstellen? Fritz Schlemmbach, hauptberuflich Fußballtrainer, nebenberuflich Bürgermeister dieser Stadt mit Herz. Wussten Sie, dass Dülmen die Stadt mit der niedrigsten Selbstmordrate Deutschlands ist? Und warum? Ich verrate es Ihnen: Weil die Leute zufrieden sind. Und warum sind sie zufrieden? Weil meine Partei seit vierzig Jahren das Ruder fest in der Hand hält.«

Er grinste wie Buddha und musterte mich wohlgefällig. Dann kniff er mich verschmitzt in die Wange.

»Noch ein guter Tipp von einem, der es wissen muss: Schlemmbach wählen heißt auf Fortschritt zählen. Machen Sie bei der nächsten Wahl Ihr Kreuz an der richtigen Stelle.« Allmählich ging mir der Knabe auf den Senkel. »Lassen Sie uns zur Mannschaft gehen. Vom vielen Reden habe ich eine trockene Kehle bekommen, und dort steht eine Kiste Bier.«

Er schritt durch den Gang, wobei er Hände schüttelte, Kusshände warf und Babys über den Kopf streichelte. Vor einer Tür mit der Aufschrift »Gäste« blieb er stehen.

»Was machen Sie beruflich?«

»Privatdetektiv.«

»Ah, genau. Ich habe Ihre Arbeit stets bewundert«, klopfte er begeistert auf meinen Rücken, als wüsste er wirklich, wer ich war.

Wir traten ein. Schlemmbach blies kräftig in die Trillerpfeife und zog die Aufmerksamkeit von einem Dutzend Augenpaaren auf sich.

»Jungs, ich möchte euch den Sportkameraden Langen vorstellen. Er verstärkt unsere Angriffsreihe, da Lindner ausgefallen ist. Gleichzeitig habt ihr die Ehre, den besten Privatdetektiv unserer Stadt kennenzulernen. Besonders beeindruckend fand ich seine Ermittlungsarbeit im Fall …«

Er sah mich hilfesuchend an.

»Rudolph.«

»Perfekt. Der Name lag mir auf der Zunge. Schnappen Sie sich ein Trikot, und ziehen Sie sich um.«

Zuvor schüttelte ich die Hände meiner Mitspieler. Es handelte sich um Geschäftsleute, Handwerksmeister und kleinere Industrielle. Die meisten kannte ich von Bildern im *Dülmener Kurier*. Persönlich war ich bisher nur einem begegnet: Ludger Reichert, Polizist und persönlicher Intimfeind.

»Wenn Sie so Fußball spielen, wie Sie ermitteln, werden wir dreistellig verlieren«, konnte er seine Begeisterung über mein Mitwirken schwer verbergen.

»Machen Sie sich keine Sorgen. Da der Polizeiapparat trotz einiger unfähiger Kollegen seit Jahrzehnten existiert, habe ich Hoffnung, dass unsere Mannschaft die neunzig Minuten überstehen wird.«

Schlemmbachs Pfiff beendete das angenehme Gespräch.

»Leute, wir haben nichts zu verlieren. Der FC spielt in der Westfalenliga und hegt berechtigte Ambitionen, in die NRW-Liga aufzusteigen. Ziehen wir uns achtbar aus der Affäre. In wochenlanger Arbeit habe ich eine Taktik ausgetüftelt, mit der wir unserem Gegner ein Bein stellen können: hinten dicht und vorne flexibel. So haben die Schalker früher ihre Meistertitel geholt.«

Er nahm ein Stück Kreide und zeichnete sein Spielsystem auf die Tafel. Was ich bisher nur vermutet hatte, wurde schnell Gewissheit: Der Mann hatte null Ahnung. Selbst Berti Vogts wäre nie auf die Idee gekommen, mit Sechserabwehrkette und vier rochierenden Stürmern zu agieren. Auf meine Frage, wie die Bälle ohne Mittelfeld in den gegnerischen Strafraum gelangen sollten, entgegnete Schlemmbach, dass wir nur auf Querschläger zu lauern bräuchten. Chancen würden sich zwangsläufig ergeben.

»Klinsmann hat mir den Tipp gegeben, Wert auf Fitness zu legen. Aber die Konditionstrainer sind leider zu spät eingeflogen worden«, wurde er ernst. Einige nickten begeistert, als würden sie Schlemmbachs Ammenmärchen glauben.

Perfekt vorbereitet verließen wir die Kabine; unser Gegner wartete schon. Auf den grünweißen Trikots der Dülmener prangte der Slogan »Sauber mit Schlemmbach-Seife«. Der Bürgermeister schien überall seine Finger im Spiel zu haben.

»Bist du nicht Dieter Nannen?«, musterte mich einer der Dülmener. »Natürlich, du bist es.«

Freudestrahlend reichte er mir die Hand. Die hatte ungefähr mein Alter.

»Leider kann ich mich nicht erinnern, dich schon mal gesehen zu haben.«

»Ich dafür umso besser. A-Jugend Niederrhein, Rot-Weiß gegen Hamborn. Du hast uns damals zwei Buden reingezimmert.«

Mir dämmerte es: »Angelo Küppers, du hast das Gegentor erzielt. Ich weiß noch, was uns der Trainer für eine Standpauke gehalten hat.«

»Das ist zehn Jahre her. Heute trifft man nicht mehr so oft ins Schwarze. Wo spielst du jetzt?«

»Bin leider Sportinvalide. Reiner Zufall, dass ich heute dabei bin. Mein Geld verdiene ich als Privatdetektiv. Und selbst?«

»Dynamic Brand Manager in Schlemmbachs Seifenfabrik. Eine hochgestochene Bezeichnung für jemanden, der Papier in die Kopierer füllt.«

»Du bist Detektiv, sagtest du?«, wirkte er auf einmal nachdenklich.

Ich antwortete mit einem wortlosen Nicken.

»Kann ich dich nach dem Spiel kurz sprechen? Es gibt eine Angelegenheit, in der ich Hilfe brauchen könnte.«

»Okay. Um sieben am Stadionausgang.« War dies das Ende meiner Arbeitslosigkeit?

Jetzt hieß es aber zunächst, sich auf das Spiel zu konzentrieren, denn der Schiedsrichter forderte uns auf, den Platz zu betreten. Die inzwischen auf bestimmt viertausend Zuschauer angewachsene Menge klatschte freundlich Beifall.

Während Schlemmbach mit einem Mikrophon in der Hand an die Fans appellierte, sich für keine noch so geringe Spende zu schämen, änderte Fridolin Reppert, Ratsherr und unser Kapitän, in Absprache mit mir Schlemmbachs Taktik. Indem wir jeweils zwei Abwehrspieler und Angreifer ins Mittelfeld beorderten, hofften wir, das Schlimmste zu verhindern.

Die erste Viertelstunde lief gut für uns. Da meine Mannschaft sich komplett an den eigenen Strafraum zurückgezogen hatte und die Temperaturen deutlich über dem Gefrierpunkt lagen, kickten die Dülmener nur lustlos im Mittelfeld herum. Als einem der Gegner durch übertriebene Lässigkeit der Ball versprang, grätschte ich dazwischen, durchquerte ungestört das Mittelfeld und sah den Torwart auf mich zustürzen. Ich brauchte den Ball nur noch über ihn zu lupfen, und es stand eins zu null für uns. Verblüffend, dass es nach so langer Zeit noch klappte. Das Publikum klatschte frenetisch Beifall. Leider war es danach mit der Herrlichkeit vorbei. Die Dülmener drehten auf und spielten unsere Abwehr regelrecht schwindlig. Insbesondere Reichert war als Innenverteidiger restlos überfordert. Alleine Küppers tunnelte ihn dreimal innerhalb einer Viertelstunde. Auch meine Kondition ließ stark nach. Zigaretten und zu fettiges Essen forderten ihren Tribut.

Nach fünfundvierzig Minuten lagen wir mit acht Treffern zurück.

In der Kabine drückte Schlemmbach jedem eine Wasserflasche in die Flossen: »Wunderschönes Tor, Langen«, schien mein komplizierter Name sein Gedächtnis vor unüberwindbare Probleme zu stellen. »Perfekt. Der FC könnte noch einen Stürmer gebrauchen. Interesse? Nein? Macht nichts. Besser ein zufriedener Privatdetektiv als ein unzufriedener Fußballer.«

Den Rest der Pause referierte er über die Wichtigkeit von Teamgeist und dass wir das Spiel mit genügend Siegeswillen noch umbiegen könnten. Alle waren froh, als der Schiedsrichter uns zur zweiten Halbzeit holte.

»Du hast nichts verlernt. Schade, dass du nicht bei uns spielst«, lobte Küppers mich im Kabinengang.

»Lass mal, die Qualmerei macht sich doch bemerkbar. Was anderes: Schlemmbach spielt wohl in eurem Verein keine unbedeutende Rolle, oder?«

»Präsident, Manager und Schatzmeister in Personalunion. Zudem bildet er zusammen mit dem Geschäftsführer seiner Seifenfabrik den Aufsichtsrat. So etwas ist nur in einem Kaff wie Dülmen möglich«, grinste Küppers.

Da die anderen bereits auf dem Spielfeld warteten, brachen wir das Gespräch ab. In der zweiten Halbzeit hatten auch die Dülmener unter der Hitze zu leiden und schalteten einen Gang zurück. Meine alten Herren taten es ihnen gleich. Nur Reppert fühlte sich als dynamischer Jungpolitiker verpflichtet, Engagement zu zeigen. Er spielte zwei herrliche Pässe in die Gasse, die ich aber in Kuranyi-Manier verstolperte.

Nach dem Spiel knallten die Kronkorken, und wir einigten uns, dass wir uns mit neunzehn Toren Differenz achtbar aus der Affäre gezogen hatten. Schlemmbach verkündete stolz, dass er 25 000 Euronen an die krebskranken Kinder überweisen könnte, was heute Abend im Dülmener Nobelrestaurant »Jägerhof« gebührend begossen werden sollte; die Zeche wollte Schlemmbach übernehmen. Hörte sich gut an.

Ich duschte, zog mich um und verabschiedete mich.

Küppers erwartete mich bereits am Stadiontor. Er trug einen dunklen Zweireiher mit Vereinsemblem, was angesichts der heutigen Temperaturen sicher nicht die bestgeeignete Kleidung war. Auf seinem Hemdkragen prangte ein »Sauber mit Schlemmbach-Seife«-Sticker. Die Baseballkappe mit Werbung für die Bürgermeisterpartei rundete das Bild harmonisch ab. Neben ihm fummelte eine hochgewachsene Brünette gelangweilt an ihrer Perlenkette herum. Mit dem schwarzen Galakleid schien sie mir für den heutigen Abend etwas overdressed zu sein, aber vielleicht musste sie anschließend noch auf den Wiener Opernball.

»Darf ich dir meine bessere Hälfte Mona vorstellen? Das ist Dieter, ein Kollege aus dem Ruhrgebiet, gegen den ich früher mal gekickt habe«, machte er uns bekannt. Mona, Mona, Mona, irgendwas klingelte da in meinem Hirnkasten.

»Kann es sein, dass du ebenfalls aus Essen stammst?«, begannen sich die grauen Zellen zu regen.

Mona intensivierte die Perlenfummelei und unterzog mich einer eingehenden Musterung: »Dieter Nannen? Das gibt's ja nicht. Wie lange ist das her? Zwölf Jahre? Du hast dich ganz schön verändert, und nicht zum Nachteil«, lächelte sie. Dennoch war eine gewisse Ablehnung in ihrer Mimik nicht zu übersehen.

»Ihr kennt euch?«, war Angelo durchaus erstaunt.

»Bevor ich nach Duisburg gezogen bin, haben wir in derselben Straße in Karnap gewohnt. Wir waren sogar mal zusammen, bis Dieter eine Bessere gefunden hat«, erzählte sie mit schnippischem Unterton.

Da hatte sie recht, fiel mir ein. Damals war sie ein liebes, aber farbloses Mäuschen gewesen. Als dann die feurige Russin Tatjana in unser Mietshaus zog, war Mona schnell Geschichte.

»Ein großer Fehler, wie ich sehe«, zauberte ich Bedauern in meine Stimme.

Sie grinste herablassend. »Was du nicht sagst. Du hattest deine Chance. Jetzt bin ich mit einem großartigen Mann verheiratet«, legte sie zur Untermauerung ihren Arm um Angelo.

»Wie klein die Welt ist«, murmelte er ein wenig verlegen.

»Genug mit der Vergangenheitsbewältigung. Schieß los. Wo drückt der Latschen?«

»Lass uns ein Stück mit dem Auto fahren, hier haben die Wände Ohren.« Die nächste Wand lag zwar hundert Meter entfernt, aber mir sollte es egal sein. Hauptsache, ich kam rechtzeitig zur Feier.

Auf dem Weg zum Parkplatz plauderte ich mit Angelo über die alten Zeiten, die in der Erinnerung viel farbiger und aufregender schienen, als sie wahrscheinlich gewesen waren. Mona bekundete ihr Interesse an unseren Gesprächsthemen mit herzhaftem Gähnen.

Plötzlich fiel ein Schuss, und Küppers schlug neben mir auf den Boden. Sofort drehte ich mich um, konnte aber nur verängstigt dreinschauende Leute entdecken. Vom Täter keine Spur. Mona starrte wie paralysiert auf ihren Mann. Da mein letzter Erste-Hilfe-Kurs Jahrzehnte zurücklag, sprintete ich, so schnell ich konnte, zum Sportplatz zurück. Vor dem Stadiontor entdeckte ich einen Ordner.

»Einen Krankenwagen und einen Arzt, aber schnell. Jemand ist angeschossen worden.«

Nachdem der Ordner in aller Seelenruhe seine Bratwurst aufgekaut hatte, bequemte er sich endlich, sein Handy zu zücken. Ich hoffte, dass er nicht auf die Verdauung wartete, bevor er die Nummer eintippte, und lief zurück zu Küppers. Dabei musste ich mir den Weg durch eine Traube von Gaffern bahnen. Bei der Verletzung durfte es sich kaum um einen Streifschuss handeln, denn Angelo lag regungslos in einer nicht gerade kleinen Blutlache. Mona kniete neben ihm und redete hysterisch auf ihn ein.

»Du darfst nicht sterben, hörst du. Du darfst nicht.«

»Wenn ihr mich fragt, der ist kaputt«, krächzte eine Matrone im Schalke-Outfit und nahm einen kräftigen Schluck aus ihrer Bierdose.

»Mein Mann lebt«, brüllte Mona sie an.

»Bitte halten Sie Abstand. Gleich kommt der Krankenwagen«, versuchte ich, etwas Ordnung in das Durcheinander zu bringen.

»Was spielt sich denn der Macker hier auf?«, blökte mich die Alte nach einem geschmeidigen Rülpser an. »Bist wohl 'ne Zecke, wat?« Ihr Freund, ein nach Fusel stinkender Hooligan in Knappenkutte mit verfilzter Mähne, baute sich vor mir auf und hielt mir provozierend eine Kornflasche unter die Nase.

»Hascht gehört, wasch schpielscht disch auf?«

Ich hatte keine Lust auf Diskussionen und schubste ihn zu Boden. Seine Angetraute versuchte, ihm aufzuhelfen, was aber erst im dritten Anlauf von Erfolg gekrönt war.

»Isch polier disch die Fresse!«, drohte er schwankend. Zu seinem Glück zog ihn seine Dulcinea schnell aus meiner Reichweite.

»Komm, Männe. Lass uns lieber einen saufen gehen.«

»Hascht gesehen, wie viel Schiss der hatte?«

»Jau, Schnuckel.«

Als das Martinshorn den Rettungswagen ankündigte, bequemten sich die Schaulustigen endlich, zur Seite zu treten. Zwei Sanitäter mit Bahre und ein dritter Weißkittel, augenscheinlich der Arzt, sprangen heraus. Dieser schob Mona vorsichtig zur Seite und untersuchte Küppers. Nachdem er den Puls gefühlt hatte, leuchtete er mit einem Lämpchen in seine Augen.

»Da kommt jede Hilfe zu spät. Mein Beileid.«

Mona fing bitterlich an zu weinen.

»Sind Sie mit dem Toten verwandt?«, erkundigte sich der Knochenflicker.

»Ich bin die Ehefrau«, entgegnete sie schluchzend.

»Würden Sie und der Herr, der uns verständigt hat, dann bitte warten, bis die Polizei eintrifft?«

Es dauerte zehn Minuten, bis eine Bullenschaukel eintrudelte. Theo Hartmann, Leiter der hiesigen Dienststelle, und ein junger Kollege mit sehr kurzen Haaren und obligatorischem Oberlippenbart quälten sich aus dem Wagen.

»Tag, Herr Nannen. Hier soll es eine Schießerei gegeben haben?«, blickte Theo auf Angelos leblosen Körper.

»Dieses Mal bin ich nur Zeuge«, versicherte ich reflexartig.

Nachdem der Kommissar den Arzt, Mona und mich befragt hatte, rieb er sich nachdenklich das Kinn und wandte sich dann an die Gaffergruppe: »Hat einer von Ihnen den Mord beobachtet?«

Drei Rentner preschten vor und gaben, sich an Lautstärke übertreffend, drei unterschiedliche Versionen des Geschehens zum Besten:

1. Ein Bierglas sei explodiert, und ein umherirrender Glassplitter hätte Küppers' Arterie zerfetzt.
2. Die Russenmafia sei von Skinheads unterwandert worden, und die eigentlich den Verrätern geltenden Kugeln hätten versehentlich meinen Kumpel getroffen.
3. Küppers habe auf einem Teppich kniend mit einem Samuraischwert Harakiri begangen. Wo Teppich und Schwert seien, konnte der Herr leider nicht beantworten. Die Polizei erhalte Steuergelder, nicht er.

»Glogauer, fahren Sie mit den Herren zum Revier, und nehmen Sie die Aussagen zu Protokoll«, seufzte Theo. »Frau Küppers, auch Ihnen müssen wir leider noch einige Fragen stellen. Bitte folgen Sie meinem Kollegen.« Während Mona zusammen mit den Senioren ins Polizeiauto kletterte, flüsterte ich ihr noch zu, dass ich den Mörder fassen würde, aber sie zeigte keine Reaktion.

Dann wandte sich Hartmann an mich: »Wissen Sie, wo mein Kollege Reichert steckt? Er hat doch auch an diesem Benefizspiel teilgenommen. Ich brauche ihn zur Absicherung des Tatorts.«

Ich machte mich auf die Suche und fand den reichlich angetrunkenen Bullen in der Umkleidekabine, wo er Schlemmbach vorheulte, dass er laut Stellenplan schon längst hätte befördert werden müssen.

»Ich werde sehen, was ich für Sie tun kann. Fritz Schlemmbach lässt keinen im Regen stehen. Haben Sie auch immer brav christlich gewählt?«

Reichert nickte eifrig.

»Dann wird Ihre Karriere einen Schub erhalten. Schlemmbach erkennt gute Leute. Wie war noch mal Ihr Name?«, verbreitete der Bürgermeister heiße Luft.

»Reichert, die Arbeit ruft«, machte ich mich bemerkbar.

»Ich bin heute vom Dienst freigestellt, und das lasse ich mir von Ihnen nicht verderben. Hauen Sie ab!«

Schlemmbach schlich auf leisen Sohlen aus der Kabine.

»Es hat einen Mord gegeben. Hartmann will Sie unverzüglich auf dem Parkplatz sehen.«

»Na gut; aber wenn Sie mich verscheißern, werde ich verdammt ungemütlich.«

Zuerst einmal wurde Hartmann ungemütlich: »Wo bleiben Sie so lange? Mittlerweile weiß ganz Dülmen von dem Mord, nur Sie nicht!« Er schnüffelte und trat angewidert drei Schritte zurück: »Mensch, Ihre Fahne riecht man zehn Meilen gegen den Wind. Ich habe ›Einsatz für karitative Zwecke‹ ins Dienstbuch geschrieben. Das heißt nicht, dass Sie sich volllaufen lassen dürfen.«

»Was soll ich machen, Chef?«, kam es kleinlaut zurück.

»Tatort absichern, bis anderweitige Anweisung erteilt wird. Klar?«

Während Reichert versuchte, einen klaren Kopf zu bekommen, fuhr ich mit Hartmann zum Revier, wo ich meine Aussage wiederholte, unterschrieb und zusicherte, mich für eventuelle Nachfragen zur Verfügung zu halten.

Als ich ins Freie trat, rotierten meine grauen Zellen. Momentan hatte ich zwar keinen Klienten, dafür aber einen Toten, und da sich die Mandanten nicht an mich wandten, musste ich mir welche suchen. Eine erste Gelegenheit würde sich bei der Feier ergeben.

Der »Jägerhof« lag am Dülmener Stadtrand. Das alte Fachwerkhaus existierte bereits seit dreihundert Jahren und hatte dem westfälischen Adel bei Reisen durch die Besitztümer als Herberge gedient. Heute traf sich hier alles, was Rang und Namen hatte. Die Räume dieses Schmuckstücks waren mit Eichenpaneelen ausgelegt. An den Wänden hingen Jagdszenen aus dem 18. Jahrhundert, die im Schein der Kronleuchter wirkten, als hätte der Maler soeben den letzten Pinselstrich ausgeführt. Im Gegensatz zu ähnlichen Lokalen kam die Rustikalität jedoch nicht spießbürgerlich rüber, sondern natürlich und ungezwungen. Mit ein wenig Phantasie konnte man die Grafen und Herzöge vor sich sehen, wie sie bei gutem und nicht zu knappem Wein mit den Edelfräuleins kokettierten.

Ein Portier nahm mir das Jackett ab und fragte, wo ich zu sitzen wünsche. Als ich sagte, dass ich zu Schlemmbachs Gesellschaft gehörte, verwandelte sich seine routinierte Freundlichkeit in schleimige Unterwürfigkeit. Beziehungen waren halt alles.

»Darf ich vorausgehen?«

»Nur zu«, war ich aber auch nie um eine Antwort verlegen.

Im Raum ging es hoch her. Obwohl alle von dem Mord wissen mussten, wurde zu »Hoch auf dem gelben Wagen« geschunkelt. Einige der Herren hielten Damen im Arm, die, nach Alter und Aussehen zu schließen, bestimmt nicht ihre Gattinnen waren.

»Auf, Freunde, starten wir eine Polonaise. Ah, Lannen, schließen Sie sich uns an!«, hielt es auch Schlemmbach nicht mehr auf seinem Platz.

Ich winkte freundlich lächelnd ab, besorgte mir an der Theke ein Bier und setzte mich neben Reppert. Belustigt folgten wir dem Umzug. Eine vollbusige Blondine klebte mit den Händen am Hinterteil des Bürgermeisters, der seine kurzen Arme wie ein Tambourmajor im Kölner Karneval schwang. Der Rest der zehnköpfigen Karawane benahm sich genauso gesittet.

»Schlimme Sache, das mit Küppers«, versuchte ich, mit Reppert ins Gespräch zu kommen.

»Ja, ein talentierter Junge. Ich verstehe nicht, wer zu so was fähig ist. Vielleicht die Konkurrenz.«

»In der Westfalenliga? Ist das nicht die sechste Klasse?«

Reppert grinste mich mitleidig an.

»Wann haben Sie zuletzt für Geld gespielt und für wie viel?«

»Vor vielleicht zehn Jahren für hundert Mark pro Monat.«

»Die Zeiten haben sich geändert. Heutzutage leben auch die sogenannten Amateure vom Fußball, zumindest in den höheren Klassen. Unsere Jungs gehen bestimmt mit einem Riesen netto nach Hause. Den Rest verdienen sie sich durch einen Posten im Unternehmen eines Sponsors. Alles in allem dürfte sich das Monatsgehalt eines Spitzenspielers der Liga auf drei- bis viertausend Euro belaufen. Sie können sich vorstellen, was für den Verein auf dem Spiel steht, wenn der Erfolg ausbleibt.«

»Und wer ist der Hauptkonkurrent?«

»Die Billerbecker. Die haben fünfundsiebzigtausend in neue Spieler investiert, haben sich sogar zwei ausgemusterte Bundesligaspieler und mehrere Amateure von Profimannschaften an Land gezogen. Eine solvente landwirtschaftliche Genossenschaft steht dahinter.«

»Und knallen den besten Spieler des Mitfavoriten ab?«

Fridolin zuckte mit den Achseln: »Klingt nicht sehr wahrscheinlich, ich weiß. Aber Küppers war eine

Granate. Ich habe mich gefragt, wie Schlemmbach es geschafft hat, ihn nach Dülmen zu holen. Der hätte locker ein bis zwei Klassen höher spielen können.«

Ich ging zur Theke und holte Nachschub. Die Polonaise hatte sich inzwischen aufgelöst, und einige Paare schwoften zum Schneewalzer. Auf meinem Platz hatte sich Schlemmbach breitgemacht. Die Blondine saß auf seinem Schoß und bespritzte ihn mit Sekt.

»Sieh nach, ob noch Bier da ist. Fritzi hat was zu besprechen«, schien der Bürgermeister wenig amüsiert und schob sie vom Oberschenkel.

Gleichzeitig forderte er mich mit einer jovialen Handbewegung zum Hinsetzen auf, und sein Gesicht nahm einen bekümmerten Ausdruck an.

»Küppers soll direkt neben Ihnen erschossen worden sein. Muss ein Schock für Sie gewesen sein. Ich kann es noch immer nicht fassen, dass so etwas Schreckliches in meiner Stadt passiert ist«, rollte ihm eine Träne aus dem Augenwinkel.

»Mord und Totschlag sind mein Geschäft.«

Sofort knipste Schlemmbach wieder sein Lächeln an. »Ich liebe Leute mit professioneller Einstellung. Das Leben muss weitergehen, was auch geschieht. Nur keine falschen Sentimentalitäten. Auch mir würde keiner nachweinen.«

»Sie sind sehr beliebt«, schmeichelte ich.

»Bei der Bevölkerung, natürlich. Aber erfolgreiche Leute haben viele Neider. Auch Gandhi hatte Feinde. Oder Obama. Aber ich lass mich in meinem Weg nicht beirren. Dülmen, yes we can«, machte er sich Baracks Slogan zu eigen.

Er leerte das Bierglas in einem Zug und kippte einen

Kurzen hinterher. Auf einen Wink stellte die Blonde zwei volle Gläser auf den Tisch.

»Wir brauchen sofort einen neuen Stürmer. Ich habe viel Geld investiert, um in die NRW-Liga aufzusteigen. Fritz Schlemmbach strebt nämlich immer nach Größerem. Ohne Goalgetter wird das kaum zu schaffen sein. Ich habe mit unserem Trainer Wiemers gesprochen. Er meinte, Sie wären eine Alternative. Etwas außer Form«, musterte er meinen Bauchansatz, »aber durchaus zu gebrauchen. Sie haben den Killerinstinkt, selbstverständlich nur auf Fußball bezogen«, wurde ihm die Taktlosigkeit seiner Worte bewusst.

»Ich habe heute zum ersten Mal seit Jahren einen Ball getreten.«

»Hat man nicht gemerkt. Außerdem war das Prominententeam zu schlecht, um Sie effizient in Szene setzen zu können. Ich mache Ihnen ein Angebot, das Sie nicht ablehnen können: Auflaufprämien, Torprämien, Aufstiegsprämien und natürlich das Grundgehalt. Da kommt ein erkleckliches Sümmchen zusammen.«

»Ich muss meinem Beruf nachgehen. Ich kann mir nicht vorstellen, dass ich mit dem Spielergehalt und unkalkulierbaren Prämien meinen Lebensstil beibehalten kann.« Gewagte Worte für einen, der bei LUM rausgeflogen war.

»Kein Problem. Ich engagiere Sie, Küppers' Mörder dingfest zu machen. Sozusagen als Unterstützung für die Polizei. Das zeigt meine menschliche Seite«, lachte er selbstzufrieden.

»Okay, aber nur unter der Bedingung, dass ich meinen Job so mache, wie ich es für richtig halte«, stellte ich sofort klar, dass ich mich nicht herumschubsen lassen würde, auch nicht vom Ranghöchsten der Stadt.

»Einverstanden. Sie bekommen vierhundert Euro pro Tag. Dazu dann noch die Prämien.«

Das war mehr als großzügig. Mein üblicher Tagessatz lag bei zweihundertfünfzig Euro.

»Spesen gehen aber extra.«

Schlemmbach dachte eine Hundertstelsekunde nach: »In Ordnung. Lassen Sie uns gleich morgen den Vertrag aufsetzen; sagen wir um fünfzehn Uhr in meinem Büro.«

Großartig. Fußball war schon immer meine große Liebe gewesen, und jetzt wurde ich dafür auch noch außergewöhnlich gut bezahlt. Zudem hatte ich einen finanziell potenten Auftraggeber für den Mordfall, dem ich mich ohnehin gewidmet hätte. Zum einen war ich das Mona schuldig, zum anderen hatte ich sowieso nichts Besseres zu tun.

»Wir sehen uns morgen«, verabschiedete ich mich gut gelaunt.

»Perfekt, Sie sind mein Mann«, klopfte mir mein Brötchengeber auf die Schulter.

Federnden Schrittes verließ ich die Festivität und steuerte Richtung Heimat. Heraklits These hatte sich wieder einmal bewahrheitet.

3

Ich warf die Zeitung in den Papierkorb, wo sie hingehörte. Da ich im Gegensatz zu Journalisten die Wahrheit herausfinden wollte, musste ich gewissenhafter an den Fall herangehen als der *Dülmener Kurier*. Normalerweise beleuchteten Privatdetektive zunächst das nähere Umfeld des Ermordeten, und ich sah keinen Grund, warum ich es anders handhaben sollte.

Da ich bis auf die Tatsache, dass Küppers damals in der Hamborner A-Jugend gekickt hatte und jetzt in der Gerichtsmedizin sein Dasein fristete, nichts über ihn wusste, schnappte ich mir das Telefonbuch. Mona würde mich sicherlich mit nützlichen Informationen versorgen können.

Da der Nachname häufig, in Verbindung mit dem italienischen Vornamen jedoch nur einmal gelistet war, tippte ich wenig später die Nummernfolge in die Tasten.

Es nahm niemand ab, was nicht verwunderlich war, da das Besetztzeichen ertönte. Also mein Hinterteil ins Auto geschwungen und den Motor gestartet. Geduld war noch nie meine Stärke gewesen.

Eine Viertelstunde später parkte mein vom letzten Honorar gekaufter gebrauchter Mercedes im Kiefernweg. Entlang der Allee standen unscheinbare Reihenhäuser, die für einen halbtags beschäftigten Müllmann zu teuer und für einen vollzeitbeschäftigten Bankdirektor zu popelig waren. Ich befand mich in einer der Wohngegenden, wo sich die Grundstücke nur durch die Bepflanzung der Vorgärten und deren Eigentümer nur durch die Größe der Hundehaufen unterschieden, die ihre Köter auf dem Bürgersteig hinterließen. Hier musste man aufpassen, nach einer Zechtour nicht im falschen Haus zu landen, denn wahrscheinlich waren auch die Türschlösser identisch.

Immerhin einen Unterschied gab es aber doch zwischen den Wohnstätten, und zwar die Hausnummern, mit denen die Eigentümer ihre Individualität auszudrücken versuchten. Dieser Umstand verhalf mir zu einem zielstrebigen Gang mit der Gewissheit, weder den rechts wohnenden Versicherungsangestellten aus dem Bett zu läuten, noch die links beheimatete *Douglas*-Filialleiterin bei Erfüllung ihrer ehelichen Pflichten zu stören.

Über der Klingel war ein vergoldetes Namensschild in Sütterlinschrift befestigt.

Aus dem Hausinnern drangen leise Stimmen an mein Ohr, die ich als männliche und weibliche identifizierte. Ich betätigte die Schelle, die daraufhin *Kalinka* auf einem Vibraphon klöppelte. Und da hatte ich gerade über die Individualität der Leute gelästert.

Nach gefühlten zehn Minuten, während derer ich noch einige Male die russische Volksweise erklingen ließ, wurde die Tür aufgerissen, und die frischgebackene Witwe stand vor mir.

»Hi, Mona, ich wollte mal schauen, wie es dir geht«, begrüßte ich sie freundlich.

Sie war mit einem rosafarbenen Bademantel bekleidet, der die Konturen ihres wohlgeformten Körpers betonte, zumal der Gürtel stramm zugezogen war. An den Füßen trug sie flauschige Pantoffeln, jeweils mit aufgenähtem Donald-Duck-Kopf.

»Dieter, was für eine Überraschung. Es geht mir den Umständen entsprechend. Leider habe ich im Moment überhaupt keine Zeit«, stieß sie hervor.

Ihre Augen waren nicht gerötet, ihr Make-up nicht verschmiert. Nichts an ihr verriet, dass ihr Ehemann soeben verstorben war. Entweder verstand sie es, die Trauer perfekt zu verbergen, oder sie trauerte gar nicht. Das wollte ich nun durch gezielte Fragen herauszufinden versuchen.

»Ich will nur kurz mit dir sprechen, schließlich wird nicht jeden Tag jemand direkt neben mir erschossen. Außerdem soll ich helfen, den Täter aufzuspüren. Ich verdiene meine Brötchen nämlich als Detektiv.«

»Ich weiß. Auf dem Revier waren sie nicht gerade gut auf dich zu sprechen. Ein Herr Reichert hat erzählt, dass du bereits mehrfach die Polizeiarbeit sabotiert hast. Ehrlich gesagt traue ich den Polizisten eher zu, den Täter zur Strecke zu bringen. Schließlich weiß ich aus bitterer Erfahrung, wie zuverlässig du bist.« Sie zauberte ein Taschentuch aus dem Bademantel und tupfte damit über ihre Augen.

»Nicht die Polizei hat mich beauftragt, sondern der Bürgermeister. Lass uns die alte Geschichte vergessen. Ich habe dich damals schlecht behandelt, aber das ist Jahre her«, ging mir ihre Herumreiterei auf diesem Thema auf den Geist.

»Ich habe der Polizei alles gesagt, was ich weiß. Du kannst ja das Protokoll studieren.« Das Taschentuch verschwand wieder.

»Was ist los mit dir? Ich biete meine Hilfe an, und du behandelst mich wie einen Schwerverbrecher.«

»Es widert mich an, dass du an Angelos Tod verdienen willst. Außerdem kann ich dir einfach nicht verzeihen, dass du mich damals sitzengelassen hast. Du warst, bist und bleibst ein egoistischer Casanova, der Frauen wie Briefmarken sammelt, ableckt und wegklebt«, hatte sich wohl einiges angestaut im Laufe der Jahre.

»Mehr als entschuldigen geht nicht. Ich kann dir nur meine Freundschaft und Hilfe anbieten«, versuchte ich, die Wogen zu glätten.

»Kein Interesse. Warum kannst du mich nicht einfach in Ruhe lassen? Dieses Detektivgetue ist doch sowieso nur eine Masche, um mich wieder ins Bett zu kriegen, habe ich nicht recht?«

»Hast du Besuch?«, zog ich die Samthandschuhe aus. Genug war genug.

»Nein, und ich wüsste nicht, was dich das angeht. Hau ab! Wir können ein anderes Mal reden«, machte Mona einen zusehends nervöseren Eindruck.

Es war zwecklos, heute würde ich nichts aus ihr herausbekommen. Deshalb zeigte ich ihr meine Rückseite und marschierte zum Gartentor. Als ich mich noch mal umdrehte, war die Haustür bereits geschlossen.

Neugierig geworden, machte ich es mir im Auto bequem und observierte das Haus. Nach einer Viertelstunde erlahmte der anfängliche Eifer, und ich durchstöberte das Handschuhfach nach Lesestoff. Auf William Gibsons Roman *Mustererkennung* hatte ich keinen rechten Bock, also blätterte ich nur lustlos darin herum, beobachtete dann wieder die Gegend, zündete eine Zigarette an, aber das alles vertrieb die Langeweile auch nicht. Nach einer Stunde war ich es endgültig leid und brach die Observation ab. Außerdem mussten die Kaninchen gefüttert werden, fiel mir als Ausrede ein.

Aufgeschoben war nicht aufgehoben, dachte ich, während ich den Motor startete, denn Mona hatte sich alles andere als unverdächtig verhalten. Ich brauchte jemanden, der Mona rund um die Uhr überwachte, während ich das Fußballermilieu durchleuchtete.

Peter Grabowski aka Gurkennase, mein Busenfreund aus längst vergangenen Essener Tagen. Er hatte mir schon bei so manchem Fall nützliche Dienste erwiesen. Spenser hatte Hawk, Sherlock Holmes Doktor Watson, Hercule Poirot Hastings und ich Grabowski.

Leider konnte Gurkennase weder die Schlagkräftigkeit eines Hawks noch die Loyalität eines Hastings oder Watsons bieten. Seine Spielleidenschaft und Vorliebe zum Alkohol stellte er über alle anderen Verpflichtungen. Chronisch arbeitslos, trugen diese Laster auch wenig zur Verbesserung seiner finanziellen Lage bei. Allerdings nahm er dadurch jeden Job an.

Ich wählte seine Handynummer, und nach dem achten Läuten wurde abgehoben.

»Ja«, tönte es vorsichtig aus dem Hörer.

»Peter? Bist du es?«

»Dieter, dem Himmel sei gedankt. Ich dachte, es wären die Bullen.«

»Steckst du wieder in Schwierigkeiten?«, fragte ich rein rhetorisch.

»Dumme Sache«, brummte er. »Autounfall. Natürlich schuldlos. Trotzdem wollen die mich drankriegen.«

»Mehr Details«, bohrte ich nach.

»Letzte Woche musste ich nach Gladbeck, ein Gerichtstermin wegen nicht gelöhnter Strafzettel. Im Kreisverkehr kurz hinter der Autobahnausfahrt ist es dann passiert: Eine halbblinde Oma donnert mir volle Möhre hinten rein.«

»Ihre Schuld, keine Frage. Aber was will die Polizei von dir?«

»Nun, ich bin mit den Zahlungen für meine Autoversicherung etwas im Rückstand. Daher hätte ich gar nicht fahren dürfen. Eine TÜV-Plakette hatte meine Karre auch nicht. Und ich hatte zum Frühstück ein Bier getrunken. Nur eins. Die haben aber behauptet, ich wäre sternhagelvoll. Olle Dreckspenner.«

»Und jetzt bist du deinen Führerschein los?«, hatte ich den Überwachungsauftrag bereits abgehakt.

»Mein Anwalt hat mit denen gesprochen. Der Alkoholwert lag im Grenzbereich. Daher durfte ich den Lappen behalten. Trotzdem wird es noch eine Gerichtsverhandlung geben. Warum musste die dumme Kuh mir hinten reinfahren? Kann mich nicht erinnern, damals ›Hier!‹ geschrien zu haben, als Gott das Pech verteilt hat.«

»Vielleicht solltest du deinen Lebensstil mal überdenken. Apropos Lebensstil. Was hältst du von leicht verdientem Geld?«, kam ich auf ein Thema zu sprechen, das ihn mit Sicherheit interessierte.

»Eine Menge. Wie viel springt dabei raus, und worum geht's?«, war er erwartungsgemäß Feuer und Flamme.

»Eine Observation. Im Rahmen eines hochbrisanten Mordfalls habe ich die Witwe des Opfers vorhin bei einem Schäferstündchen gestört. Leider konnte ich nicht herausfinden, wer der Schäfer ist. Und damit wären wir bei deinem Job«, schilderte ich die Fakten. »Fünfzig Euro pro Tag bar auf die Kralle.«

»Die Alte lässt nichts anbrennen, gefällt mir. Sieht sie gut aus?«

»Die spielt in einer anderen Liga als du. Außerdem darf sie dich nicht bemerken. Anbaggern fällt also flach«, musste ich seine Euphorie ein wenig dämpfen.

»Schade. Über die Bezahlung müssen wir aber noch mal reden. Ein Hunderter sollte schon drin sein. Wann geht's los? Nächste Woche?«

»Natürlich sofort. Besorg dir einen fahrbaren Untersatz, ich erwarte dich heute Abend. Der Preis ist nicht verhandelbar. Ich komme aber für die Spesen auf.«

»Hmh«, druckste Peter herum. »Da gibt's noch ein kleines Problem. Anderweitige Verpflichtungen, wenn du verstehst, was ich meine. Aber ich krieg das hin.«

Als wir uns verabschiedeten, fiel mir das Date mit Schlemmbach ein.

Auf der Fahrt zum Dülmener Rathaus ließ ich die vergangenen Stunden Revue passieren. Monas Verhalten konnte man vornehm ausgedrückt als zurückhaltend, realistisch betrachtet als barsch bezeichnen. Interessanter waren hingegen zwei andere Fakten: Zum einen schien sie nicht übermäßig traurig über das vorzeitige Dahinscheiden ihres Kickers zu sein, zum anderen hatte sie die Anwesenheit einer Person geleugnet, die bestimmt nicht zum Ablesen des Stromzählers in ihrer Hütte weilte.

Es drängte sich das klassische Motiv auf: Ehefrau liebt einen anderen, ihr Mann will sich nicht scheiden lassen, also wird er kurzerhand aus dem Weg geräumt.

Diese These gefiel mir zwar außerordentlich gut, aber meine Abenteuerlust und vor allen Dingen mein schmales Bankkonto erlaubten mir nicht, den Fall so schnell abzuschließen. Es würde mir eine große Freude sein, noch an anderen Stellen herumzuwühlen und Mona Küppers etwas zu piesacken, um mich für ihre ruppige Behandlung großzügig zu revanchieren.

Bis auf einen dunkelblauen BMW war der Parkplatz vor dem Rathaus autofreie Zone. Ich verdoppelte die Anzahl süddeutscher Fahrzeuge und ermittelte an der Tafel im Eingangsbereich die geographischen Daten des Bürgermeisterrefugiums. Dank der präzisen Beschreibung war Schlemmbachs Büro schnell gefunden.

Das Stadtoberhaupt residierte in einem lichtdurchfluteten Raum, in dem meine Küche, mein Bad, mein Schlafzimmer und – ich überlegte kurz – auch mein Wohnzimmer bequem Platz hatten. Bescheiden. An der Wand hing ein Foto vom FC Dülmen. Die Kicker schmissen den Präsidenten euphorisch in die Höhe, während im Hintergrund eine Bandenwerbung »Mit Schlemmbach läuft's wie geschmiert« verriet. Daneben durfte ich seine Familie bewundern. Neben Fritz strahlte eine Frau, die vom genetischen Material Schlemmbachs geklont zu sein schien, denn bis auf ein Chromosom war das Ehepaar baugleich: kurze Arme, geringer Körperwuchs und rundes Bäuchlein. Er im Anzug, sie im geblümten Kleid und beide mit dem obligatorischen nach oben gereckten Daumen. Ebenso die sechs Kinder, die wie Orgelpfeifen angeordnet waren und feixend posierten. Eine Bilderbuchidylle. Am besten gefiel mir jedoch ein vergilbtes Wahlplakat aus den Siebzigern, auf dem ein junger Schlemmbach den Daumen in die Höhe streckte. War anscheinend sein Markenzeichen. Der subtile Slogan lautete »Schlemmbach an die Macht und den Sozi in den Matsch«.

»Sie arbeiten auch samstags?«, eröffnete ich das Gespräch.

»Für das Wohl der Bürger ist mir auch das Wochenende nicht heilig. Wenn Sie wüssten, mit wie viel Dingen sich ein Mann in meiner Position befassen muss. Aber die Dülmener haben mir ihre Stimme gegeben und damit das Anrecht auf einen Bürgermeister, der Tag und Nacht die Geschicke der Stadt in ihrem Sinne lenkt.«

Während dieser flammenden Rede schob er unauffällig einige Dokumente über die Sportseite der Tageszeitung.

»Mir geht es nicht anders. Da ich mich neben meinem eigentlichen Beruf nun auch noch als Fußballspieler verdinge, wird mein Privatleben in der nächsten Zeit gegen null tendieren.«

»Ich sehe schon, Herr Pannen, wir sind aus einem Holz geschnitzt.«

»Mein Name ist Nannen«, unternahm ich einen letzten Versuch, Herrn Alzheimer zu bekämpfen.

»Oh, entschuldigen Sie bitte. Als Ranghöchster der Stadt hat man es mit so vielen Menschen zu tun, dass einem ab und zu die Namen durcheinandergeraten. Manchmal rufe ich meine Frau mit dem Namen meiner Sekretärin. Das freut Lotti überhaupt nicht«, lachte er schallend.

»Keine Ursache. Haben Sie den Vertrag aufgesetzt?«

»Selbstverständlich.«

Der Stadtobere fummelte auf seinem Schreibtisch herum und gab sich dabei größte Mühe, den Kontrakt hervorzuzaubern, ohne die Zeitung zum Vorschein kommen zu lassen. Wenn der Bürgermeister bei seinen Amtsgeschäften ebenso geschickt zu Werke ging, würde dies seine letzte Periode sein. Na, die Hoffnung stirbt zuletzt.

Im Vertrag stand, dass ich bei seiner Firma eine Stelle als Key Account Management Consultant bekleidete – was immer das auch heißen mochte – und nebenbei für den FC Dülmen kickte. Da ich Betriebswirtschaft studiert hatte, bereitete mir der mit juristischem Fachvokabular übersäte Vertragstext keine Schwierigkeiten. Mich störte zwar, dass ich für jeden Pressetermin zur Verfügung zu stehen hatte, andererseits konnte ich dies auch zur Eigenwerbung nutzen. Die auf der letzten Seite genannten Summen gefielen mir dafür umso mehr.

»Haben Sie schon mit Ihren Ermittlungen begonnen?«

»Ich verfolge mehrere vielversprechende Spuren«, hielt ich die Antwort bewusst vage.

»Perfekt! Welche? Kann ich bereits an die Öffentlichkeit treten?«, rieb sich Fritz in Vorfreude auf einen großen Auftritt die Hände.

»Dafür ist es noch zu früh«, musste ich ihn enttäuschen. »Jetzt muss ich aber wieder an die Arbeit. Tschüs.«

»Haben Sie nicht etwas vergessen?«, wurde ich zurückgepfiffen.

»Was denn?«

»Den eigentlichen Grund Ihrer Engagierung. Heute

Abend um acht ist Training. Morgen steht ein wichtiges Spiel gegen den Tabellendritten VfB Havixbeck an. Wenn wir die schlagen, können wir am letzten Spieltag mit einem Sieg gegen Borussia Billerbeck alles klarmachen.«

»Sie trainieren samstagabends?«

»Sondertraining. Normalerweise nur montags, mittwochs, donnerstags und freitags, aber das morgige Spiel ist extrem wichtig. Wir wollen und werden diese Saison in die NRW-Liga aufsteigen, und dafür müssen Opfer gebracht werden.«

»Ich werde dort sein. Dann also bis in …«, ich blickte auf die Armbanduhr, »… knapp vier Stunden.«

»Ich zähl auf Sie, Hansen.«

4

Zu Hause versorgte ich die Kaninchen mit Löwenzahn und Möhren. Dabei stellte ich mir vor, wie sie – ich meine nicht die Möhren – knusprig gebraten mit Rotkohl, Kartoffeln und einem trockenen Rotwein schmecken würden. Leider hatte Onkel Hugo in seinem Testament explizit festgelegt, dass alle Tiere lebenslanges Nießbrauchrecht genossen. Da die Viecher sich auch noch in einem rasanten Tempo vermehrten, musste ich ernsthaft über einen Ausbau der Verschläge nachdenken.

»Was wäre den Damen und Herren denn genehm?

Eine Villa mit Terrasse und Swimmingpool?«, fragte ich in die fröhlich mümmelnde Runde. »Wenn ihr nichts sagt, wird es nur ein karger Verschlag«, versuchte ich, sie aus der Reserve zu locken. Da sie immer noch nicht antworteten, hatten sich die Langohren ihre künftige spartanische Behausung selbst zuzuschreiben.

Früher hatte auch noch die Sau Wilpert zu meinen Mitbewohnern gezählt. Leider hatte sie sich bereits nach einem halben Jahr in den Schweinehimmel aufgemacht. Zwecks Trauerbewältigung hatte mir mein Kumpel Stefan Jahnknecht das Ferkel Pedder geschenkt, das mittlerweile deutlich an Gewicht zugelegt hatte. Während Wilpert sich immer etwas mürrisch gezeigt hatte, war Pedder eine Frohnatur. Streicheln war allerdings gefährlich, da dieser Pawlow'sche Reflex regelmäßig seinen Schließmuskel stimulierte, was sich nicht gerade vorteilhaft auf die Sauberkeit meiner Kleidung auswirkte. Aber wer war schon perfekt?

Nach der Viehpflege wässerte ich die Sträucher und Büsche und jätete Unkraut, dabei fluchend wie ein Bierkutscher. Musste Schimanski sich etwa mit Gartenarbeit rumschlagen? Die Gangsterjagd reichte doch, meinen Tag auszufüllen. Warum piesackte das Schicksal immer mich?

Motorengeräusche rissen mich aus meiner Selbstmitleidsorgie.

»Ich bin da, Alter!«, hatte Grabowski seinen Schädel aus dem Seitenfenster gesteckt.

Vor dem Haus parkte ein mindestens tausend Jahre alter Ford Taunus, dessen antike Karosserie von Rost zerfressen war. Zumindest schienen aber keine tragenden Teile von der Korrosion betroffen zu sein, sonst hätte Peter es kaum bis nach Buldern geschafft. An der Antenne hing ein Fuchsschwanz, und am Heck prangte ein Aufkleber mit dem Motto ›Ich bremse auch für Frauen‹.

»Von welchem Schrottplatz hast du denn diese Kiste? Bei einer Beschattung musst du unsichtbar sein. Diese Möhre kennt nach zehn Minuten jeder Köter im Münsterland.«

Peter stieg aus dem Auto und schüttelte kurz die Mähne im Takt zu dem aus dem Autoradio dudelnden musikalischen Meisterwerk *Ich bin der König von Mallorca*. Der Sänger Jürgen Drews sollte laut Fernsehberichten sogar in Dülmen wohnen, aber bisher war er mir noch nicht über den Weg gelaufen. Musste ja schließlich auch sein Reich auf Malle regieren. Grabowski wirkte wie sein jüngerer Zwilling: Trotz des verhangenen Himmels trug er eine überdimensionierte Sonnenbrille Modell Heino. Sein knallbuntes Hawaiihemd war bis zum Nabel geöffnet, so dass ich freie Sicht auf die wuchernde Brustbehaarung hatte. Die bombastisch aufgeblähte kirschrote Pumphose war vor dreißig Jahren modern gewesen. Ein unregelmäßiger Dreitagebart und fettig glänzende Haare rundeten das Bild ab. Kurzum: Grabowski sah aus wie immer.

»Der Cousin meines Dönerverkäufers hat einen Kumpel, der in Gebrauchtwagen macht. Die Kiste hat mich nur hundert Flöhe gekostet und sogar noch sechs Monate TÜV. Ein schickes Gerät, was? Ich gebe Ahmed die Kohle, wenn …«

Er kam nicht dazu, den Satz zu vollenden, denn aus dem Wageninnern tönte lautes Geschrei.

»Was ist das?«, zweifelte ich an meiner Wahrnehmung.

»Mist.«

Er sprintete ums Auto herum und riss die Beifahrertür auf; ich folgte neugierig. Aus einer Kinderschale krähte uns ein kleines, zahnloses Etwas mit dicker Knollennase an.

»Was ist das?«, wiederholte ich meine Frage.

»Ein Kleinkind, das siehst du doch.«

»Was hat der Hosenscheißer hier zu suchen?«, war ich doch ein wenig perplex.

»Nicht so laut, alter Schwede. Kevin ist eh etwas unruhig. Wahrscheinlich müssen die Windeln gewechselt werden«, zwinkerte Grabowski mir zu.

»Beantwortest du bitte meine Frage? Was hat dieser Kevin in deiner Karre verloren?«

»Ich hatte dir doch von meinem kleinen Problem erzählt. Du kennst bestimmt die Sabrina von der Spielhalle an der Steeler Straße.«

»Nein.«

»Nun, vor zwei Jahren ging es mir nicht so gut. Abgebrannt, Schulden, Schläger hinter mir her, kennste ja. Jedenfalls tat ich ihr leid, sie hat mich getröstet, und das ist das Resultat«, blickte er verzweifelt den Kleinen an, der immer lauter krähte.

»Eine gewisse Ähnlichkeit ist nicht zu leugnen, aber warum ist Sohnemann nicht bei seiner Mutter, anstatt hier die Kaninchen zu erschrecken?«

»Sabrina ist momentan zur Kur, Bandscheibe oder so. Deshalb hat sie mich gefragt, ob ich so lange auf Kevin aufpassen kann. Da ich vor zwei Wochen natürlich nicht wusste, dass du meine Hilfe brauchst, habe ich zugesagt. Seit heute Morgen sind Vater und Sohn vereint.« Stolz blickte er auf den heulenden Knirps herab. »Er ist total pflegeleicht, glaub mir«, schob er hastig nach.

»Na klar, du hast ihn ja schließlich auch schon seit ein paar Stunden. Wenn er so pflegeleicht ist, warum schreit er dann wie am Spieß? Wenn ich schreie, ist etwas nicht in Ordnung. Das wird sich bei einem Kind nicht anders verhalten«, versuchte ich mich als Psychologe.

»Dieter«, erklärte Grabowski mit einer Seelenruhe. »Kevin ist gerade mal ein Jahr alt und geht deshalb noch nicht aufs Scheißhaus. Wenn er sein Geschäft verrichtet hat, macht er sich durch gewisse Laute bemerkbar, und Vatter wechselt die Pampers. Du hast die große Ehre, bei der Premiere dabei zu sein.«

»Und was sagt Renate zum Nachwuchs?«, versuchte ich, mich in Bezug auf Grabowskis Familienverhältnisse auf den aktuellen Stand zu bringen.

»Sie weiß nichts davon, war vor ihrer Zeit. Außerdem haben wir uns getrennt.« Die überraschenden Neuigkeiten rissen nicht ab.

»Ihr seid doch erst ein paar Monate verheiratet.«

»Sie wollte einen Yuppie aus mir machen. Fester Job, kein Alkohol, gesunde Lebensweise. War nichts für mich. Aber wir bleiben Freunde«, schloss er mit dem Klischee, das sonst immer die Frauen bei Trennungen brachten. Roch stark danach, dass Renate ihn in den Wind geschossen hatte und nicht umgekehrt.

Peter öffnete die quietschende Kofferraumklappe: »Verdammte Scheiße, hab die Windeln zu Hause vergessen.« An Getränke hatte er aber gedacht, denn ruck, zuck hatte er eine Flasche Gerolsteiner in seine Hand gezaubert.

»Mineralwasser?«, fragte ich verblüfft, kannte ich ihn doch nur als Genießer hochprozentiger Getränke.

»Ich ändere mich, muss meinem Kevin ein Vorbild sein. Kein Alkohol in Gegenwart des Kindes«, beteuerte er.

»Schnaps hin oder her«, verdrehte ich die Augen. »Du sollst einen Verdächtigen observieren, und was passiert? Du läufst mit einem Wickelkind auf, das stündlich gefüttert werden muss. Dann vergisst du die Windeln und bestimmt auch das Fläschchen« – ein Blick in Grabowskis Gesicht verriet, dass ich recht hatte –, »wie stellst du dir das vor? Fahr nach Hause. Ich kann dich nicht gebrauchen«, stornierte ich den Auftrag.

»Dieter«, flehte er mich an. »Ich brauch die Piepen. Der Kleine stört nicht im Geringsten.«

Es war immer dieselbe Geschichte mit ihm, von einer Katastrophe zur nächsten. »Ich verspreche dir in die Hand, dass du ihn weder hörst noch siehst.«

Das glaubte ich nun nicht, aber Kevin schaute mich mit großen braunen Augen fast verzweifelt an. Das rührte derart mein Herz, dass ich ihn einfach nicht allein in Peters Obhut lassen konnte.

»Gut«, gab ich daher nach. »Aber dafür stehst du dein Leben lang in meiner Schuld.«

»Danke, mein Freund. Fährst du dann zum Supermarkt und besorgst Pampers und was zu futtern?«

»Es hackt wohl«, fuhr ich aus der Haut. Am Ende schlug er noch eine Adoption vor, wenn ich zu nachgiebig war.

»Gut, dann passt du so lange auf Kevin auf«, zauberte Gurkennase ein fettes Grinsen aufs Gesicht.

»Okay, überredet, ich kaufe ein«, wählte ich das geringere der beiden Übel.

Nachdem wir den Dreikäsehoch im Wohnzimmer auf eine Luftmatratze gebettet hatten, jettete ich, Grabowski tausend Tode an den Hals wünschend, zum Bulderner Einkaufstempel. Um meine schlechte Laune richtig auszukosten, stellte ich mir vor, wie ich nachher in die nach Fäkalien stinkende Nannen-Villa zurückkehrte.

Beim lokalen Lebensmitteldistributeur begrüßte mich der Besitzer Clemens Gahlen, ein Münsterländer in zehnter Generation, der mit Einheimischen einen Dialekt zu sprechen pflegte, von dem ich nur Bruchteile verstand. Mit mir parlierte er Hochdeutsch, allerdings mit einem Unterton, als ob es eine große Gnade für mich wäre: »Is wohl der Vorrat an Tiefkühlpizzen zur Neige gegangen, wat?«

»Ohne mich würde der Umsatz bei deiner Apotheke um die Hälfte sinken, ein wenig Demut wäre also angebracht«, blieb ich keine Antwort schuldig und machte mich auf die Suche nach den Babyartikeln. Dabei drang ich in Bereiche des Supermarktes vor, von denen ich bisher noch nicht einmal geahnt hatte, dass sie existierten.

Wenig später stapelten sich ein Wochenvorrat Billigwindeln, ein Dutzend Möhren- und Apfelmusgläschen sowie zwei Nuckelfläschchen und einige Packungen Milch im Einkaufswagen. Als ich gerade mit einigen Kindertees liebäugelte, legte sich eine Hand auf meine Schulter.

»Dieter, dich habe ich ja seit Tagen nicht gesehen.«

Karin Schumann. Sie sah wie immer bezaubernd aus, wenn sie ihre rabenschwarzen Haare offen trug. Allerdings bezog sich dieses Lob nur auf ihre körperlichen Reize. Der beigefarbene peruanische Poncho aus dem Eine-Welt-Laden, die roten Wollstrumpfhosen und die aus der Altschuhsammlung entwendeten Mokassins beleidigten jegliches ästhetische Empfinden.

»Schick siehst du aus«, nahm ich es mit der Wahrheit nicht so genau und drückte ihr einen Kuss auf die Wange.

»Danke«, lächelte sie geschmeichelt. »Was hast du da? Hoffentlich kein minderwertiges Fastfood?«, studierte sie den Inhalt des Einkaufswagens.

»Was ist denn das?« Mit verwirrtem Gesichtsausdruck und spitzen Fingern holte sie ein Möhrengläschen aus dem Karren.

»Peter ist zu Besuch und hilft mir bei einem Mordfall. Leider hat er seinen Sohn Kevin dabei, von dem ich bisher nicht mal wusste, obwohl er schon seit einem Jahr die Welt bevölkert. Und was soll ich dir sagen: Gurkennase hat natürlich nichts dabei, um ihn zu versorgen.«

»Stimmt das? Vielleicht ist es ja auch dein Kind? Von deiner Ex?«, fragte sie argwöhnisch.

Meine Ex, wie Karin sie bezeichnete, hieß Bettina. Wir waren sogar verlobt gewesen. Unsere Trennung war der Hauptgrund für meinen Umzug ins Münsterland gewesen. In unserer Beziehung waren kleine Unstimmigkeiten aufgetreten, und sie hatte völlig überreagiert: Knall auf Fall war ich aus der gemeinsamen

Wohnung und der elterlichen Firma verbannt worden, in der ich einen lukrativen Posten bekleidet hatte. Vor einiger Zeit war sie nach einem Indien-Trip bei mir aufgetaucht, um die Beziehung wieder aufleben zu lassen. Vishnu sei Dank, hatte sie im Dorf Franz Sporden kennengelernt, einen Dichter, der ihre spirituelle Neuausrichtung teilte. Damit war Dieter wieder abgeschrieben.

»Die ist doch mit ihrem Lover zu einem sibirischen Schamanen gereist, um den Weltfrieden herbeizumeditieren«, verbreitete ich den neuesten Dorfklatsch. »Wenn du mir misstraust, müssen wir wohl oder übel einen Vaterschaftstest durchführen lassen«, grinste ich gequält.

»Schon gut, ich glaub dir ja, aber was du da eingekauft hast, ist völlig ungeeignet. Diese Gemüsegläschen sind das reinste Gift für ein Kleinkind. Ihr müsst ihm einen Brei mit biologisch angebauten geschroteten Körnern anrühren. Und wenn Fertignahrung, dann höchstens aus dem Reformhaus.«

Eine Lehrstunde über Babynahrung hatte mir gerade noch gefehlt. Außerdem sprengten Reformhauseinkäufe mein Budget, und es war sicher, dass ich das Zeug bezahlen musste, denn in Gurkennases Portemonnaie fand man weniger Geld als Wasser in der Sahara.

»Millionen anderer Kinder haben die Gläschenkost überlebt, also wird es so schlimm nicht sein«, bemühte ich die Statistik.

»Mein lieber Dieter. Es geht nicht darum, dass Kevin überlebt. Insbesondere für einen Menschen, der am Anfang seiner Entwicklung steht, ist eine adäquate Ernährung das A und O«, ereiferte sich die Biobäuerin.

»Weißt du was? Am besten komme ich heute Abend vorbei und kümmere mich um den Kleinen.«

Phantastisch. Warum war ich nicht selbst auf die Idee gekommen?

»Das passt mir gut. Grabowski muss eine verdächtige Person überwachen, und da wäre das Kind nur hinderlich. Es könnte auch gefährlich werden«, übertrieb ich ein wenig.

»Was?«, entrüstete sich Karin erwartungsgemäß. »Seid ihr denn komplett wahnsinnig? Du bringst das Kind sofort vorbei. Von wem ist es eigentlich? Von Renate kann es ja nicht sein, bei seinem Alter.«

»Nein, Renate hat sich von Peter getrennt. Die Mutter ist irgendeine Sabrina aus seiner Stammspielothek. Wenn du so nett bist, auf das Kind aufzupassen, wäre ich dir sehr dankbar«, streichelte ich ihren Arm.

»Aber nur für kurze Zeit, denn schließlich muss ich auch arbeiten.« Mit einem Mal schien sie zu befürchten, dass sie Kevin nicht mehr loswürde. »Ich komme nachher vorbei und schaue nach dem Winzling. Vorher kaufe ich aber in Dülmen geeignete Babynahrung. Ciao.« Ein Kuss auf den Mund, und weg war sie.

Als ich gerade damit beschäftigt war, die Fressalien ins Regal zurückzustellen, wurde ich schon wieder gestört.

»Nannen, dass ich Sie noch mal treffe.«

Pfarrer Wilpert und seine Haushälterin Brigitte musterten mich grimmig. Böse Zungen behaupteten, die beiden wären so übergewichtig, weil sie täglich das Fritteusenfett der umliegenden Pommesbuden ausschlürften. Böser Dorfklatsch. Ihre grimmigen Blicke waren verständlich: Durch unglückliche Umstände war ich damals kurz nach meiner Ankunft im Münsterland an den Organistenposten für die Bulderner Gemeinde gelangt, hatte mich aber in der letzten Zeit immer öfter vor dieser unangenehmen Verpflichtung gedrückt.

»Haben Sie Nachwuchs? Soweit ich weiß, sind Sie nicht verheiratet«, wurde meine Produktauswahl kritisch beäugt.

»Nicht, dass Sie das etwas anginge, aber es ist für das Kind eines guten Freundes«, knurrte ich zurück.

»Ihnen ist doch wohl klar, dass vorehelicher Geschlechtsverkehr eine schwere Sünde ist? Mein Sohn, ich habe Sie in der letzten Zeit weder beim Gottesdienst noch bei der Beichte gesehen. Mir scheint, als wäre es an der Zeit, Ihre Seele zu erleichtern«, blickte er mich halb mitleidig, halb vorwurfsvoll an.

»Mein Job, Herr Pfarrer. Verbrecher kennen keinen Sonntag«, wollte ich ihn schnell abschütteln.

»Da Sie uns lange Zeit treu gedient haben, berührt mich Ihr Schicksal, mein Sohn«, troff Wilperts Stimme vor Pathos. »Wir haben eine Männergruppe, die sich jeden Mittwoch im Pfarrheim trifft. Da kommen Christen mit ähnlichen Problemen wie den Ihren. Das Thema der nächsten Zusammenkunft lautet: Dürfen Männer Gefühle zeigen? Sie sind herzlich eingeladen.«

»Durchaus interessant, aber ich bin mit meinem Leben zufrieden«, hatte ich keine Lust, wie ein Waldorfschüler meinen Namen zu tanzen.

»Schade«, setzte Brigitte mit krächzender Stimme an. »Wir haben bereits drei Sonntagsmessen ohne Begleitung gesungen. Das kann so nicht weitergehen.«

»Ich erwarte Sie am Sonntag Punkt neun«, schob Wilpert hinterher.

»Ich kann nicht. Ein wichtiger Auftrag.«

»Es gibt nichts Wichtigeres als unseren Herrgott«, wurde ich abgekanzelt. »Wenn Sie nicht erscheinen, werde ich in der Predigt Ihren zweifelhaften Lebenswandel anprangern. Also bis morgen.«

Das waren die Momente, in denen ich wirklich verfluchte, aufs Land gezogen zu sein. Man konnte machen, was man wollte; immer lief man jemandem über den Weg, den man am liebsten von hinten sah.

Leider musste ich Wilperts Drohung ernst nehmen. So verkalkt der Priester auch war, in der Dorfgemeinschaft zählte sein Wort, und wenn er wirklich von der Kanzel über mich wettern sollte, konnte ich mir lokale Aufträge abschminken. Folglich führte kein Weg daran vorbei, morgen früh aufzustehen und in die Tasten zu hauen. Tolle Aussichten.

Zu Hause bot sich auch kein Bild, das meine Stimmung aufgehellt hätte. Peter schnarchte selig im Schaukelstuhl, während Sohnemann wie am Spieß schrie. Klar, die volle Buchse war noch immer nicht gewechselt, und Hungergefühle durften sich mittlerweile auch eingestellt haben. Dummerweise hatte ich auch die Windeln wieder ins Regal zurückgestellt, so dass Kevin vor Schumanns Ankunft weder oral noch anal versorgt werden konnte. Ich nahm den Kleinen auf den Arm. Seine runden Augen blickten mich vorwurfsvoll an.

»Beschwer dich bei deinem Papa«, stellte ich sofort klar, wer schuld an der Misere war.

»Schlaf, Kindchen, schlaf, dein Vater ist ein Schaf. Der Dieter schüttelt's Bäumelein, es fällt herab ein Träumelein, schlaf, Kevin, schlaf.« Mein Gesang, der jedes Musik liebende Ohr beleidigt hätte, beruhigte überraschenderweise das Kind. Doch als ich aufhörte und es zurück aufs Bett legen wollte, fing es sofort wieder an zu quieken. So sang ich weiter, immer dieselbe Strophe, da mein Repertoire an Kinderliedern begrenzt war. Eine halbe Stunde später kam Karin endlich mit zwei vollen Einkaufstüten hereingerauscht.

»Gott sei Dank«, stöhnte ich. »Der Zwerg hat sich gründlich eingeschissen.«

»Dieter«, stellte Schumann die Taschen auf den Boden. »Deine Wortwahl ist nicht angemessen. Der Junge kriegt doch alles mit. Tiere scheißen, Kinder machen ein großes Geschäftchen.«

Die Belehrung konnte ich nach der Singerei gerade gebrauchen.

Karin stürzte sich auf uns und riss mir den Zwerg aus den Armen: »Kutschikutschikutschi, du bist ja ein Süßer. Hat Kevin Aa gemacht?«, zwickte sie schelmisch grinsend die kleine Knollennase. Ich hatte nie verstanden, warum Erwachsene beim Anblick eines Kindes sofort in debiles Kauderwelsch verfallen mussten. Ein Wunder, dass sich die meisten dennoch zu passablen Menschen entwickelten.

»Wir bringen ihn ins Badezimmer und machen ihn sauber«, ordnete Karin an.

Netterweise durfte ich die Hose öffnen und die Windel ausziehen. Der bestialische Gestank, verbunden mit dem Anblick von drei Kilo Kinderkacke, ließ sofort Übelkeit in mir aufsteigen. Ich befreite Kevin vom Gros der dunkelbraunen Ausscheidungen und reichte ihn an Karin weiter, die ihn in der Badewanne abduschte.

»Ist Kevi jetzt saubisaubi?«, knuddelte Schumann nach vollbrachter Reinigung ihren neuen Liebling. Wer war hier eigentlich das Kleinkind? Zu allem Übel gesellte sich auch noch Grabowski zu uns.

»Lieb, dass ihr euch um den kleinen Terroristen kümmert. Ihr seid wahre Freunde.«

Sowohl Karin als auch ich blickten ihn an, kurz davor, ihn mit der mit Biokampfstoffen angereicherten Pampers zu erschlagen.

»Es ist deine Aufgabe, dich um den Jungen zu kümmern, nicht unsere«, fand Schumann als Erste die Sprache wieder.

Offenbar konnte Kevin die Kritik an seinem Rabenvater nicht vertragen, denn sofort fing er zu heulen an.

Ich startete wieder meinen Song, und Karin begann, »kutschikutschi, Baby« wie eine Voodoobeschwörungsformel zu murmeln, aber ohne Erfolg. Plötzlich gab Gurkennase einen fetten Rülpser von sich, und augenblicklich war Ruhe im Karton. Kevin blickte aus der Wanne hoch und sonderte ein Bäuerchen ab, das die Zahnputzbecher wackeln ließ. Wie der Vater, so der Sohn.

Ich verdrückte mich in die Küche und spülte Geschirr, während Peter und Karin den Strampelmann in Stoffwindeln packten. Aus dem Badezimmer vernahm ich wilde Flüche – Grabowski – und harsche Zurechtweisungen – Schumann. Nach zehn Minuten war das Projekt ›Windelwechsel‹ erfolgreich beendet.

Als Gurkennase junior friedlich brabbelnd auf der Luftmatratze lag, gab ich seinem Dad Monas Adresse und Beschreibung. Er sollte sich so lange an ihre

Fersen heften, bis die Identität des Lovers geklärt war. Nachdem er sich übertrieben liebevoll von Kevin verabschiedet hatte, zog er endlich ab.

Ich drückte Karin einen Schmatzer auf die Wange und machte mich in Erwartung eines grandiosen Samstagabends auf den Weg nach Dülmen.

5

Du bist der Neue?« Knapp eineinhalb Dutzend Augenpaare blickten mich interessiert an.

»So ist es. Dieter Nannen.«

Alle waren bereits umgezogen, was angesichts der Zeit, zwei Minuten vor acht, nicht überraschend war.

»Wo sind meine Klamotten, Jungs?«

Ein bulliger Kerl, der sich als Heiner Vossen vorstellte, deutete auf einen Spind: »Dort müsste ein passendes Trikot für dich dabei sein. Du hast die freie Auswahl. Wir sehen uns gleich auf dem Platz.«

Wie auf Kommando erhoben sich alle und trippelten aus der Umkleidekabine. Ich suchte mir in aller Ruhe ein Dress und passende Treter aus und schlurfte gemütlich aufs Feld.

Das Training verlief ohne größere Probleme. Dank meiner fußballerischen Vergangenheit verfügte ich noch immer über eine gute Technik und ließ beim abschließenden Übungsspiel des Öfteren die gegnerischen Abwehrspieler wie Fahnenstangen stehen. Erhebliche

Schwierigkeiten hatte ich jedoch beim Konditionstraining, bei dem sogar der Torwart besser abschnitt. Ich konnte von Glück sagen, dass mein Auftraggeber nicht Präsident einer Triathlonmannschaft war.

Wir standen unter der Dusche und ließen das Wasser auf uns niederprasseln. Mein Nebenmann, der auf den Namen Gregor Pütz hörte, feixte mich an: »Du trickst zwar manchmal wie ein Brasilianer, schnaufst aber nach einer Minute lauter als meine Oma, wenn sie zwei Treppenstufen hochgeklettert ist.«

»Bin etwas außer Form, das kommt aber wieder.«

»Anscheinend hat Schlemmbach trotz deiner abwesenden Kondition einen guten Fang gemacht. Den Angelo steckst du allemal in die Tasche.« Das hielt ich doch für überzogen.

»Jetzt übertreib mal nicht«, kam auch gleich Widerspruch von unserem baumlangen Libero, der sinnigerweise Manni genannt wurde. »Der Angelo war klasse. Der hat zwar alles geknallt, was nicht schnell genug weglaufen konnte, aber auf dem Platz war er top.«

»Dieter ist besser, das steht doch wohl fest.«

»Du bist doch nur sauer auf Küppers, weil er mit deiner Ische rumgemacht hat.«

»Wenn ich kurz etwas sagen dürfte«, unterbrach ich die beiden Streithähne, »es bringt nichts, wenn wir uns gegenseitig zerfleischen. Küppers wird uns nicht mehr beim Aufstieg behilflich sein. Ich bin sein Ersatz und werde alles geben, dass der Name FC Dülmen in der nächsten Saison in der NRW-Tabelle geführt wird. Ob ich jetzt besser oder schlechter als Angelo bin, ist vollkommen egal. Wir sind eine Mannschaft, und nur, wenn wir an einem Strang ziehen, können wir den

Aufstieg schaffen«, machte ich einen auf Klinsi beim Sommermärchen.

»Bravo, bravo.« Unser Trainer stapfte in die Dusche. »Ich sehe schon: Du bist nicht nur ein guter Mittelstürmer, sondern auch ein guter Psychologe. Gregor und Manni, ihr habt gehört, was Dieter gesagt hat. Außerhalb des Stadions dürft ihr euch gerne die Köpfe einschlagen, aber hier will ich nichts davon hören, verstanden? Jetzt reicht euch die Hände, und vertragt euch.«

Widerwillig leisteten die beiden Streithähne der Aufforderung Folge.

»Und jetzt beeilt euch mit dem Duschen. Ihr seid Fußballspieler und keine Models. Charly hat eine neue Zapfanlage und brennt darauf, sie zu testen. Bis gleich.« Wiemers klopfte Gregor auf die Schulter und zockelte ab.

»Wer ist Charly?«

»Der Wirt vom *Litfass*, unserer Vereinskneipe«, meldete sich ein milchgesichtiges Jüngelchen zu Wort, das ich beim Training als rechten Außenverteidiger identifiziert hatte.

»Übrigens, ich bin der Andreas. Andreas Bork.«

»Der Andy spielt genauso schlecht, wie der Borg singt«, flachste Gregor, der seinen Humor wiedergefunden hatte.

»Außerdem endet mein Nachname mit »k« und nicht mit »g« wie bei diesem blöden Schlagerfuzzi.«

»Dadurch werden deine Flanken auch nicht besser«, frotzelte Pütz weiter.

»Meine Flanken sind allererste Sahne. Das Problem ist nur, dass deine voluminöse Haarpracht einen kontrollierten Kopfball zum Scheitern verurteilt.«

Tatsächlich war Gregors Kopf ziemlich dünn besiedelt. In deutlich unter fünf Minuten konnte er jedes Haar einzeln waschen und fönen.

Mir wurde dieses Kindergartengeplänkel zu viel, und ich verließ den Duschraum.

Eine Viertelstunde später stand ich am *Litfass*-Tresen und ließ mir das erste Pils kredenzen. Vom heutigen Abend erhoffte ich mir einige Informationen von Angelos Mannschaftskollegen. Dabei würde es mir entgegen kommen, dass der Alkohol im Verlauf der nächsten Stunden ihre Zungen lockern würde.

Noch war ich neben zwei Stammtischgrüppchen, die lauthals die Fehler ihrer Mitspieler beim Doppelkopf anprangerten, und zwei Frauen, die einen Hocker entfernt offensichtlich auf jemanden warteten, der einzige Gast. Charly war der typische Vereinskneipenzapfer, mit spärlicher Haarpracht und dicker Wampe. Er erzählte mir gleich seine Lebensgeschichte: Er hatte früher als Schlosser in einem kleinen Betrieb geknechtet, der Insolvenz anmelden musste. Dann hatte er gehört, dass Exwirt Günna die Kneipe wegen Reichtums aufgeben wollte. Mit dem in nur einem Jahr Kneipenbesitz erlangten Reichtum wollte er einen Trailerpark in Philadelphia aufmachen. Was aus Günna geworden war, konnte Charly nicht sagen. Als Schatzkiste hatte sich das Litfass nach der Übernahme jedenfalls nicht erwiesen.

»Selbst das Lokuspapier gehört der Brauerei«, stöhnte Charly. »Wenn du den Schuppen hier kaufen willst, nur zu. Es soll Leute geben, die damit ein Vermögen gemacht haben«, blickte er hoffnungsvoll auf mein Portemonnaie.

Doch ich hatte andere Pläne und wandte mich den beiden Frauen zu: »Seid ihr Anhänger des FC, oder was treibt euch sonst am Samstagabend in diese Kneipe?«

Die mir am nächsten sitzende Blondine mit extrem wenig Rock und extrem viel Holz vor der Hütte drehte sich um und musterte mich mit leicht benebeltem Blick von oben bis unten. Ihrer Stimme konnte ich entnehmen, dass das vor ihr platzierte Glas Wein nicht das erste war. Die Ringe unter den Augen verrieten einen ungesunden Lebenswandel. Nicht mein Fall, aber als Informationsquelle interessant.

»Oh, wer sind Sie denn, junger Mann? Sie habe ich hier noch nie gesehen«, schmiss sie mit Honig nach mir, denn sie war mindestens zehn Jahre jünger als ich.

»Dieter. Bin gestern als neuer Stürmer angeheuert worden, als Ersatz für Angelo Küppers.«

»Der gute Angelo. Schon schade, was mit ihm passiert ist. Ich kannte ihn sehr gut.«

Der Anblick der Blondine in Verbindung mit dem Duschgespräch über Angelos Liebesleben ließen mich nicht an dieser Aussage zweifeln.

»Und was treibt ihr hier?«

Ich wusste nicht, warum ich bei der Anrede immer noch den Plural wählte, denn die andere starrte entweder in ihre Apfelschorle oder auf die unzähligen Spirituosen, die hinter der Theke auf einem Holzregal deponiert waren, und hatte bisher noch nicht einen Laut von sich gegeben.

»Wir sind das, was man gemeinhin als Spielerfrauen bezeichnet. Darf ich vorstellen: Meine Freundin Sibylle, seit Sandkastentagen mit unserem Torwart Waldemar zusammen, und meine Wenigkeit, Ulrike, zurzeit mit Robert liiert, der zwar nur ein mäßiger Außenverteidiger ist, aber …«, sie beugte sich zu mir herüber und flüsterte »… dafür umso besser im Bett.«

»Herzlichen Glückwunsch.«

»He, Nannen, was kaust du meiner Braut ein Ohr ab? Guckt mal, Jungs, kaum einen Tag im Verein, schon versucht er, sich unsere Weiber unter den Nagel zu reißen.«

Eine Hand legte sich auf meine Schulter, und ich drehte mich um. Die dazugehörige Stimme gehörte wohl zu Robert, wie ich unschwer kombinierte. Mit ihm hatten fünf weitere Kicker, unter ihnen Gregor Pütz und Andy Bork, die Kneipe betreten.

»Deine Freundin war traurig, dass du noch nicht hier bist, da habe ich sie ein bisschen getröstet.«

»Ist schon okay. Wir wissen beide, dass meine Ulli Gesprächen mit Männern nie abgeneigt ist.«

Mit diesen Worten drückte er ihr einen Kuss auf die Lippen, der eher der Reviermarkierung diente, als Zuneigung demonstrierte. Ulrike schien das egal zu sein. Offenbar hatte ich ihr Interesse geweckt, denn während des Schmatzers blinzelte sie mir zu.

Während der nächsten zwei Stunden wurde zunächst über das morgige Spiel, dann über die Westfalenliga im Allgemeinen und, als uns der Stoff ausging, über die Bundesliga gefachsimpelt. Erstaunlich war, dass Küppers' Tod keinen sonderlich zu kümmern schien, denn sein Name wurde höchstens ein halbes Dutzend Mal erwähnt. Die Zeit heilte alle Wunden, auch wenn sie kurz war. Allerdings bot sich keine Chance, Details über das Privatleben des Ermordeten herauszufinden, geschweige denn Namen von Neidern oder Feinden.

Als ich den Abend schon als Zeitverschwendung abgeschrieben hatte, öffnete sich die Kneipentür. Ein langhaariger Hippie mit schwarzer Lederhose und einem gebatikten T-Shirt – vorne stand »Ich bin schizophren«, hinten »Ich auch!« – betrat den Laden. Ich schätzte ihn auf Anfang dreißig, aber die eingefallenen Wangen ließen ihn älter erscheinen.

»Hey, Alter, lange nicht gesehen, schmeißt du 'ne Runde?«, wurde er freudig von den Thekenturnern begrüßt.

Beschwörend hob er die Hände, woraufhin die Meute sofort mucksmäuschenstill war.

»Heute zahlt jeder selbst, Jungs. Papa hat gerade mal fünf Euro vor dem Bahnhofsklo zusammengeschnorrt. Genug, um meine Kehle vor dem qualvollen Austrocknungstod zu erretten, zu wenig, um Manna unter das Volk zu werfen. Trinkt auf meinen Wohlstand und meine Gesundheit; dann geht der nächste Abend wieder auf mich. Amen.«

»Komm, lass dich nicht lumpen«, nörgelten einige meiner Kameraden. Der Hippie ignorierte sie aber und setzte sich neben mich. Sofort konzentrierte sich die Aufmerksamkeit meiner Mitstreiter wieder auf wichtige Themen wie die nächste Bulderner Treckerrallye.

»Charly, ein Herrengedeck«, bestellte mein Nachbar, was sich aber als unnötig erwies. Der Wirt hatte bereits Pils und Korn auf die Theke gestellt.

»Du bist Dieter, Stürmerhoffnung des FC und Privatdetektiv«, sprach mich der seltsame Vogel an.

»Kennen wir uns?«

»Ich dich schon, du mich nicht«, lächelte er wissend und strich sich die Mähne aus dem Gesicht.

»Was weißt du sonst über mich?«

»Viel. Du hast einige knifflige Fälle gelöst. Hattest aber meiner bescheidenen Meinung nach mehr Glück als Verstand. Dann hast du was mit Karin Schumann laufen, der allseits beliebten Biolandwirtin. Die hat hier noch keiner geknackt. Respekt«, leerte er den Korn und hob das Pinnchen, um Nachschub zu ordern.

»Du bist Organist in Buldern, hast aber bereits zig Einsätze verschlafen. Ursprünglich stammst du aus Essen und warst mit Bettina Klimke verlobt. Irgendwann hat sie dich auf die Straße gesetzt, und du bist ins beschauliche Buldern gezogen.«

Woher wusste der Kerl so viel über mich?

»Was habe ich gestern Mittag gegessen?«

»Keine Ahnung. Irrelevante Information. Ich bin übrigens Jupp Schrage, Starreporter vom Dülmener Kurier«, reichte er mir die Hand. »Es ist mein Job, alles Wissenswerte über die Dülmener Prominenz auszugraben und abzuspeichern.«

»Und ich gehöre zur Prominenz?«, fühlte ich mich geschmeichelt.

»Klar, Mann. So viele bekannte Personen gibt es in diesem Kaff auch wieder nicht. Da gehörst du zu den Top Twenty, würde ich sagen.«

»Und wann kann ich mit der glorreichen Story über den berühmten Privatdetektiv rechnen?«

»Fehlanzeige. Im Moment bin ich an dir dran, weil du für den FC spielst. Neben dir sitzt sozusagen der Hofberichterstatter dieses glorreichen Vereins. Des FC Bayern der Westfalenliga. Nicht dass mich diese Aufgabe besonders reizt«, blickte er frustriert ins Glas, »aber Onkel Fritz hat mich dazu verdonnert.«

»Du bist mit Schlemmbach verwandt?«

»Jau, der Bruder meiner Mutter. Da er mir die Stelle beim Kurier verschafft hat, stehe ich in seiner Schuld. Ich hasse diesen Klüngel, aber ohne seine Hilfe wäre ich nie an einen Job gekommen. Magisterprüfung mit eins Komma null in allen Fächern und dann nur Absagen. Lediglich ein Praktikum bei der Desirée ist rausgesprungen. Ich war dort die legendäre Kummerkastentante Dr. Josephine.« Mit traurigem Gesichtsausdruck kippte er den zweiten Korn und ließ sich abermals nachschenken. Das Bier rührte er nicht an.

»Bin dann von Köln hierhergezogen. Wir sind sozusagen beide Exilanten, in geistiger Nachfolge Willy Brandts. Mittlerweile habe ich mich damit arrangiert, über Bauernolympiaden und Kaninchenzuchtwettbewerbe zu schreiben. Oder über Fußball«, fuhr er fort. »Ich soll übrigens ein Interview mit dir machen, Order vom Präsi. Hast du Lust und Zeit? Du hast sowieso keine Wahl.«

Das passte mir gut in den Kram. Zum einen mochte ich den Kerl, denn irgendwie waren wir in einer ähnlichen Situation. Zum anderen schien er über ein enzyklopädisches Wissen zu verfügen, speziell über die lokale Prominenz. Wenn mir einer Insiderinfos beschaffen konnte, dann Jupp.

»Gebongt, wie wär's mit morgen?«

Er trank sein Bier in einem Zug aus und wies Charly an, alles auf seinen Deckel zu schreiben.

»Zwanzig Uhr, bei mir in der Redaktion. Ist zwar Sonntag, aber tagsüber heiratet die hässliche Tochter von Bauer Kuhlmann den noch hässlicheren Sohn von

Bauer Engbert. Ich muss da ein paar Fotos schießen und die agrarökonomischen Konsequenzen einer Zusammenlegung beider Höfe mit dem jungen Glück diskutieren. Weltpolitik«, seufzte Jupp. »Anschließend muss ich dann alles zu Papier bringen; somit bin ich sowieso im Büro. Also morgen um acht.«

»Jungs!« Alle blickten auf ihn.

»Der Herr geht wieder Wasser in Wein verwandeln. Gewinnt euer nächstes Spiel, und bleibt sauber.«

Das Gejohle der Menge folgte ihm.

Nach Jupps Abgang blieb für diesen Abend nur noch Ulrike als Informationsquelle übrig, die ihren Freund bereits nach Hause geschickt hatte.

Wir hatten als Letzte die Kneipe verlassen, obwohl es erst halb eins war. Das bevorstehende Spiel schien für meine Mannschaftskameraden eine große Bedeutung zu haben, denn in puncto Alkohol hatten sich die Kicker zurückgehalten.

»Lebst du mit Robert zusammen?«, sondierte ich die Lage.

»Wer ist Robert?«, grinste sie.

»Wir könnten den netten Abend zu dir verlagern. Wo wohnst du?«

»Nur drei Straßen weiter.«

»Was stehen wir dann hier noch rum?«

»Das frage ich mich auch schon die ganze Zeit.«

Mit diesen Worten packte sie mich am Arm und zerrte mich hinter sich her.

»Die nächste Straße links, aber nicht so schnell«, ächzte ich ob der zusätzlichen Konditionseinheit.

Ulrike logierte in einem schäbigen Mehrfamilienhaus. Im Flur informierte uns ein Zettel, dass das Entsorgen von Leergut und Müll im Treppenhaus strikt untersagt sei.

Das Quartier war mit Angehörigen der Ikea-Family bevölkert: Billy, Expedit, Värde oder wie die schwedischen Einrichtungsgegenstände sonst so heißen mochten. Im Wohnzimmer hing ein mindestens zwei Quadratmeter großes Plakat – Motiv untergehende Sonne –, bei dem der Kitsch aus jeder Pore quoll.

»Hast du ein Bier?«, pflanzte ich mich aufs Sofa.

»Einen Moment«, strahlte sie und verschwand im Nachbarzimmer. Gelegenheit für mich, die Einrichtung zu studieren: Im Bücherschrank stapelten sich Tonnen von Liebesromanen: Julia, Ramona, Celina, ein erlesener Geschmack. Ich würde meine Fragen stellen, dann Abflug in heimische Gefilde.

Es dauerte gut zehn Minuten, bis sich die Tür wieder öffnete. Das sich mir bietende Bild würde ich mein Leben lang nicht vergessen: Ulrike hatte sich ihrer Kleidung entledigt, aber nicht komplett: Statt Landhausoutfit trug sie rote Strapse und ein Korsett, aus dem die Brüste herausragten wie mittelalterliche Waffen. Die blonden Haare waren als Dutt nach oben gesteckt.

»Zieh dich aus, du nichtsnutziger Sklave«, herrschte sie mich an. Hatte ich eigentlich schon die Peitsche erwähnt, die sie mir vor die Brust stieß?

»Uno momento«, konnte ich meine Verblüffung schlecht verbergen, »hast mich gerade auf dem falschen Fuß erwischt.«

»Ja, so ist es recht«, säuselte Ulrike mit der Intensität eines Zahnarztbohrers. »Winsel nur, ich werde dir die Flötentöne schon beibringen. Als ich dich gesehen habe, wusste ich, dass du auf Frauen stehst, die dich lehren, was Mama versäumt hat.«

»Können wir den Abend nicht etwas langsamer angehen lassen?«, hatte ich bei der Geschwindigkeit noch stark übertrieben.

»Quatsch nicht blöd rum. Oder bist du auch so ein Weichei wie Robert? Knie nieder, und leck den Fußboden, du Dreckskerl«, umklammerte sie von hinten meinen Hals. Wo war ich da nur hineingeraten?

»Sorry, ich stehe nicht auf diesen Kram«, würgte ich wahre Worte gelassen heraus.

»Ach, du brauchst bestimmt Musik.«

Sie ließ von mir ab und schritt Peitschen knallend zur Stereoanlage. Doch anstatt abzuhauen, war ich wie zur Salzsäule erstarrt.

Komm mit,
komm mit mir ins Abenteuerland,
auf deine eig'ne Reise.
Komm mit mir ins Abenteuerland,
der Eintritt kostet den Verstand.
Komm mit mir ins Abenteuerland,
und tu's auf deine Weise.
Deine Phantasie schenkt dir ein Land,
das Abenteuerland.

Pur mit *Abenteuerland.* Jetzt folgte der physischen auch noch die akustische Folter. Der Vorteil an Hartmut Engler und seinen Mannen war aber, dass bei mir der sofortige Fluchtreflex einsetzte.

»Hiergeblieben!«, brüllte Ulrike mir hinterher.

Ich rief noch irgendwas Idiotisches wie »muss noch

die Tiere füttern, schönen Abend noch«, dann war ich auch schon im Treppenhaus.

Was hatte ich im vorherigen Leben verbrochen, um immer an solche Irren zu geraten? Sollte vielleicht mal einen Reinkarnationstherapeuten aufsuchen.

Zu Hause beruhigte ich mich mit einem Pils und taperte dann im Dunkeln in Richtung Bett, um Kevin nicht aufzuwecken. Noch bevor ich die Matratze berührte, war ich eingeschlafen.

6

Der Wecker riss mich aus einem Alptraum: Ich hatte bei einem Preisausschreiben eine Backstage-Karte für das Pur-Konzert in der Gelsenkirchener Veltins-Arena gewonnen und durfte den musikalischen Vortrag von der Bühne aus verfolgen. Dann der Schocker: Als Hartmut in der Mitte des siebenstündigen Auftritts plötzlich die Stimme versagte, musste ich seinen Part übernehmen. Spätestens da hätte mir auffallen müssen, dass es sich nur um einen Traum handelte, denn ich kannte alle Texte in- und auswendig. Doch damit nicht genug, wurde ich von den weiblichen Fans – und es waren ausschließlich weibliche Fans – mit Plüschbärchen, Zahnspangen und Baumwollslips totgeschmissen.

Als ein durchaus potthässliches Mädel zu mir auf die Bühne kletterte, schrillte die Sirene. Manchmal liebte ich meinen Wecker.

Oh, bereits kurz nach neun. Ich beendete das Summen mit einem gezielten Hieb auf den Ausschaltknopf, sprang aus dem Bett und kleidete mich an. In drei Minuten war ich am Auto, nach weiteren zehn am Bulderner Dom.

Vor der Kirche hatte sich das komplette Dorf eingefunden, um den neuesten Klatsch auszutauschen.

Besonders freute ich mich, Stefan Jahnknecht zu treffen, da ich ihn seit längerer Zeit nicht gesehen hatte. Der geistig zurückgebliebene Junge arbeitete als Stallbursche bei einem hiesigen Bauern und war damals meine erste Bekanntschaft auf dem Lande gewesen.

»Stefan, wie läuft's, alles im grünen Bereich?«, fragte ich jovial.

Der Angesprochene umschlang mich mit seinen Riesenpranken und drückte mich, dass mir die Luft wegblieb: »Mich geht es gut. Du Lust, mit Stefan zu angeln?«, konnte er seine Freude nicht verhehlen.

»Können wir machen. Momentan habe ich viel Arbeit, aber wenn das Wetter schön bleibt, werde ich einen Nachmittag freischaufeln.«

Nach diesem erfüllenden Gespräch trottete ich in die Sakristei, wo Wilpert gerade seinen Talar anzog.

»Ich wusste, dass Sie kommen würden. Hier!«, drückte er mir einen Zettel mit unleserlich geschriebenen Nummern in die Hand.

»Zuerst die Moneten«, erinnerte ich ihn. Nach endlosen Diskussionen hatte er sich breitschlagen lassen, mir pro Gottesdienst zehn Euro zu zahlen. Leider litt er unter Amnesie und kam jedes Mal mit dem Spruch, die Ehre, Gott zu preisen, müsse Lohn genug sein.

Auf dem schrecklich verstimmten Gerät, das den

Namen Orgel nicht im Entferntesten verdiente, eröffnete ich die Messe mit einem einfachen Pachelbel-Kanon. Die Menge raunzte beeindruckt. Besser schräge als keine Musik. Anschließend wurde »Großer Gott wir loben dich« dreimal gesungen, was die Gemeinde gewohnt war. In der Predigt zog Wilpert kräftig vom Leder. Thema war das Ehebruchsgebot sowie vor-, außer- und nachehelicher Geschlechtsverkehr. Ich hatte den Eindruck, dass ich der einzige Adressat seiner Worte war, denn er wies auf die besondere Gefährdung von Detektiven hin. Den Rest des Gottesdienstes brachte ich ohne weitere Verfehlungen gegen die Zehn Gebote hinter mich.

Um elf war ich wieder zu Hause. Grabowski war noch nicht zurück, und Karin schlummerte selig mit Kevin im Arm. Da sie vermutlich die ganze Nacht kein Auge zugetan hatte, ließ ich sie schlafen.

Frühstück für mich und meine Tiere war angesagt, bevor ich mich wieder hinters Steuer klemmte und gen Havixbeck aufbrach. Es waren zwar noch drei Stunden bis zum Anpfiff, aber ich wollte dort einen Freund besuchen, der früher im gleichen Essener Unternehmen gearbeitet hatte. Er war nicht zu Hause. Die ungewollt freie Zeit schlug ich in einer Pommesbude am Spielautomaten tot. Mir gelang es, mit fünf Euro auszukommen.

Pünktlich eine Stunde vor Spielbeginn erreichte ich das Havixbecker Stadion, wo Andy Bork und Heiner Vossen am Eingang standen und ihre Lungen mit Qualm vollpumpten. Ich marschierte hinüber und steckte mir ebenfalls eine Zigarette an.

»Na, auch den Mannschaftsbus verpasst?«, nickte Vossen in meine Richtung.

»Ist mir neu, dass wir mit einem Bus zum Spiel gekarrt werden.«

»Wir sind ein hochprofessioneller Verein, der vom Organisatorischen her locker mit der Bundesliga mithalten kann. Leider hinkt das spielerische Vermögen noch hinterher«, blinzelte Andy mich an.

»Wird noch, wird noch«, entgegnete ich, obwohl meine Mimik das Gegenteil aussagte.

Wie auf Kommando warfen meine Mitspieler plötzlich die Zigaretten auf den Boden und zermalmten sie mit ihren Absätzen.

»Weg mit der Fluppe.«

»Wieso?«

Simultan zeigten beide hinter meinen Rücken. Ich drehte mich um und sah den Dülmener Kickerexpress heranrauschen. Ich nahm einen letzten Zug und ließ die Zigarette fallen.

Als Erstes stieg der Trainer aus und trampelte wutschnaubend auf uns zu.

»Die Moneten für euer müdes Gekicke wollt ihr pünktlich bekommen, aber schafft es noch nicht mal, rechtzeitig am Treffpunkt zu sein. Tja, dann könnt ihr eure Bräute wohl ein paarmal weniger ins Kino einladen, um an ihnen herumzufummeln. Andy und Heini, von euch kriege ich zwanzig Euro, von Dieter vierzig.«

»Was ist los?«, blickte ich den Trainer entgeistert an.

»Zwanzig für das Verpassen des Busses und zwanzig für das Rauchen eine Stunde vor dem Spiel«, klärte Andy mich auf.

»Ihr habt doch nicht alle Latten auf dem Zaun. Davon steht nichts in meinem Vertrag«, mimte ich den Mario Basler der Freizeitkicker.

»Dieter, du bist ein talentierter Spieler. Spielübersicht Bundesliga, Technik Regionalliga. Allerdings fehlt dir jegliche Disziplin. Deine Lunge gleicht einem porösen Blasebalg, mit dem du nicht einmal einen Säugling beatmen könntest. Wäre die Saison nicht bald gelaufen, würde ich dir ein massives Fitnessprogramm aufs Auge drücken. So bleibt mir nur die Hoffnung, dass du nicht auf dem Platz kollabierst«, stauchte er mich zusammen. So unrecht hatte er mit seiner Standpauke nicht, dachte ich schuldbewusst.

Meine Kameraden zückten die Geldbörsen und drückten Wiemers den geforderten Betrag in die Hand. Ich schulterte meine Sporttasche und spazierte mit den anderen in die Kabine.

Während des Umkleidens herrschte eine fast schon gespenstische Stille; jeder konzentrierte sich auf das wichtige Spiel.

Die Ansprache des Trainers fiel kurz aus: »Männer, wir sind in den letzten Tagen unsere Taktik so oft durchgegangen, dass ich jetzt nichts mehr sagen muss. An euren Gesichtern kann ich ablesen, dass ihr euch der Bedeutung dieses Matches bewusst seid. Wenn ihr alle hochkonzentriert zu Werke geht, werden wir diesen Hinterwäldlern in den Arsch treten. Dieter, wenn du eine Bude machst, vergesse ich den Vorfall von eben, und Torsten, du hast die vielleicht wichtigste Aufgabe, diesen Stinker Ralf auszuschalten, der, wie wir alle wissen, mit Abstand die meisten Tore geschossen hat. Du weichst keinen Millimeter von seiner Seite, und bis zur ersten Gelben kannst du ruhig robust zur Sache gehen.

Verschaff dir Respekt, und sei bei der Wahl der Mittel nicht zimperlich, alles klar?«

Torsten nickte abwesend, mit den Gedanken schon auf dem Spielfeld.

»Und jetzt raus! Einer für alle, alle für einen. Haut sie weg!«

Die zusätzlichen Trainingseinheiten hatten sich gelohnt. Unsere Mannschaft spielte wie aus einem Guss, und so fiel fast zwangsläufig in der dreißigsten Minute das Führungstor. Ich war steil in den Strafraum geschickt und brutal von einem Dülmener Verteidiger gefoult worden. Den fälligen Strafstoß verwandelte Pütz souverän. Danach verflachte das Spiel, nennenswerte Torchancen gab es keine mehr, so dass wir mit einem knappen Vorsprung in die Kabine trabten. Dort wartete Schlemmbach.

»Super Spiel, Jungs. Die Havixbecker haben keine Chance, wenn ihr so weiterspielt. Und das Schönste ist, dass die Billerbecker 2:0 hinten liegen, ich habe gerade mit einem Kollegen telefoniert. Also, schaukelt das Ding nach Hause, und in einer Stunde sind wir Tabellenführer!«

In der zweiten Halbzeit wurden wir noch besser, und ich erzielte mein erstes Tor in der Westfalenliga. Ich hatte einen weiten Abschlag unseres Keepers zehn Meter hinter der Mittellinie angenommen, einen herrlichen Doppelpass mit Andreas gespielt und von der Strafraumgrenze abgezogen. Die Kugel schlug unhaltbar in den rechten Winkel ein. Die verbleibende Zeit versuchten wir, das Ergebnis über die neunzig Minuten zu bringen. Problematisch wurde es noch einmal zehn Minuten vor Schluss. Torsten, der seiner Deckungsaufgabe äußerst engagiert nachging, kassierte nach einem hässlichen Foul die gelbrote Karte, und die Havixbecker bliesen zur Schlussoffensive. Unsere dezimierte Mannschaft hatte Zuordnungsprobleme, doch mehr als der Anschlusstreffer nach einer Ecke sprang nicht heraus. Die erhofften drei Punkte waren eingefahren.

Dementsprechend ausgelassen war die Stimmung in der Kabine, und die eine oder andere Sektpulle machte die Runde. Einziger Wermutstropfen war, dass die Billerbecker noch ein Unentschieden erkämpft hatten, wie der Bürgermeister nach dem Duschen verkündete. Somit musste im letzten Heimspiel ein Sieg her, aber davon waren wir sowieso ausgegangen.

Da das Gespräch mit dem Journalisten bevorstand und ich vorher den häuslichen Pflichten nachkommen musste, verabschiedete ich mich frühzeitig.

Grabowskis Wagen stand noch immer nicht auf dem Hof. Auf meinen Anruf sprang seine Mailbox an. Ich konnte also nur hoffen, dass er seiner Aufgabe nachging und nicht in einer Kaschemme die Bierbestände reduzierte. Seine guten Vorsätze hielten nämlich selten lange vor. Karin und Kevin waren ebenfalls ausgeflogen. »Sind spazieren gegangen. Hab dich lieb. Karin«, lautete die Nachricht auf dem Zettelblock. Gut, so hatte ich freie Bahn und musste mich nicht um irgendwelche Stoffwechselendprodukte kümmern. Ich zerkleinerte ein paar Möhren und einen Kohlkopf und schüttete den Salat ins Kaninchengehege. Dressing gab es nicht.

Eines der Tiere, das auf den Namen *Rambo* hörte, hatte sich an der Pfote verletzt. Obwohl es sich nur um eine kleine Schnittwunde handelte, holte ich Verbandszeug aus dem Auto und legte einen fachmännischen Druckverband an.

Plötzlich klingelte das Handy. Bestimmt Grabowski.

»Nannen.«

»Halt dich vom FC fern. Wenn du weiter für den Verein aufläufst, machen wir dich kalt«, tönte eine verzerrte Stimme aus dem Hörer. Die Rufnummer war natürlich unterdrückt.

»Mit wem habe ich das Vergnügen?«, stellte ich eine rhetorische Frage.

»Ein richtiger Scherzbold, ich lach mich tot. Also, das ist die letzte Warnung.« Die Verbindung wurde unterbrochen. Nicht schlecht: Obwohl ich bisher nicht mal eine lauwarme Spur hatte, wurde ich bereits bedroht.

Um halb acht betrat ich die Redaktionsräume des *Dülmener Kuriers*. Die größte und zugleich einzige Zeitung des Ortes residierte seit gut einem Jahr in einem alten Gehöft. Die ehemaligen Schweineställe waren umgebaut worden und beherbergten jetzt die Druckerei. Gerhard Tilke, Karins begrenzt sympathischer Bruder, war der Chefredakteur. Natürlich lief ich ihm sofort über den Weg.

»Wie geht's, wieder einen Fall aufgeklärt?«, lachte er wiehernd und fuhr sich mit der Hand durch die halblangen Haare. »Oder willst du nur deinen Schwager in spe besuchen?«

»Bin mit Schrage verabredet«, fiel meine Antwort denkbar knapp aus.

»Mit dem Redaktionsdesperado? Viel Spaß. Ich verrate dir ein Geheimnis. Der hat den Job nur gekriegt, weil sein Onkel ein gutes Wort für ihn eingelegt hat. Schlemmbachs Seifenfabrik ist unser wichtigster Anzeigenkunde.«

Hätte mich auch gewundert, wenn Jupp und Gerhard Freunde gewesen wären. Hätte mich auch gewundert, wenn Gerhard überhaupt Freunde hätte.

»Willst du nicht mal mit Karin zum Brunch vorbeikommen? Es gibt alles, was das Herz begehrt. Scampis und Blubberwasser bis zum Abwinken«, mimte Gerhard den Mann von Welt.

»Keine Zeit im Moment«, fielen mir ad hoc tausend andere Dinge ein, die ich lieber machen würde.

Damit war der Smalltalk beendet. Gerhard wies mir den Weg zu Jupps Büro, falls man die drei Quadratmeter so bezeichnen konnte. Der Hippie hatte die Füße auf den Schreibtisch gelegt und kritzelte auf einem Notizblock rum.

»Schön, dass du da bist. Glückwunsch für das gute Spiel heute.«

»War ganz okay. Wie ist dein Tag gelaufen?«

»Entsetzlich«, stöhnte Jupp. »Das Hochzeitspaar hat mich endlos lange warten lassen, und als Krönung musste ich zur Musik eines grottenschlechten Alleinunterhalters Discofox tanzen. Wie tief bin ich gesunken? Aber genug davon, lass uns anfangen.«

Jupps Fragen waren wenig progressiv: Was wollt ihr erreichen, wie siehst du die Gegner, ist euer System erfolgversprechend? Eigentlich hatte ich keinen großen Einblick, versuchte aber, jede Frage ausführlich zu beantworten.

Nach einer guten Stunde meinte Jupp: »Das reicht.

Daraus kann ich eine nette Reportage über den Aufstiegsgaranten zusammenbasteln. Sollen wir noch einen trinken gehen?«

»Heute leider nicht. Aber du könntest mir weiterhelfen. Dein Onkel hat mich beauftragt, den Küppers-Mord aufzuklären.«

»Ich weiß«, nickte Jupp. »Indem er dich engagiert hat, schlägt er zwei Fliegen mit einer Klappe. Bei der Lage der Dinge hätte er keinen anderen Stürmer mehr bekommen. Zudem suggeriert er der Öffentlichkeit, dass er aktiv zur Aufklärung beiträgt.«

»Denkst du, dass der Mord von einem Konkurrenten oder vielleicht von einem durchgeknallten Fan verübt worden ist? Ich fische völlig im Trüben.«

»Kann sein, aber ich habe mir darüber noch keine Gedanken gemacht. Ist Tilkes Story. Wenn ich raten müsste, würde ich auf einen Mannschaftskollegen tippen. Angelo hat sich an jede Frau rangemacht, die nicht bei drei auf den Bäumen war. Einige Mitspieler sollen extrem eifersüchtig gewesen sein. Ob das als Mordmotiv reicht? Mit Ulrike hatte Küppers auf jeden Fall was, und wie ich gehört habe, hat Robert schon einige Nebenbuhler vermöbelt. Scheint das Steckenpferd der beiden zu sein: Sie vögelt sich durch die Gegend, und er vertrimmt anschließend die Kerle. Wobei man dazu sagen muss, dass Ulrike leicht ausgefallene Sexualpraktiken pflegt«, lachte er.

»Was du nicht sagst.«

»Nee, du hast doch nicht auch …? Mach dir nichts draus, ich bin auch schon bei der Trulla gewesen. Die baggert jeden an. Als ich gemerkt habe, wie die Alte tickt, bin ich sofort abgehauen. Zwei Souvenirs hat ihre Peitsche trotzdem auf meinem Rücken hinterlassen.«

Zum Beweis drehte er sich um, zog sein Shirt hoch und präsentierte zwei Narben.

»So weit sind wir nicht gekommen. Pur hat mich in die Flucht geschlagen.«

»Pur? Bei mir lief *Hyper Hyper*. Wahrscheinlich habe ich deswegen mehr Dresche abbekommen.«

Wir lachten schallend, während ich insgeheim hoffte, dass Hirschmann nichts von meinem vorzeitig abgebrochenen Schäferstündchen mit Ulrike erfuhr. Der Auftritt war heftig genug gewesen, da brauchte ich nicht noch ein neues Gebiss.

»Es gibt da einige Gerüchte«, unterbrach Jupp meine düsteren Gedankengänge.

»Was für Gerüchte?«

»Einige Dülmener Spieler sollen unter ihren Möglichkeiten kicken. Es ist auch von Geld die Rede.«

»Geht es konkreter?«, bohrte ich nach.

»Leider nein. Ich habe beim Mannschaftstreffen einige seltsame Bemerkungen aufgeschnappt. Da ich das sowieso nie in einem Artikel bringen könnte – Onkel Fritz würde mir den Kopf abreißen –, habe ich nicht weiter nachgebohrt.«

»Wer hat was gesagt? Schließlich geht es hier nicht um ein Knöllchen wegen Falschparkens.«

Jupp wand sich wie ein Aal: »Ich weiß wirklich nicht, ob da was dran ist und wer darin verwickelt ist. Ich sage nur so viel: Der Vossen hat zwei eidesstattliche Versicherungen abgegeben. Der Typ braucht jeden Cent. Aber von mir hast du das nicht«, beeilte er sich hinzuzufügen.

»Heißen Dank, das ist doch wenigstens mal eine Spur. Übrigens bin ich telefonisch bedroht worden. Ich soll mich vom Verein fernhalten.«

»Wahnsinn«, war mein Gegenüber kaum noch zu halten. »Pass auf, Dieter. Die Geschichte kann ich mir nicht entgehen lassen. Ich versorge dich mit Infos, und im Gegenzug lieferst du mir die Story, wenn du den Mörder gefasst hast. Im *Kurier* kann ich die zwar nicht bringen, aber sie lässt sich bestimmt an den *Westfalenanzeiger* in Münster verticken. Ist das ein Deal?« Er schlabberte etwas Kaffee über sein Shirt mit der Aufschrift »Allein schlafen verschärft die Wohnungsnot«.

»Geht klar.« Jupp war eine ideale Quelle für Klatsch und Tratsch. Die musste ich mir warmhalten.

7

Als ich zu Hause den Lichtschalter betätigte, erlebte ich eine faustdicke Überraschung. Statt Karin und Grabowski lümmelten sich zwei unangenehme Gestalten auf dem Sofa herum. Der blonde nordische Typ musste mindestens zwei Köpfe größer sein als ich. Der Untersetzte hatte »Mahrlies, ich liebe dich« auf den Unterarm tätowiert, was auf einen mit allen Finessen der deutschen Orthographie vertrauten Bilderstecher schließen ließ. Lieber wäre mir jedoch gewesen, wenn die Gaspistole in seiner Hand eine Tätowierung gewesen wäre.

»An Sonntagen ist mein Büro nur bis achtzehn Uhr geöffnet. In dringenden Fällen bitte an die Detektiv-Hotline wenden. Wenn ich euch nun bitten dürfte, meine Wohnung zu verlassen, Jungs.«

Langsam bewegte ich mich rückwärts und überlegte krampfhaft, wo mein Revolver steckte. Dickerchen bewahrte mich davor, mein Gehirn überzustrapazieren. Mit einer Behändigkeit, die ich ihm nicht zugetraut hatte, sprang er über den Tisch und ballerte mir eine Ladung Gas ins Gesicht.

Die Wucht des Schusses schleuderte mich gegen die Tür, und ich glitt zu Boden. Tränen schossen mir in die Augen und ertränkten jegliche optische Wahrnehmung. Mein ganzer Körper bestand nur noch aus brennendem Schmerz. Leider war das Martyrium damit nicht beendet. Mahrlies' Freund zog mich hoch und hielt mich fest, während der andere meinen Oberkörper mit Schlägen eindeckte. Was zu viel war, war zu viel. Mein Mageninhalt weigerte sich, solche Misshandlungen über sich ergehen zu lassen, und verließ den Körper.

»Du Fotzenkopp, das Hemd ist neu.«

Ein Tritt in den Unterleib ließ eine weitere Schmerzlawine durch mein Nervensystem rollen. Dieses meldete dem Gehirn, dass es am klügsten sei, das Bewusstsein zu verlieren.

»Wenn du weiterhin deine Nase in anderer Leute Angelegenheiten steckst, besuchen wir dich wieder«, war das Letzte, was ich auf meiner Reise in die Dunkelheit hörte.

Laut Berkeley existierten Dinge nur, wenn wir sie wahrnahmen. Demnach war ich sicher, nur böse geträumt zu haben, denn als ich meine Augen öffnete, war nichts von meinen Besuchern zu sehen, zu hören oder zu riechen.

Die Schmerzen hingegen schienen äußerst real zu sein, zu real, um von einem Traum herzurühren. Es war kein Verlass auf die Philosophen.

Karin Schumann, die auf einem Stuhl vor meinem Bett friedlich vor sich hin döste, war zwar ein Traum, aber hundertprozentig von dieser Welt. Sie hatte sich an Grabowski gelehnt, der interessiert die Bildzeitung studierte.

»Was macht ihr hier?«, versuchte ich zu sagen, aber heraus kam nur ein Röcheln.

Karin schreckte hoch: »Du bist aufgewacht, Gott sei Dank. Als ich dich gestern fand, dachte ich, man hätte dich umgebracht.«

»Ich bin unkaputtbar.«

»Wie bitte? Du darfst nicht reden. Du darfst dich überhaupt nicht anstrengen. Die Ärzte im Krankenhaus haben dir absolute Bettruhe verordnet. Hast du Schmerzen? Sag nichts. Hier.«

Sie nahm eine braune Pille von meinem Nachttisch und steckte sie mir in den Mund. Ich schluckte, ohne zu fragen.

»Eigentlich bin ich gestern Abend vorbeigekommen, um dir eine Standpauke zu halten. Ihr habt mich den ganzen Tag mit Kevin allein gelassen, ohne euch zu melden. Als deine Haustür sperrangelweit offen stand, wusste ich, dass was nicht stimmt. Verdammt noch mal, das ist doch kein Beruf, wo man dermaßen zugerichtet wird. Ich habe dich sofort zum Krankenhaus gefahren. Stell dir vor, die Ärzte sagen, es ist halb so schlimm.«

»Hast du was erreicht?«, fragte ich Peter, der bis jetzt geschwiegen hatte.

»Mhm, ja«, druckste er herum. »Ich glaube, es ist meine Schuld, dass du verprügelt worden bist.«

»Wie bitte?«, glaubte ich, meinen Ohren nicht zu trauen.

»Du hast sicher Durst, ich gebe dir etwas Gutes«, mischte Karin sich ein.

Bevor ich protestieren konnte, was angesichts meiner momentanen Kommunikationsfähigkeit sowieso aussichtslos war, rannte sie in die Küche und kam mit einem Schnabelbecher wieder, der eine weiße Flüssigkeit enthielt. Da sich meine Kehle trocken anfühlte, entschied ich, das Zeug zu trinken, egal, wie ekelhaft es für meine noch immer höllisch brennenden Augen aussah.

Ich stellte fest, dass kein Mensch gegen Fehler gefeit war, nicht einmal ich. Das Schumann-Gift landete postwendend auf der Bettdecke.

»Du hast nur erbrochen, weil du deinen Magen durch Millionen von Zigaretten und Eimer von Kaffee ruiniert hast. Dieses alte Rezept meiner Mutter löscht gleichzeitig den Durst und heilt. Heiße Milch mit Salz und Pfeffer. Ich habe eine ganze Kanne gekocht.« Sie blickte auf die Bettdecke und rümpfte die Nase: »So eine Sauerei.«

Während sie das Bett neu bezog, schimpfte Karin weiter: »Die Ärzte wollten dich in ein Sechsbettzimmer verfrachten. Da hab ich denen aber was gehustet. Ich musste unterschreiben, dass häusliche Pflege gewährleistet ist, dann habe ich dich hierhingebracht und ins Bett gesteckt.«

»Warum bist du schuld, dass ich vermöbelt wurde?«,

wandte ich mich an Grabowski, denn das interessierte mich deutlich mehr als Karins Geplapper.

»Ich habe Monas Liebhaber gefunden. Hab ihn zwar nicht reingehen sehen, aber gegen Mittag ist ein Mann durch die Hintertür geschlüpft. Der Typ war um die vierzig und stank nach Geld. Hatte Mühe, seinem Angeber-BMW mit meiner Knatterkiste zu folgen, aber ich bin halt Vollblutschnüffler.«

»Name?«, setzte sich mein detektivischer Spürsinn durch.

»Immer schön geschmeidig bleiben. Ich habe ihn quer durch Dülmen verfolgt. Ist ins Gewerbegebiet zu einer Baustofffirma gefahren. Da hat sich deine Verflossene aber einen reichen Macker geangelt.«

Triumphierend blickte Peter in die Runde. Als er keinen Applaus erhielt, fuhr er fort: »Oswald Reisinger heißt er. Habe dann bis zum Feierabend gewartet, um mich auf dem Gelände umzusehen.« Zur Steigerung der Spannung legte er eine Pause ein, bis ich »Und, hast du?« fragte.

»Ich hab mich hinter einem Steinhaufen verkrochen und mich einschließen lassen. Als ich ins Gebäude wollte, muss ich wohl den Alarm ausgelöst haben. Jedenfalls waren auf einmal zwei Typen hinter mir her, die letzten Knastvögel. Ich über den Gitterzaun, rein in den Wagen, und dann Gummi, bis die Reifen qualmten. Dann ab zu dir. Ich fahr gerade auf den Hof, da sehe ich Scheinwerfer hinter mir. Also habe ich gewendet und mir im nächsten Kaff erst mal einen gegen die Angst genehmigt. Übernachtet habe ich im Auto neben der Kirche. Dachte, dort bin ich sicher. Hab aber trotzdem kein Auge zugemacht.«

Es sah tatsächlich so aus, als hätte Grabowskis dilettantisches Verhalten mir die Schläger auf den Hals gehetzt. Sie hatten ihn gestern bis zu meinem Haus verfolgt, an dessen Wand ein großes Firmenschild »Detektei Dieter Nannen« prangte. Der Schluss, dass ich was mit der Schnüffelei auf dem Firmengelände zu schaffen hatte, lag selbst für gehirnamputierte Schläger nahe. Tolle Arbeit, Gurkennase.

»Wir scheinen dem Mörder auf der Spur zu sein«, zog ich das Positive aus den Geschehnissen, auch wenn die Schläge den Falschen getroffen hatten.

»Du nimmst mir nicht übel, dass ich die Brut zu dir geführt habe?«

»Lass gut sein; schließlich bist du ein Laie auf diesem Gebiet. Wenn dieser Reisinger jetzt schon so reagiert, wird er weitere Fehler machen«, redete ich Grabowski gut zu, der durch sein schlechtes Gewissen genug gestraft war.

»Morgen schnappen wir uns die Brüder«, gab ich die Marschrichtung vor, hatte dabei allerdings nicht mit Feldwebel Schumann gerechnet: »Nichts da. Du hütest die komplette nächste Woche das Bett. Da dulde ich keinen Widerspruch.«

Bis zum nächsten Wochenende das Bett hüten? Nun, wenn Karin sich dazulegen würde, einverstanden, aber allein?

»Ich fahr jetzt nach Hause, dünge einen Acker und füttere das Vieh. Kevin nehme ich mit. Um zwölf komm ich wieder. In der Zwischenzeit ruhst du dich aus. Kapito?«

Ich versuchte zu nicken.

»Pass mir ja auf den Kleinen auf. Nicht dass mir

Klagen kommen«, tönte mein Kumpel großspurig, obwohl er mit Sicherheit froh war, dass ihm die Verantwortung für den Racker abgenommen wurde.

Karin warf ihm einen vernichtenden Blick zu, ließ seinen Spruch aber unkommentiert.

»Möchtest du noch etwas trinken?«, wandte sie sich wieder ihrem Lieblingspatienten zu.

Vehement schüttelte ich den Kopf, was zeigte, zu welch physischen Leistungen ein Mensch in Todesangst fähig war.

Karin stellte die Schnabeltasse in Reichweite und verabschiedete sich. Gurkennase trottete hinterher. Mir fiel nichts Besseres ein, als mich wieder in Morpheus' Arme zu begeben.

Um zehn wachte ich auf. Was immer das für eine Pille gewesen war, sie wirkte. Zumindest fühlte ich mich wieder wie ein Mensch. Die Schmerzen hatten nachgelassen, und ich konnte sogar sprechen.

»Scheiße« war alles, was mir zum Stand der Dinge einfiel. Dasselbe Wort kam mir über die Lippen, als ich mich im Badezimmerspiegel begutachtete. Ich hatte zwar keine schweren Verletzungen davongetragen, aber mein Kopf leuchtete feuerrot wie ein gesiedeter Krebs.

Vor Selbstmitleid zerfließend, stiefelte ich in die Küche und kochte mir eine Hühnersuppe. Grabowski schlief auf der Couch. Da ich keine Lust auf sein dummes Gesabbel hatte, ließ ich ihn schnarchen. Denkarbeit war angesagt: Jupp hatte die Namen meiner Mannschaftskollegen Heiner Vossen und Robert Hirschmann genannt. Vielversprechender schien jedoch Monas Liebhaber Reisinger, der mir das Schlägerkommando auf den Hals geschickt hatte. Allerdings sah ich hier kein Motiv. Sich mit der Witwe zu vergnügen, obwohl die Leiche des Gatten noch nicht kalt war, war geschmacklos, aber nicht strafbar. Vielleicht hatte Angelos Tod etwas mit Reisingers Geschäften zu tun. Warum sonst hätte er seine Handlanger hinter Gurkennase herschicken sollen?

Mein Telefon klingelte. Schlemmbach.

»Habe soeben mit Löw telefoniert, eine Berufung für das nächste Länderspiel ist Ihnen sicher. Saubere Leistung gegen Havixbeck, muss ich sagen. Wie fühlt sich denn mein Joker für den Aufstieg? Schon gejoggt und gesund gefrühstückt? Müsli müssen Sie essen, das gibt Kraft, mein Junge. Ich kann Ihnen das Zeug von einem Freund lasterweise besorgen. Vor langen Sitzungen esse ich auch immer etwas Leichtes. Gibt Energie und belastet nicht. Meine Frau …«

»Die Ernährung ist mein geringstes Problem«, unterbrach ich seinen Redeschwall.

»Ach?«, ließ er sich von mir die Ereignisse der vergangenen Nacht berichten.

»Verdammter Mist. Das waren hundertprozentig die Billerbecker. Zu viele Protestanten dort. Das senkt die Moral, glauben Sie mir. Mein Ex-Schwager wohnt dort. Nach zwei Jahren, in denen er meine Schwester nach Strich und Faden betrogen hatte, hat er sich von ihr getrennt. Aber wen wundert's? Dieses asoziale Gesocks von Lutheranern …«

Während ich in der Küche Kaffee aufsetzte, erzählte Schlemmbach meinem Wohnzimmertisch, wie die Protestanten während der Bauernkriege das Münsterland verwüstet hatten und dass man die Auswirkungen noch heute spüren konnte.

»... und die Billerbecker Mannschaft besteht zu achtzig Prozent aus Lutheranern. Pfarrer Endruscheit hat mir eine Statistik gezeigt.«

»Ich kann heute nicht trainieren«, warf ich ein.

»Was?«

Diesen simplen Fünfwortsatz musste ich mir merken, wenn ich mal wieder zugetextet werden würde. Der Bürgermeister war sprachlos.

»Ich habe die Nacht im Krankenhaus verbracht. Falls nötig, besorge ich ein Attest.«

»Gottverdammter Hurendreck. Haben es die Mistböcke geschafft, die Gesundheit meines besten Mannes zu ruinieren? Ich zeige die Satansbrut an. Wir machen kurzen Prozess mit dem Pack.«

»Zum nächsten Spiel bin ich wieder fit. Aber jetzt muss ich regenerieren«, beruhigte ich ihn.

»Wenn das so ist, perfekt. Haben Sie schon etwas im Mordfall Küppers herausgefunden? Ich habe für drei Uhr eine Pressekonferenz anberaumt und würde gern konkrete Ergebnisse vorweisen.«

Ich konnte es nicht glauben: »Ob, wann und wo Sie eine Pressekonferenz bezüglich Angelo abhalten, wird mit mir abgestimmt, und zwar vorher. Man gibt grundsätzlich nicht den Stand der Ermittlungen preis, das kann Ihnen jeder Hilfspolizist erzählen. Außerdem gibt es beim besten Willen nichts, was man den Journalisten erzählen könnte«, war ich auf hundertachtzig.

»Ich muss den Sozis immer einen Kilometer voraus sein. Wofür stehen Sie auf meiner Gehaltsliste? Da Sie letztendlich vom Bürger bezahlt werden, muss ich der Presse irgendwas bieten.«

»Wenn Ihnen meine Arbeitsweise nicht passt, suchen Sie sich einen anderen Stürmer. Mir persönlich ist scheißegal, ob Ihre Fußballlegastheniker in der Bundes- oder Kreisliga kicken.«

Der Bürgermeister röchelte: »Perfekt, kein Problem. Lassen Sie uns nachdenken, wie wir das hinbiegen. Ich glaube …«

»Da gibt es nichts zu überlegen. Sagen Sie die Pressekonferenz ab. Ende der Durchsage.«

Ich drückte das Gespräch weg und holte Kaffeenachschub. Das Telefon klingelte noch einige Male, aber ich nahm nicht ab.

Mit ausreichend Koffein in meinen Adern begab ich mich zwecks Spurensuche in den Keller. Mein Verdacht wurde bestätigt: Die Eindringlinge hatten dort die Außentür aufgebrochen. Mit einem handwerklichen Geschick, das ich mir gar nicht zugetraut hätte, reparierte ich das Holzkonstrukt. Nach getaner Arbeit hörte ich plötzlich, wie das Bett meinen Namen schrie. Mit einem tragbaren CD-Player bewaffnet folgte ich dem Ruf.

Während die *Tindersticks* wehmütige Geschichten über gestrandete Existenzen murmelten, fielen beklemmende Alpträume über mich her. Ich saß in meiner Badewanne, und obwohl ich nicht gefesselt war, konnte ich mich nicht bewegen. Reisingers Schläger leisteten mir Gesellschaft. Der eine saß hinter, der andere vor mir. »Schau mich nicht an!« Mit lautem Krachen zerbarst mein Nasenbein. »Es ist aus mit der Schnüffelei«, keuchte der Untersetzte hämisch hinter mir.

Urplötzlich ereignete sich eine Metamorphose, und der Dicke verwandelte sich in Schlemmbach, der Blonde in Reisinger.

»Perfekt. Sind wir nicht eine schöne kleine Familie?«, lachte Schlemmbach. Reisinger fiel wiehernd in Schlemmbachs Gelächter ein und schlug mir erneut die Nase entzwei. Das war zu viel, und ich wachte schweißgebadet auf.

Wilde Wut ergriff Besitz von mir. Es reichte den Mistkerlen nicht, mich zusammenzuschlagen, nein, sie mussten mich auch noch in meinen Träumen verfolgen. Ich hatte die Schnauze gestrichen voll.

Durch die Lektüre diverser Psychologieschwarten wusste ich, dass man sich seinen Ängsten stellen musste, was bedeutete, Pat und Patachon ausfindig und unschädlich zu machen. Normalerweise hatte ich nie Angst. Weswegen auch? Letztendlich war ich noch mit jedem Gegner fertig geworden. Dennoch musste die gestrige Hilflosigkeit meinem Unterbewusstsein einen Knacks versetzt haben, und das ärgerte mich mehr als meine krebsrote Gesichtsfarbe.

Es klingelte. Ich weckte Grabowski, der mit unverständlichem Genuschel unter die Lebenden zurückkehrte. Er setzte sich auf, gähnte und lugte vorsichtig zu den Biervorräten. Ich schüttelte nur den Kopf, was ihn zu der Bemerkung »Ein Kaffee tut es auch« veranlasste. Ein Blick auf die Uhr belehrte mich, dass Karin mit der Hausarbeit fertig sein musste und um Einlass bat. Ich schnappte mir die Schnabeltasse, rannte in die Küche und schüttete das Hexengebräu ins Spülbecken. Auch der Inhalt der Thermoskanne beschritt diesen Weg.

»Warum hast du so lange gebraucht?«, wurde ich vorwurfsvoll begrüßt.

»Heute Morgen war ich nicht in der Lage, einen Finger zu bewegen, und jetzt soll ich schneller als Schumi sein?«, maulte ich zurück.

»Du hast recht. Wir sollten dankbar sein, dass du wieder sprechen kannst.«

»In der Tat. Darf ich dir eine Tüte abnehmen?«

»Wenn du dazu in der Lage bist.«

Zum Beweis meiner Genesung griff ich eine der beiden Plastiktüten und brach fast zusammen.

»Hast du Hanteln gekauft?«

»Nur gesunde Nahrung.«

Mir schwante Böses, was durch einen Blick in den Beutel bestätigt wurde. Karin musste das gesamte Reformhaussortiment aufgekauft haben: Kartoffeln mit Möhren, Rahmspinat, obskure Mixturen, die »Kinderwonne«, »Baby-Leckerli« und andere vielversprechende Namen trugen. Alles total fair im biologischen Anbau produziert.

»Nett, dass du für Kevin eingekauft hast. Wo ist der Zwerg überhaupt?«

Mit süffisantem Grinsen schüttelte sie den Kopf: »Im Auto. Aber diese hochwertigen Speisen sind für dich. Ich habe unterschrieben, dass ich dich pflege. Wenn dir was zustößt, werde ich haftbar gemacht, und da du kurz vor einer chronischen Gastritis stehst, wird deine Ernährung komplett umgestellt, basta!«

»Reicht es nicht, dass ich halb totgeschlagen worden bin? Muss ich jetzt auch noch von dir bestraft werden?«

»Keine Diskussion, du machst, was ich sage. Auch Peter wird eine gesunde Kost nicht schaden.«

»Ich esse momentan gar nichts, bin auf Nulldiät«, war sein knapper Kommentar, und er wanderte in die Küche.

»Babykost für Erwachsene?«

»Das Richtige für deinen kranken Magen, mein Schatz«, wurden alle Zweifel mit einer unwirschen Handbewegung hinweggefegt.

Schon bei der ersten Begegnung vor einigen Jahren hatte ich sie insgeheim zu meiner Traumfrau erkoren, umso erschreckender war die Feststellung, dass sie komplett verrückt geworden war.

Karin schnappte sich die Tüte und marschierte ebenfalls in die Küche. Dort galt ihr erster Blick der Thermoskanne.

»Alles ausgetrunken, sehr gut. Und, geht es dir besser? Natürlich, du kannst wieder sprechen und laufen.«

»Das Zeug wirkt tatsächlich Wunder. Hör zu, ich möchte ein für alle Mal klar …«

»Was sehe ich denn da?«, starrte Schumann auf den Tisch, als läge dort eine tickende Bombe.

»Keine Ahnung, klär mich auf.«

Die Biobäuerin grapschte nach der halbvollen Gary-Larson-Tasse und hielt sie mir unter die Nase: »Damit ist ab sofort Schluss.«

Der braune Saft floss ins Spülbecken, und ehe ich einen Mucks machen konnte, wanderte auch das Kaffeepulver in den Abfalleimer. Damit nicht genug, schubste sie auch noch Grabowski zur Seite und riss den Stecker der Kaffeemaschine heraus.

»Tickst du noch ganz sauber?«, brüllten zwei Männer unisono.

»Haben wir uns nicht geeinigt, unnötige Auseinandersetzungen zu vermeiden? Ich werde die nächsten Tage hierbleiben und auf dich aufpassen.«

Mit diesen Worten nahm sie meinen Arm und zog mich Richtung Schlafzimmer: »Du legst dich hübsch wieder hin, und ich koche was Feines.«

Da jeglicher Widerstand zwecklos war, gehorchte ich, während Grabowski lautstark lamentierte, dass er noch nie so behandelt worden wäre, schon gar nicht von einer Frau. Außer natürlich von Mama.

Karin brachte mir den *Dülmener Kurier* ans Bett, dann verzog sie sich in die Küche, um eine weitere Prüfung meiner Leidensfähigkeit vorzubereiten. Ich fügte mich in mein Schicksal, schlug den Lokalsportteil auf und störte mich nicht an dem Gezeter, das aus der Kombüse drang.

Jupp Schrage kommentierte meinen Einstand im Dülmener Dress: »Westfälischer Grafite gibt Meisterträumen des FC neue Nahrung« lautete die Titelzeile. Neben dem Spielbericht zeichnete Jupp in einem Sonderartikel meinen sportlichen Werdegang nach und dichtete mir Probetrainings beim AC Mailand und Paris St. Germain an. Zudem sollte ich vier Jahre für Rapid Wien auf Torejagd gegangen sein. Gegen Ende des Artikels haute der Bürgermeister noch einen raus: »Laut FC-Präsident Schlemmbach hat Nanninio sich bereit erklärt, künftig wöchentlich einen Sportkommentar für den DK zu verfassen, in dem er Interna aus dem Profigeschäft verrät.«

Das war doch mal was: Ich würde ein saftiges Honorar kassieren und gleichzeitig für meine Detektei werben können. Dass sich meine Kenntnisse über das

Profigeschäft auf die Artikel im *Kicker* beschränkten, spielte keine Rolle. Phantasie war alles.

Just als ich mir Stift und Block geschnappt hatte, kam die Krankenpflegerin mit einem Tablett ins Zimmer, legte die Schreibutensilien beiseite und setzte mir einen Teller mit einer undefinierbaren grünen Masse vor, die einen süßlichen Geruch verströmte.

»Afrikanischer Roibuschrosenkohl, sehr bekömmlich und gesund.«

»Das duftet aber herrlich«, hielt ich mit meiner wahren Meinung gehörig hinterm Berg.

»Wirklich?«, strahlte sie über das ganze Gesicht. »Ich hatte schon Angst, ich würde dich quälen.«

»Nein, nein. Es ist vollkommen richtig, nicht länger ungesundes Zeug in mich hineinzustopfen. Ab heute speise ich nur noch Vitamine und Ballaststoffe.«

Als Belohnung gab es einen leidenschaftlichen Kuss auf den Mund. Gerne hätte ich ihn verlängert, aber Schumann hatte Angst, ich könnte mich überanstrengen.

»Darf ich dich füttern?«, flüsterte sie mir zärtlich ins Ohr.

»Aber natürlich«, flüsterte ich ebenso zärtlich zurück. Als sich der Löffel bis auf fünf Zentimeter meinem weit geöffneten Mund genähert hatte, schrie ich laut auf.

»Was hast du, Liebling?«

»Zu heiß. Lassen wir die Mahlzeit besser noch ein bisschen abkühlen.«

Mit einem verständnisvollen Nicken stellte sie den Teller auf den Nachttisch und fragte, ob ich allein essen könnte, während sie ein bisschen für Ordnung sorgte. Eifrig versicherte ich, dass dies kein Problem sein würde.

Als aus dem Wohnzimmer Staubsaugergeräusche drangen, öffnete ich das Fenster und verfütterte den Gaumenschmaus an die Stachelbeeren. Anschließend befreite ich mein Handy aus dem Nachttisch und sprach mit Jupp, der sich hocherfreut über meine Kooperationsbereitschaft zeigte. Ich handelte ein Honorar von zweihundert Euro pro Artikel aus und durfte zudem in der Ausgabe, in der der Kommentar erschien, kostenlos Anzeigen schalten. Beide Seiten legten zufrieden auf.

Anschließend rief ich Grabowski ins Krankenzimmer.

»Die hat doch nicht alle Latten auf dem Zaun«, hatte er sich immer noch nicht beruhigt.

»Entspann dich. Pass auf: Ich will mich nachher bei Reisinger umsehen. Kein Wort darüber zu Karin, verstanden?«

»Die kann mir eh gestohlen bleiben. Das gleiche Spiel wie bei Renate. Gesunder Mampf und keinen Spaß«, moserte er. »Zumindest kümmert sie sich ordentlich um Kevin.«

Wie auf Kommando brüllte Grabowski junior los. Sofort verstummte der Staubsauger.

»Eine andere Spur ist ein Spielerkollege namens Heiner Vossen. Er soll in Geldschwierigkeiten stecken. Du erinnerst dich an Otto Baumeister?«

»Klar, der pensionierte Lehrer aus dem Altenheim.«

»Ich möchte, dass ihr beide Vossen durchleuchtet. Ich will alles über den Kerl wissen. Bestell Otto, ich erwarte einen ausführlichen Bericht.«

»Kann ich doch selbst machen, wozu brauche ich den Alten?«, maulte Peter.

»Vier Augen sehen mehr als zwei. Ihr seid mein absolutes Dream Team.« Schließlich konnte ich ihm nicht auf die Nase binden, dass ich ihm dies nicht zutraute. Otto war zwar alt, aber pfiffig und hatte mich bisher noch nie enttäuscht. Außerdem hungerte der Rentner geradezu nach einer Aufgabe.

»Gut, Hauptsache, ich muss deine Alte nicht mehr sehen. Wenn ich zurückkomme, kennst du die Größe von Vossens Eiern«, versicherte mir Gurkennase in seiner sprachgewandten Art, dann schob er ab.

Ich schnappte mir Zettel und Stift und erklärte schriftlich, warum Schalke nie Deutscher Meister werden würde, belegt durch Zitate meiner Busenfreunde Lothar Matthäus und Olaf Thon. Da es unwahrscheinlich war, dass man in Gelsenkirchen den *Dülmener Kurier* las, würde ich wohl von Schadensersatzforderungen verschont bleiben. Vor allem, da man den beiden Dampfplauderern jedes Bonmot zutraute. Wie hatte ein Fußballer so schön gesagt? »Ob Mailand oder Madrid, Hauptsache Italien.«

Just als ich meinen Willi unter den hochwertigen Kommentar gesetzt hatte, kontrollierte Karin, ob ich brav im Bett lag. Über den leeren Teller freute sie sich wie ein Kind bei der Bescherung. Als sie mit der Reinigung meiner Kemenate fortfuhr, schlüpfte ich behände aus dem Bett, zog mich an, holte den Revolver aus der Schublade und entwischte durchs Fenster. Beim Vorbeipirschen konnte ich erkennen, wie die Biobäuerin dem Ungeziefer unter der Couch das Leben schwermachte. Dabei sang sie lauthals die *Foreigner*-Schnulze

»I want to know what love is«. Die Antwort würde ich ihr bald geben, so viel stand fest.

8

Reisingers Arbeiter strömten in kleinen Grüppchen zum Parkplatz; Feierabend. Nachdem sich der Großteil auf den Weg zu Frau und Kind gemacht hatte, kletterte ich aus dem Wagen und schlenderte zum Pförtner.

»Guten Tag, ich plane einen Anbau und will mich über Preise informieren.«

Der Alte würdigte mich keines Blickes, sondern starrte wie gebannt in die Bildzeitung. Wahrscheinlich hatte das Schmierenblatt herausgefunden, dass der Papst das uneheliche Kind von Knecht Ruprecht und dem Osterhasen war.

»Kommen Sie während der Öffnungszeiten wieder«, knurrte er. »Ist keiner mehr da.«

»Ich bin ein guter Freund von Oswald. Wir spielen zusammen Golf.«

»Warum haben Sie das nicht gleich gesagt? Immer geradeaus, das letzte Büro auf der linken Seite.«

Ich hob die Hand zum Gruß und folgte der Wegbeschreibung.

»Schreck einjagen, hab ich gesagt, aber ihr Pfeifen musstet ihn gleich krankenhausreif schlagen. Was hast du dir dabei gedacht, Bruno?«

»Der ist einfach umgekippt, Boss.« Die Stimme gehörte dem Untersetzten.

»Eins sag ich euch: Wenn Schlemmbach eine Verbindung zwischen dem Überfall auf den Schnüffler und mir herstellt, zählt er eins und eins zusammen. Dann kann ich den Laden dichtmachen. Ich dachte, dass wenigstens du was in der Birne hast, Frankie.«

»Was nun?«

»Bleibt diesem Nannen auf den Fersen, und findet raus, was er vorhat. Ich kann mir nicht vorstellen, dass er so schnell die Flinte ins Korn wirft. Wenn er zu gefährlich wird, bietet ihm Geld an, oder legt ihn um, aber dezent. Aufmerksamkeit ist das Letzte, was ich gebrauchen kann. Und jetzt los.«

Ich weiß, ich weiß, einen solchen Zufall gibt's normalerweise nur in schlechten Krimis. Aber manchmal ahmt eben das Leben *Pro-7*-Eigenproduktionen nach. Kann ich was dafür?

Rasch schlüpfte ich in den gegenüberliegenden Raum und hörte, wie sich mehrere Personen schweigend entfernten.

Eines stand fest: Hier ging es nicht um Fußball, sondern um Reisingers Geschäfte. Er musste Schlemmbach betrogen haben und fürchtete, dass ich seine Gaunereien aufdeckte.

Ich lugte durch den Türschlitz, der Gang war leer. Also ab in Oswalds Büro. Sein Office konnte sich sehen lassen: In den gigantischen Schreibtisch aus massivem Mahagoni war ein Pentium-Prozessor integriert. Daneben ein goldener Füllfederhalter in einer Platinfassung. An der Wand ein *Hundertwasser*, der durch eine Lichtschranke gesichert war.

Glücklicherweise war Reisinger in Bezug auf seine Geschäftsunterlagen kein Sicherheitsfanatiker. In der obersten Schreibtischschublade fand ich den Schlüssel für die Aktenschränke. Abgesehen von der Erkenntnis, dass er seine Arbeitnehmer untertariflich bezahlte, gab es nichts Spannendes zu entdecken. Nun gut, die Umsatzstatistiken und Gewinn- und Verlustrechnungen waren mieser als mies, aber das hatte ja erst mal nichts zu bedeuten. Papier war ja bekanntlich geduldig, fiel mein Blick erneut auf den *Hundertwasser*.

Nachdem ich alle Ordner erfolglos inspiziert hatte, widmete ich mich dem Computer. Es erstaunte immer wieder, wie einfallslos die Leute bei der Wahl ihrer Passwörter waren. Der eigene Vorname war sicherlich kein probates Mittel, sich vor unrechtmäßigen Eindringlingen zu schützen.

Eine Datei namens Kontrakte 2009 weckte mein besonderes Interesse. Darin befand sich der Vordruck eines Vertrags, der Reisinger verpflichtete, der Stadt Dülmen für ein Bauvorhaben 200 000 Tonnen gesiebten und gewaschenen Sand zu liefern. Der vereinbarte Preis schien mir mit drei Euro pro Tonne konkurrenzlos niedrig. Was war faul? Konnte Reisinger nicht liefern und wollte sich mit der halben Million absetzen? Aber das war unmöglich, da keine Vorkasse vereinbart worden war. Der Liefertermin war morgen. Ich stöberte noch ein bisschen im Dateienverzeichnis herum, entschied dann aber, dass ein Besuch der Lagerhallen mehr Sinn machte.

Dies war schwieriger als erwartet. Ich kam nämlich gar nicht aus dem Gebäude heraus, da sämtliche Türen und Fenster durch eine Alarmanlage gesichert waren.

Nachdem ich eine halbe Stunde vergeblich eine Schwachstelle im System gesucht hatte, wechselte ich in einen rabiateren Modus. Geschmeidig ein Fenster eingeschlagen und von einer gellenden Sirene begleitet nach draußen gesprintet. Unter Einstellung meiner persönlichen Bestzeit in der Hundert-Meter-Hindernis-Flucht erreichte ich mein Auto, startete und bretterte in die übernächste Seitenstraße. Keine Sekunde zu früh, denn nach der Lautstärke der Martinshörner zu urteilen, waren meine uniformierten Freunde nicht mehr weit.

Nach vier Zigarettenlängen ließ ich den Wagen wieder auf die Hauptstraße rollen. Keine hundert Meter erwischte mich eine Streife.

»Wo kommen Sie her?«, war ich ausgerechnet an meinen Spezi Reichert geraten.

»Ich habe einen Kunden besucht und befinde mich auf dem Heimweg. Wieso, ist irgendwas passiert?«, gab ich die Unschuld vom Lande.

»Bei Reisinger ist eingebrochen worden, gleich hier um die Ecke. Die Kerle müssen sich ausgekannt haben, denn sie haben eine wertvolle Federzeichnung von Picasso mitgehen lassen.«

Ich bewunderte Oswalds Pragmatismus. Durch den kleinen Versicherungsbetrug konnte er die Verluste eines ganzen Jahres ausgleichen.

»Darf ich einen Blick in Ihren Kofferraum werfen?«, zwirbelte Ludger Reichert an seinem monströsen Schnäuzer herum.

»Nur zu.«

»Weiterfahren«, hatte der Blick keine Sekunde gedauert.

»Einen Moment noch«, drückte mir der zweite Bulle, ein pickeliges Milchgesicht, das ich noch nie zuvor gesehen hatte, einen Zettel in die Hand. »Ihr Profil ist abgenutzt. Bitte wechseln Sie unverzüglich die Reifen aus und führen uns den Wagen innerhalb der nächsten Woche vor. Für die Zahlung der Strafe dürfen Sie sich aber zehn Tage Zeit lassen.«

Fünfzig Euro wollten mir die Säcke abknöpfen. Aber was regte ich mich auf? Den Betrag würde ich Schlemmbach auf die Spesenrechnung setzen.

»Kein Widerspruch? Auf Ihre alten Tage den Biss verloren? Und legen Sie sich in Zukunft nicht mehr so lange in die Sonne. Ich hatte Sie zunächst für Winnetou gehalten«, wieherte Reichert, als ich ins Auto stieg. Ich grüßte ihn à la Effenberg und brauste davon.

Beim *Dülmener Kurier* lieferte ich den Artikel ab, kassierte das Honorar und besprach mit Jupp den Text für meine Anzeige. Unter einer Fotomontage, auf der Osama bin Laden eine Handgranate in einen Papierkorb steckte, setzten wir den Slogan: »Würde Nannen ermitteln, wäre die Welt sicher. Nannen – die Nummer 1 im Münsterland.« Vielleicht war das etwas abgeschmackt, aber in der Sicherheitsbranche musste man einfach an die Ängste der Bürger appellieren. Ein altes Pressefoto, das mich in trauter Zweisamkeit mit einem von mir überführten Mörder zeigte, rundete das Bild des Stardetektivs ab.

Anschließend stärkte ich mich in einer Pizzeria. Nachdem die Scampi mit Hilfe von drei Gläsern Rotwein gesackt waren, fühlte ich mich rundum wohl. Wenn Kollegen Gründe für ihre Berufswahl nannten, fiel als Erstes der Begriff Freiheit. Man wollte sich nicht der bürgerlichen Konvention des Achtstundentages unterwerfen und der Frühpensionierung entgegenfiebern.

Alles richtig, aber der größte Vorteil lag woanders: Ein Detektiv schien mehr Leben als eine Katze zu besitzen. Es fiel schwer, die auf mich verübten Anschläge zu zählen. Doch was »normale« Berufstätige mit höchster Wahrscheinlichkeit zu einem Umzug auf den städtischen Friedhof gezwungen hätte, konnte einem Schlüssellochspanner wie mir nichts anhaben. Bis auf die gewöhnungsbedürftige Gesichtsfarbe erinnerte nichts mehr an den gestrigen Überfall. Ich hatte auch noch nie gehört, dass ein Detektiv an einer der üblichen Zivilisationskrankheiten wie Herzinfarkt oder Krebs krepiert war. Die meisten soffen, qualmten, aßen BSE-verseuchtes Fleisch und lebten ewig.

Auch wenn ich meine gerade entwickelte Berufsphilosophie nicht besonders ernst nahm, hatte ich dennoch keine Bedenken, die Firma Reisinger heute ein zweites Mal zu beehren.

Die Sonne hatte sich schon auf den Weg zur anderen Erdkugelhälfte gemacht, als ich vor der Lagerhalle der Baustofffirma stand, die sich direkt ans Bürogebäude anschloss. Die blauen Uniformen hatten den Set geräumt, so dass ich ungehindert arbeiten konnte.

Bei der *Hunderttausend-Mark-Show*, mit der wir damals im Fernsehen belästigt worden waren, musste man zwei Stunden schweißtreibende Spielchen über sich ergehen lassen, um am Ende die Tresortür öffnen zu dürfen. Ich hingegen musste nur einen Dietrich herumdrehen, und schon war ich am Ziel meiner Wünsche. Keine Alarm- oder Selbstschussanlage, keine

Minen, wirklich nichts, was dem arbeitswütigen Detektiv den Spaß am Job vermiesen konnte. Die Schätze schienen alle im Büro zu lagern, aber *schau mer mal*, wie Kaiser Franz zu sagen pflegte.

Einem passionierten Maurer musste bei diesem Anblick das Herz frohlocken. Fliesen, Klinker und Zement, so weit das Auge reichte. Von außen war mir das Gebäude nicht so groß vorgekommen, wie es tatsächlich war. Warum hatte ich nur kein Rasierzeug und Proviant mit auf die Gralssuche genommen?

Nach zehnminütiger Umherirrerei bemerkte ich, dass ich nicht allein war. Frankie und Bruno sondierten das Terrain, beide mit einer Knarre ausstaffiert. Blitzschnell duckte ich mich hinter einen Ziegelstapel, aber zu spät!

»Komm raus, wir brauchen einen dritten Mann zum Skat.«

Der Untersetzte – ich tippte auf Bruno – zerstörte mit einem gezielten Schuss die Neonröhre direkt über mir. Als ich mich vor den von der Decke regnenden Glassplittern retten wollte, stieß ich an den Ziegelhaufen, der mit lautem Getöse den erneuten Beweis für das Gesetz der Schwerkraft lieferte.

Geduckt flüchtete ich die Gasse entlang, begleitet von einer Revolversinphonie. Ein Schuss traf einen Sack zu meiner Rechten und befreite jede Menge grauen Sand aus einem Dasein in Dunkelheit. Ein hastiger Blick auf die Beschriftung verriet, dass ich zufällig auf das Objekt meiner Begierde gestoßen war. Jeglicher Vernunft zum Trotz zog ich meine Zigarettenschachtel aus der Jacke und füllte sie mit dem grauen Mehl. Dann gab ich Fersengeld.

Die Verfolger waren weder gut zu Fuß noch treffsichere Schützen, so dass ich ohne Schusswunden die Etappenziele Tür, Straße und Auto erreichte. Als die beiden hinter meinem Benz herballerten, hatte ich diesen Besuch bereits als lustige Erzählung für Kaminabende mit den Enkelkindern abgespeichert.

Klaus Lindner wohnte in einer netten Maisonettewohnung nahe seiner Kanzlei. Wenn man das Domizil betrat, sah man gleich, dass hier kein Armer hauste. Die Dielenwände hatte ein Münsteraner Künstler gestaltet, der von dem Lohn seinen Traum verwirklicht und nach Ibiza übergesetzt hatte.

Lindner öffnete im Smoking und wirkte etwas gereizt: »Du hast mir noch zu meinem Glück gefehlt.«

»Wer ist denn da?«, bollerte eine Frauenstimme aus den Tiefen der Wohnung.

Eine stark geschminkte Frau im schwarzen Galakleid stöckelte auf Stilettos in den Flur. Ihre pechschwarzen Haare waren hochgesteckt, die dunkelbraunen Augen funkelten angriffslustig.

»Willst du uns nicht einander vorstellen?«

Wenn das Lindners neue Flamme war, dann gute Nacht, denn der Ton der Dame glich dem eines Unteroffiziers.

»Dieter Nannen, ein Freund. Gitta von Remberg, meine Freundin.«

»Deine Verlobte!«, fauchte Gitta.

»Bitte, Liebling, uns kann hier jeder hören«, zischte Klaus und schloss vorsichtshalber die Haustür. »Und vor Dieter müssen wir unsere Streitigkeiten weiß Gott nicht ausbreiten.«

»Im ersten Punkt hast du ausnahmsweise recht, im zweiten nicht. Dieter kann ruhig alles mitbekommen.«

Yeah, auf einen zünftigen Beziehungsstreit hatte ich jetzt richtig Bock.

»Ich muss kurz was Berufliches mit Klaus besprechen. Dauert nicht lange.«

Mittlerweile waren wir im Wohnzimmer angelangt. Im Hintergrund dudelte leise ein Mozart-Streichquartett. Gitta griff sich ein Sektglas und nippte daran.

»Sag die Wahrheit: Du willst Klaus zu einer Sauftour überreden, dabei ist dein Gesicht ja noch vom letzten Mal ganz rot. Aber du hast dich geschnitten: Heute ist er fest mit mir verabredet.«

»Mein Indianergesicht ist die Folge einer Gaspistolenattacke, Schätzchen«, erwiderte ich genervt.

»Du musst Gitta entschuldigen, sie ist heute etwas nervös«, war Lindner die Situation mehr als peinlich.

»Ich bin die Ruhe in Person«, widersprach der Gegenstand der Äußerung und fragte: »Dieter, was würdest du sagen, wenn du einen Heiratstermin geplant hast, aber deine Verlobte an diesem Tag für einen Segelturn nach Australien jetten will? Wäre dir das egal?«

Mir fiel nichts anderes ein, als hilflos in Richtung Klaus zu starren.

»Von einem Hochzeitstermin wusste ich nichts«, blaffte er seine Dulcinea an. »Mir ist sogar neu, dass wir heiraten werden, wo wir uns doch erst seit einem Monat kennen.«

»Das ist ja wohl die Höhe! Mein lieber Dieter, was würdest du sagen, wenn deine Verlobte plötzlich von

Hochzeit nichts mehr wissen will? Ich wäre jedenfalls unzufrieden. Sehr unzufrieden. Wirklich sehr, sehr unzufrieden.«

»Du bist peinlich, meine Teure«, machte Klaus aus seinen Gefühlen keine Mördergrube. »Wir haben letztens mal kurz herumgesponnen, irgendwann vielleicht einmal eine Familie zu gründen, und du bestellst ohne Rücksprache das Aufgebot. Den Australientrip habe ich gebucht, als ich dich noch nicht einmal kannte. Wenn das ein Fehler war, bitte ich dich um Verzeihung«, troff seine Stimme vor Sarkasmus.

Gitta überlegte kurz: »Sehr, sehr unzufrieden. Wenn sich ein Mann nach nur einer Woche nicht mehr an seine Worte erinnern kann, ist das mehr als traurig.« Im nächsten Moment schleuderte sie das Sektglas in Klaus' Richtung, der aber gekonnt auswich. Ich musste Schlemmbach unbedingt stecken, dass er den Anwalt beim nächsten Völkerballbenefizspiel auf jeden Fall in den Kader nahm.

»Ich werde unsere Beziehung überdenken. Es hat, wie es aussieht, wenig Zweck mit uns beiden. Du darfst mich morgen anrufen«, trippelte sie von dannen und ließ die Haustür mit einem lauten Knall ins Schloss fallen.

»Was war das denn?«, stellte ich die Frage, die von mir zu erwarten war.

»Frag besser nicht. Gitta ist von Beruf Erwin Rombergs Tochter. Ein stinkreicher Industrieller, der im großen Stil Schnaps brennt und nach Übersee exportiert. Wir haben uns auf einer von Rombergs legendären Schnapspartys kennengelernt. Hey, sie sieht gut aus, war nett, und ein paar Funken sind auch geflogen.«

Klaus warf seine Smokingjacke auf einen Stuhl, goss uns beiden Schampus ein und fuhr fort: »Aber ich sag dir, die Frau hat einen Schuss. Vorgestern zum Beispiel hat sie mir im Büro eine Szene gemacht, weil ich mit meiner Sekretärin geredet habe. ›Sie angebaggert‹, waren ihre Worte! Der Putzfrau soll ich kündigen, weil sie mich anflirtet, dabei ist die Dame weit über siebzig und hat grauen Star. Die Geschichte mit der Hochzeit ist der vorläufige Höhepunkt. Ich befürchte, bald wieder solo zu sein«, machte er tatsächlich einen betrübten Eindruck. Hatte gar nicht gewusst, dass Klaus unter seinem Single-Dasein litt. Für mich war er der Inbegriff des erfolgreichen, gutaussehenden Rechtsanwalts gewesen, der seinen Hormonhaushalt immer mit wechselnden Frauenbekanntschaften regulierte, meistens aus dem Sekretärinnengewerbe.

»Schwamm drüber, so bleibt mir zumindest der langweilige Operettenball in Hörstel erspart«, war er wieder ganz der Alte. »Weshalb bist du eigentlich hier?«

Nach ausführlicher Schilderung der letzten Tage, bei der ich mehrfach die Tiefe der Schuld hervorhob, in der ein gewisser Rechtsanwalt bei einem gewissen Privatdetektiv stand, seufzte Lindner: »Schöne Scheiße. Aber zumindest hast du durch die Arbeit im Freien Farbe bekommen. Steht dir gut.« Haha, war das lustig.

»Ich brauche einen Chemiker, der den Sand schnellstmöglich analysiert.«

»Kein Problem«, zog Klaus sein iPhone aus der Hosentasche.

»Boris Schlöhr, Chemielehrer am Martin-Heidegger-Gymnasium. Habe ihm bei einer Erbschaftssache geholfen. Ein Freak auf dem Gebiet.«

Nachdem ich Schlöhrs Adresse notiert hatte, war die Zeit des Abschieds gekommen.

»Lass den Kopf nicht hängen, das wird schon wieder. Am besten rufst du Gitta sofort an«, umarmte ich Lindner in einer Anwandlung von Mitleid.

»Danke für den Tipp, weißer Mann, hugh und tschüs.« Musste er mich immer an meinen roten Schädel erinnern?

Für Dülmener Verhältnisse wohnte Schlöhr in einem Wolkenkratzer, denn Gebäude mit sechs Stockwerken fand man sonst nur in den westfälischen Metropolen Münster und Rheine.

»Mensch, sind Sie oxydiert?«

Schlöhr, ein langer spindeldürrer Mittdreißiger, schob seine Hornbrille auf die Nase. Er war eine witzige Erscheinung, eine genetische Mixtur aus Jimi Hendrix – was die Frisur betraf – und Christian Ziege – was die Akne betraf. Ein dunkelblauer Jogginganzug von Adidas, ein gelbes Sweatshirt mit dem Puma vorne drauf und grüne Basketballschuhe von Nike rundeten das Outfit harmonisch ab.

»Sieht wirklich böse aus, aber ich habe ein probates Gegenmittel. Folgen Sie mir.«

Federnden Schrittes ging Boris voran. Gleich sprang er bestimmt hoch und machte einen Dunking.

»Mein Wohnzimmer«, erklärte er, als wir sein Labor betraten. »Hier experimentiere ich.«

Er durchwühlte zwei Hängeschränke, bis er triumphierend eine lilafarbene Tube in die Höhe streckte: »Wirkt Wunder gegen Hautreizungen. Bitte nicht von der Farbe des Behältnisses abschrecken lassen. War ein

Sonderangebot. Was war noch mal der Grund Ihres Besuchs?«

»Hatte ich noch gar nicht genannt. Ich benötige dringend eine chemische Analyse dieses Sandes, und Klaus Lindner hat Sie als absolute Koryphäe empfohlen.« Mit diesen Worten drückte ich ihm die Camel-Schachtel in die knochige Hand.

»Herkunft, Zusammensetzung, das volle Programm?«

»Alles, was Sie herausfinden können.«

»Kein Problem, aber das ist keine Sache, die sich in fünf Minuten erledigen lässt. Einige Stunden wird das schon dauern.«

»In Ordnung, ist sowieso schon spät. Ich gebe Ihnen meine Karte, und Sie rufen mich an, sobald Sie fertig sind.«

Um seinen Arbeitseifer zu erhöhen, drückte ich ihm einen Fünfziger in die Hand, den er aber partout nicht annehmen wollte. Erst als ich drohte, auf hundert zu erhöhen, wechselte der Schein den Besitzer.

9

Nach einer traumlosen Nacht wurde ich gegen zehn von Kindergeschrei geweckt. Karin wiegte Kevin auf dem Arm, aber der Winzling wollte sich einfach nicht beruhigen.

»Ich versteh das nicht. Er ist frisch gewickelt, und

seine Biomilch hat er auch bekommen«, war sie der Verzweiflung nahe.

»Vielleicht zahnt er?«, glänzte ich mit exzellentem Halbwissen.

»Kann sein. Dutschi, dutschi, dutschi«, verfiel sie wieder ins wohlbekannte Kauderwelsch. Kevin regte dies allerdings noch mehr auf, was verständlich war.

Ich entschied mich zur Ritterlichkeit. »Lass mich mal ran.« Doch auch ich war anscheinend nicht zum Babysitter geboren, denn er schrie mit unverminderter Lautstärke weiter. Was hatten wir dem Jungen bloß getan?

»Was macht ihr denn hier für einen Radau, da kann ja keiner pennen?«, polterte Gurkennase in gelben Bermuda-Shorts in den Raum. Das Oberteil fehlte in seiner Kollektion, und so offenbarte sich uns sein mickriger Oberkörper, wie Gott ihn geschaffen und Peter ihn hatte verkommen lassen.

»Kannst du dich nicht vernünftig anziehen, wenn du einer Frau unter die Augen trittst?«, war Schumann doch etwas angewidert.

Statt zu antworten, ließ er kräftig einen fahren.

»Das ist ja ekelhaft«, brüllte ihn die völlig entnervte Biobäuerin an.

Doch welch Wunder: Mit einem Schlag verstummte Kevin und strahlte seinen Erzeuger an.

»Komm zu Papa.« Grabowski schnappte sich den Hosenscheißer.

»Hast die Nase von deinem Alten«, kitzelte er den Kleinen am Riechkolben, und zum ersten Mal lachte das Kind. »In fünfzehn Jahren machen wir zusammen die Kneipen unsicher und legen die Bräute flach.«

»Mir wird schlecht«, stöhnte Karin. »Wie kannst du dem Kind nur so einen Proletenmüll erzählen?«

»Bei mir ist er ruhig, also scheint meine Erziehung so verkehrt nicht zu sein, nicht wahr, mein Stinker?«

Der Junge schien zu nicken und kicherte fröhlich. Peter erhob sich und drückte seinen Nachwuchs in Karins Arme. »Ich muss wieder auf die Piste. Otto wartet schon.«

Kaum dass sich Gurkennase einen Meter entfernte, fing Kevin wieder zu brüllen an. Peter hechtete zurück, und tätschelte seinen Kopf: »Papa muss jetzt arbeiten. Sei lieb zu der Tante.« Dies schien eine magische Formel gewesen zu sein, denn sofort war Ruhe im Karton.

»Was habt ihr über Vossen rausgekriegt?«

»Steht alles in Ottos Bericht. Ich habe strikte Anweisung, nichts verlauten zu lassen, bis unsere Ermittlungen abgeschlossen sind«, wurde ich aufs Übelste abgekanzelt.

»Falls es dir entgangen sein sollte: Ich bin euer Auftraggeber.«

»Ruhig, Bruder. Otto hat sich von der Detektei Pinkerton tonnenweise Material über die Ausbildung von Privatschnüfflern schicken lassen. Auf Seite 85 oder so steht, dass vor Abschluss der Ermittlungen absolutes Stillschweigen die halbe Miete ist. Otto hat dies auf Pergament geschrieben und in seinem Büro aufgehängt.«

»Otto hat ein Büro?«

»Er hat in einer Abstellkammer des Altenheims einen Schreibtisch, einen Laptop und ein paar Pflanzen aufgestellt. Deine Aufträge hätten ein solches Ausmaß angenommen, dass er sie nicht mehr von seinem Zimmer aus erledigen kann. Er nutzt sogar das Internet für die Rocharche, oder wie das heißt.«

Belustigt nahm ich zur Kenntnis, wie sich der Rentner in die Arbeit stürzte. Meist waren es reine Alibiaufgaben, mit denen ich ihm Abwechslung bot und seine Pension aufbesserte, und er tat so, als wäre er mein Partner.

»Macht weiter, wo ihr gestern aufgehört habt, ich werde jetzt Mona besuchen«, legte ich die Marschroute für den heutigen Tag fest.

»Und Kevin?«, fragte Karin. »Ich muss heute den Acker pflügen, und das kann auf keinen Fall aufgeschoben werden. Einer von euch muss sich um ihn kümmern.«

Grabowski tat, als hätte er nichts gehört, und war schon zur Tür raus.

»Peter!«, brüllte ich ihm nach, doch zu spät. Durchs Fenster konnte ich sehen, wie er eine Jeans und ein Hemd aus dem Kofferraum befreite und hineinschlüpfte. Dann hechtete er in den Ford und fuhr über alle vier Backen grinsend vom Hof.

»Der Sack. Kannst du ihn nicht mitnehmen?«, verlegte ich mich aufs Betteln.

»Keine Chance. Der Kleine kann nicht auf dem Trecker mitfahren. Pack Windeln und Fläschchen ein, und lass ihn nicht aus den Augen. Wird schon schiefgehen.«

Blieb mir wohl nichts anderes übrig. Also befestigte ich Karins Maxi-Cosi in meinem Benz und schnallte Kevin fest. Dann begann das Abenteuer.

Eine halbe Stunde später öffnete Mona die Haustür. Schwarze Prada-Schuhe, tief ausgeschnittenes Kleid und elegantes Gucci-Täschchen: Genau das richtige Outfit für einen Dienstagvormittag.

»Was willst du?«, fragte sie genauso genervt wie bei unserem letzten Zusammentreffen. »Und was ist das für ein Kind?«, zeigte sie auf den Inhalt des Kindersitzes, den ich auf den Stufen abgestellt hatte.

Wie auf Kommando plärrte Kevin los. »Jetzt hast du ihn aufgeweckt, verdammt. Ich habe die ganze Autofahrt über gesungen, gepfiffen und ihm Geschichten erzählt, damit er ruhig ist.«

»Komm zur Sache, ich muss arbeiten«, schien sie nur mäßig beeindruckt.

»Ich habe etwas mit dir zu besprechen. Darf ich reinkommen?«

»Nein, tschüs«, wollte sie mir die Haustür vor der Nase zuschlagen, aber ich hatte schon einen Fuß dazwischen.

»Dann wird leider die ganze Nachbarschaft von deinem neuen Lover erfahren«, setzte ich meine Unschuldsmiene auf.

Monas Gesicht zeigte keine Regung, aber immerhin öffnete sie die Tür und lud mich mit einer Handbewegung ein: »Du hast fünf Minuten.«

Die Wohnung war geschmackvoll eingerichtet. Alles Designermöbel, die zu Wohnlandschaften gruppiert waren. Die hellen Hölzer und weichen Formen waren harmonisch aufeinander abgestimmt. Ich spazierte über einen Colani-Teppich und nahm auf der roten Chaiselongue Platz. Kevin setzte ich vor den Fernseher, auf dem irgendeine Doku über Insekten lief, was sofort zu einer erheblichen Lautstärkereduzierung führte.

»Schön hast du's hier«, versuchte ich, das Eis zu brechen.

»Ja, unser Innenarchitekt und der Feng-Shui-Berater haben ganze Arbeit geleistet. Wie war das mit dem Liebhaber?« Sie wanderte zu einer in die Schrankwand integrierten Minibar und schenkte sich einen Orangensaft ein. Mir bot sie nichts an.

»Ich will den Mord an deinem Mann aufklären, da wäre etwas mehr Kooperation von deiner Seite durchaus hilfreich.«

Kevin fing wieder an zu plärren. Meine Nase verriet mir den Grund. Also erst mal ins Badezimmer.

Während ich die Verdauungsüberreste beseitigte, telefonierte Mona im Wohnzimmer: »Nein, Baby, ich komme etwas später. Sind die Kandidaten schon da? Okay, bis gleich.«

Mit einem Gästehandtuch wischte ich den Zwergenpo sauber, was mit einem bezaubernden Strahlen belohnt wurde. Hoffentlich hielt sich seine gute Laune noch etwas, so ungefähr für zehn Stunden.

»Dein Sohn?«, war sie jetzt deutlich entspannter, als wir zurückkehrten.

»Nein, von einem Freund, dem ich damit einen Gefallen tue.«

»Und ich dachte schon, du wärst mittlerweile solide geworden, aber klar: So ein süßes Kind kann nicht von dir stammen«, grinste sie.

»Hör mal, ich weiß, dass es mich nichts angeht, aber ich habe deinen Freund im Verdacht, Angelo umgebracht zu haben«, versuchte ich, die Schönwetterfront auszunutzen.

»Du hast recht, es geht dich nichts an. Abgesehen

davon sind deine Vermutungen lächerlich. Okay, ich habe einen Freund. Warum auch nicht? Wir haben eine offene Beziehung geführt. Angelo hat sicherlich jeden Frauenhintern dieses Kaffs in natura gesehen. Da habe ich mich halt revanchiert.«

»Reisinger hat eine Menge dreckiger Geschäfte laufen, und ein Mord bereitet ihm sicher keine schlaflosen Nächte«, war ich durchaus auch ein bisschen besorgt um meine Jugendliebe.

»Wer zum Teufel ist Reisinger?«, zauberte Mona einen erstaunten Ausdruck auf ihr hübsches Gesicht.

»Dein Lover, Oswald Reisinger«, antwortete ich mit einer Engelsgeduld.

»Ich weiß nicht, woher du den Namen hast, aber ich kenne den Typen nicht. Bist du sicher, dass du den richtigen Beruf ausübst?«

Warum log sie mich an? Ich konnte ihr natürlich die Wahrheit über die Beschattung sagen, aber das würde dann wohl das endgültige Aus unserer wie auch immer gearteten Beziehung bedeuten.

»Ich kann dir nur den freundschaftlichen Rat geben, extrem vorsichtig zu sein. Mit dem Knaben ist nicht zu spaßen.«

»Hast du Tomaten auf den Ohren? Ich kenne diesen Mann nicht. Mein Freund heißt nicht Reisinger. Aber da du gerade hier bist: Seit einigen Wochen werde ich telefonisch belästigt. Kümmere dich lieber darum als um dieses Phantom.«

»Erzähl mal«, ging ich auf sie ein, obwohl ich ihre Behauptung für reine Ablenkungstaktik hielt.

»Seit Mitte letzten Monats ruft hier ein Mann mit verzerrter Stimme an. Ich hätte ihn betrogen, und dafür müsste er mich mal ›richtig rannehmen‹, wie er es ausgedrückt hat. Erst hab ich das als Kleinjungenstreich abgetan, aber mittlerweile habe ich das Gefühl, dass er mich verfolgt. Gestern ist dann das Fass übergelaufen; ich habe in die Muschel geschrien, dass er sich seinen Stummelschwanz sonst wohin stecken kann. Da wurde er richtig ekelhaft und hat mich massiv bedroht: Zu meinem nächsten Geburtstag bräuchte ich keinen mehr einzuladen, und er würde auf meinen Grabstein pissen und so weiter.«

»Ich werde der Sache nachgehen«, hatte ich die Geschichte unter Freundschaftsdienst abgehakt, falls da wirklich was dran war.

»Hat der Unbekannte auch von Angelo gesprochen, oder kannst du dir sonst jemanden vorstellen, der es auf ihn abgesehen haben könnte?«, kam ich wieder auf das Thema zu sprechen, das mich interessierte.

»Der Wichser hat nicht ein Wort über meinen Mann verloren. Sonstige Verdächtige? Seine gesamte Mannschaft, schätze ich. Er hatte ja praktisch mit jeder Frau was laufen.« Das schien Kevin zu gefallen, denn er gluckste fröhlich vor sich hin.

»Aber irgendwann habe ich mich damit abgefunden, und da ich nicht der Typ bin, der zum Seelenklempner rennt, habe ich den Spieß einfach umgedreht. Warum soll ich nicht auch meinen Spaß haben? Oder wie siehst du das?« War da ein wenig Wehmut in der Stimme?

»Ist schon okay«, murmelte ich vor mich hin.

»Aber du hast mich auch verlassen. Scheint mein Schicksal zu sein.« Gedankenverloren blickte sie aus dem Fenster in den japanischen Zen-Garten. Schick.

»Nun gut, war nett, mit dir zu plaudern, Dieter. Jetzt muss ich zur Arbeit«, ließ sie die Orangensaftneige in ihrem Körper verschwinden.

»Was machst du denn beruflich? Modeln?« Ein wenig Schmeichelei konnte nie schaden.

»Nein«, lachte sie. »Ich moderiere eine Gameshow auf *MünsterLive*, dem führenden regionalen Fernsehsender. Ist so ähnlich wie »Wer wird Millionär«, nur dass man bei uns maximal fünfzig Riesen gewinnen kann. Das macht riesigen Spaß und ist tausendmal besser als meine vorherige Arbeit bei einem Homeshopping-Kanal.«

»Dann mal viel Glück«, schnappte ich mir den Kindersitz, und zusammen verließen wir das Haus. Sie kletterte in einen roten Porsche, der in der Hauseinfahrt geparkt war. Als sie das schnittige Geschoss auf die Straße lenkte, winkte sie mir sogar zu. Unsere Beziehung war auf einem guten Weg, das war unverkennbar.

Ich ließ den Motor an und düste los. Nach wenigen Sekunden war Kevin eingeschlafen, was ich hocherfreut zur Kenntnis nahm. Ich wagte es sogar, die »Tyranny Of Souls« von Bruce Dickinson in den CD-Schacht zu schieben und in moderater Lautstärke abzuspielen. Die Zufallstaste bescherte mir sofort das phantastische Titelstück. Die Soloscheiben des *Iron-Maiden*-Frontmanns waren eine Klasse für sich und übertrafen die aktuellen Songs seiner ungleich bekannteren Hauptband um Längen. Über die Gesangsleistung des besten Metalsängers aller Zeiten erübrigte sich sowieso jegliche Diskussion. Ich schwang die nicht vorhandene Matte zum stampfenden Rock.

Dabei warf ich routinemäßig einen Blick in den Rückspiegel. Es konnte auch Zufall sein, aber der dunkelgrüne Toyota drei Fahrzeuge hinter mir hatte in Monas Straße gestanden. Er war mir nur aufgefallen, weil er in der prallen Sonne geparkt war, obwohl in der Allee genügend Schattenplätze frei gewesen waren. Bei einem unbemannten Auto hätte ich dies ja noch verstanden, aber ein Arm hatte lässig aus dem Fahrerfenster gebaumelt.

Dass ich verfolgt wurde, war nicht weiter überraschend. An Frankies und Brunos Stelle hätte ich das auch getan, natürlich weniger dilettantisch. Leider konnte ich nicht erkennen, wer in der japanischen Plastikkiste saß, denn da machten das reflektierende Sonnenlicht und die getönten Scheiben einen Strich durch. Zumindest war ich relativ sicher, dass nur eine Person in dem Toyota saß.

Zunächst musste ich herausfinden, ob ich tatsächlich beschattet wurde. Also steuerte ich den Mercedes rechts in eine kleine Seitenstraße und fuhr an den nächsten beiden Kreuzungen jeweils links, so dass ich wieder auf die Hauptstraße gelangte.

Bingo, der Toyota klebte immer noch an mir. Gelassen steuerte ich meine Lieblingsbäckerei an – das Bauernbrot dort war unübertroffen – und parkte direkt auf dem Bürgersteig. Mein Schatten fuhr mit unverminderter Geschwindigkeit vorbei und machte keine Anstalten, ebenfalls zu parken. Wahrscheinlich war Oswalds Schergen während meines Manövers aufgegangen, dass ich sie entdeckt hatte, weshalb sie sich jetzt lieber vom Acker machten.

Leider hatte ich das Nummernschild nicht entziffern

können, nur der Aufkleber des FC Dülmen auf der Heckscheibe war selbst für einen Halbblinden deutlich zu erkennen gewesen. Die beiden Schläger auf Werbetour für den örtlichen Fußballverein? Schwer vorstellbar. Vielleicht hatte der Fall noch größere Dimensionen, als ich bisher geglaubt hatte.

Jetzt aber erst mal an die praktischen Dinge des Lebens denken. Im Hause Nannen waren exakt so viele Getreideprodukte anzutreffen wie saubere Windeln an Kevins Hinterteil. Da mein junger Begleiter noch immer keine Anstalten machte, dem Reich der süßen Babyträume adieu zu sagen, konnte ich es wagen, den Wagen allein zu verlassen.

Im Laden mit dem progressiven Namen »Münsterländer Backstube« identifizierte ich sofort meine Lieblingsverkäuferin, eine hübsche Mittzwanzigerin, die allerdings mehr Metall im Gesicht hatte als manch Heimwerker in der Werkstatt, und damit war nicht nur ihre Zahnspange gemeint. Wahrscheinlich fühlte sie sich durch ihren Vornamen Maggie verpflichtet, kiloweise Blech spazieren zu tragen, in Anlehnung an die Eiserne Lady.

»Na Dieter, wie geht's?«, wurde ich freundlich begrüßt.

»Muss. Und selbst?«, gab ich routiniert zurück, während ich ihr Gesicht auf Neuankömmlinge untersuchte.

»Muss. Und, wieder ein Bauernbrot und die Reste?«, sprach sie aus, warum dieser Laden zu meinen Favoriten im Bäckereihandwerk zählte. Ich bekam dort nämlich die Brotreste vom Vortag, kostenlos natürlich, und meine Kaninchen und Geldbörse waren sehr erfreut darüber. Nebenbei war aber auch das Brot an sich nicht zu verachten.

»Diesmal kannst du gleich zwei rüberwachsen lassen, ich hab nämlich Besuch. Pack auch noch zwei Pakete Pumpernickel dazu«, ließ ich mich nicht lumpen.

Maggie griff unter den Tresen und zog eine Tüte heraus mit der Aufschrift »Brot & Kuchen – Nicht lange suchen – 75 Jahre Münsterländer Backstube«, angesichts der immer aggressiver werdenden Werbung ein richtig wohltuender Slogan, der die Menschen mit Sicherheit zu Tausenden in diese Bäckerei trieb. Während sie die Bestellung einpackte, zwinkerte sie mir zu: »Wann gehen wir endlich zusammen auf die Piste?«

»Sei vorsichtig mit solchen Angeboten, nachher kommst du nicht mehr von mir los bei meiner magnetischen Anziehungskraft«, ließ ich den Witzbold heraushängen. Maggie lachte schallend los. Dabei konnte ich beobachten, dass sie sich noch keine Löcher in die Zähne gebohrt hatte, um dort Ringe oder Fahrradketten durchzuziehen.

»Im Ernst: Wenn ich den derzeitigen Mordfall überlebe, machen wir einen richtigen Zug durch die Gemeinde, und ich zahl die Deckel. Vorausgesetzt, du traust dich mit einem alten Knacker wie mir unter die Leute.«

»Ich wollte schon immer mit einem waschechten Comanchen einen draufmachen. Schindet bestimmt ordentlich Eindruck«, musste auch sie ihren Senf zu meinem gesunden Teint dazugeben.

»Ich gehöre zum Stamm der Apachen, und Witze wie diese werden mit drei Tagen Marterpfahl geahndet.« Mit diesen Worten legte ich einen Zehner auf die Theke, murmelte ein »Stimmt so« – angesichts des Gesamtpreises von neun Euro achtzig äußerst generös –, holte den Brotrestesack aus dem Lagerraum und empfahl mich.

Just als ich die Leckereien im Kofferraum verstaute, ertönte ein Schuss. Hörte sich verdammt nach einer großkalibrigen Waffe an, wenn auch aus der Ferne.

Ich schlug den Kofferraumdeckel zu und robbte zur Fahrerseite. Dass sich auf dem Straßenbelag bereits einige Hunde verewigt hatten, war zwar unangenehm, aber das geringere Übel im Vergleich zu einem Loch im Schädel. Vorsichtig blickte ich mich um, konnte aber nichts Verdächtiges ausmachen. Also behutsam die Tür geöffnet und auf den Sitz geglitten. Dann knallte es zum zweiten Mal, und zwar direkt neben mir.

Würde nicht die Hundescheiße an den Hosenbeinen kleben, hätte ich lachen müssen, als die Identität des Schützen geklärt war: Grabowski junior hatte kräftig gepupst.

Und das war erst der Auftakt, denn jetzt legte Kevin richtig los. Der bestialische Gestank ließ sich durch das Herunterkurbeln der Seitenfenster abmildern, nicht jedoch das einsetzende Geschrei, denn das Geknatter war offensichtlich das Wecksignal gewesen. Panisch sprintete ich zum Kofferraum und befreite ein einigermaßen weiches Milchbrötchen aus dem Restesack. Als ich mit dem Backwerk in der Hand hinter dem Lenkrad Platz nahm, wurde Kevin ganz hektisch. Gnädig überantwortete ich ihm das Weizenprodukt und ließ ihn mümmeln. Fortan erfüllte ein seliges Schmatzen die Familienkutsche.

Just als ich die nächsten Schritte planen wollte, klingelte das Handy: Boris Schlöhr.

»Könnten Sie heute Abend vorbeikommen? Sagen wir gegen sechs?«, drang es aus dem Kasten.

»Ist was mit dem Sand?«, konnte ich meine Aufregung nur schwer verbergen.

»Kann man so sagen. Jetzt muss ich aber zum Unterricht, alles Weitere nachher.« Und zack war die Verbindung unterbrochen.

Endlich eine erfolgversprechende Spur. Zudem erledigte sich damit die weitere Zeitplanung, denn unter Umständen präsentierte Boris mir schon die Lösung des Falls. Also in den sauren Apfel beißen und heute Nachmittag die Füße hochlegen. Ich ließ den Motor aufheulen und fuhr heimwärts.

10

Gutgelaunt rollte ich auf den Hof meines Kottens. Dann die Ernüchterung: Auf meiner Türmatte trippelte ein Jugendlicher herum, der sich beim Vernehmen des Motorengeräuschs sofort umdrehte und mir zuwinkte. Also nichts mit Füße hochlegen, oder was? Als mein Blick dann auch noch auf die verdreckten Hosenbeine fiel, war meine Laune endgültig im Keller. Zumindest Kevin schlief noch den Schlaf der Unschuldigen. Sollte er auf das Auto aufpassen, während ich mir den Knaben vorknöpfte.

Ich verließ die Karre und nahm den Störenfried in Augenschein. Jeansjacke mit Antiatomkraftaufnähern und weißes Seidenhemd mit dunkelgrüner Krawatte – avantgardistische Kombi.

»Herr Nannen?«, strich er durch seinen kräftigen Rotschopf.

»Haben sie dich im Jugendzentrum rausgeschmissen, oder hat die *Bravo* fälschlicherweise angekündigt, dass hier eine Bauerndisco stattfindet? Nee, wahrscheinlich willst du mit Supermarktprospekten meinen Briefkasten zumüllen«, knurrte ich ihn an. War zwar ungerecht, aber so war die Welt.

»Verzeihen Sie die Störung«, war er doch merklich eingeschüchtert. »Ich heiße Paul Jansen und bin Schüler des Dülmener Martin-Heidegger-Gymnasiums. In der Jahrgangsstufe zwölf muss jeder ein vierzehntägiges berufliches Praktikum bei einem lokalen Betrieb absolvieren.«

»Ja und?«, wollte ich meine schlechte Laune nicht so schnell aufgeben.

»Wie mir das Arbeitsamt mitgeteilt hat, sind Sie der Inhaber der einzigen Detektei in der Gegend, und Privatdetektiv ist mein Traumberuf.«

Ich musste lachen: »Detektiv lernt man nicht, man ist es. Ich kann keine Klette gebrauchen, die permanent dumme Fragen stellt und mir auf den Sack geht. Außerdem ist der Job gefährlich. Deine Eltern würden mich verklagen, wenn dir etwas zustößt. Vergiss es.«

»Meine Eltern sind einverstanden, das habe ich sogar schriftlich. Ich werde Ihnen auch nicht zur Last fallen, versprochen. Ich habe mich haarklein über Ihr Unternehmen informiert. Phänomenale Erfolge bei der

Aufklärung in den Fällen Rudolph, Eckolt und Grutz begründen Ihren Ruf, der weit über die Grenzen des Münsterlands hinausreicht.«

Er zitierte einen Artikel des *Dülmener Kuriers*, der sich im Sommerloch des einzigen lokalen Detektivs erinnert und dabei leicht übertrieben hatte.

»Du hast gründlich recherchiert, wie ich sehe. Fundierte Nachforschungen sind das A und O für erfolgreiche Detektivarbeit.« Auch ich stand auf Bauchpinseleien.

»Liegt in der Familie, ich bin nämlich der Cousin von Jupp Schrage. Er hat Sie empfohlen.«

Ich konnte es nicht fassen. Zwar hatte ich schon davon gehört, dass auf dem Dorf jeder mit jedem verwandt war, aber dies auch plastisch vor Augen geführt zu bekommen, war schockierend. Doch Verwandtschaft hin oder her, was sollte ich mit dem Knaben anfangen?

Plötzlich kam mir eine Idee: »Vielleicht kann ich dich doch gebrauchen. Du bist dir für keine Arbeit zu schade?« Paul nickte eifrig. »Akzeptiert. Wann kannst du anfangen?«

»Sofort. Geben Sie mir die Chance, meine Fähigkeiten unter Beweis zu stellen.«

Die sollte er haben. Ich veranstaltete eine kostenlose Führung und gab ihm dabei detaillierte Anweisungen, wie das Unkraut zu jäten, die Kaninchen zu füttern und die Ställe zu streichen waren. Schließlich musste ich meiner Verantwortung als Unternehmer nachkommen und die Jugend von der Straße holen.

»Hat das mit einem Fall zu tun?«, fing er bereits mit der nervenden Fragerei an.

»Tarnung, Jansen, Tarnung. Wir suggerieren unseren Feinden, dass es sich hier um einen stinknormalen Bauernhof und nicht um ein florierendes Detektivbüro handelt.«

»Droht Gefahr?«, konnte Paul mit seiner Aufregung kaum hinterm Berg halten.

»Je besser du arbeitest, desto ungestörter können wir ermitteln. Ich muss mich jetzt um einen Auftrag kümmern, in den ich dich in Kürze einweihen werde.«

Während mein Azubi sich mit Feuereifer einen Eimer Farbe schnappte, befreite ich Kevin aus dem Auto und begab mich ins Haus, um nach dem Rechten zu sehen.

Den Maxi-Cosi stellte ich auf der Couch ab, dann öffnete ich den Briefkasten. Die Firma Millionärs GmbH teilte mir mit, dass ich eine Million Euro gewonnen hatte. Ich musste nur an einer Bustour in die Nähe von Leipzig teilnehmen, bei der ich als zusätzlichen Leckerbissen Rheuma heilende Lamafelldecken, homöopathische Lockenwickler und universell einsetzbare Bohrersets erwerben konnte. Kurz spielte ich mit dem Gedanken, Grabowski den Gutschein als Entlohnung für seine Dienste anzubieten, warf ihn dann aber doch in den Abfall.

Ein Schreiben der Stadt Dülmen wies mich darauf hin, dass ich ohne Parkscheibe auf einem Edeka-Stellplatz geparkt hatte. Dieses Vergehen kostete fünfzehn Euro. Mir war schleierhaft, was die Bullen auf privaten Grundstücken zu suchen hatten, allerdings räumte ich einer Diskussion nur geringe Erfolgschancen ein. Also landete der Zahlschein von einem Fluch begleitet auf dem Stapel unerledigter Rechnungen.

Der dritte Brief, ein großes Kuvert ohne Absender, enthielt eine braune gebundene Mappe. In goldenen Lettern prangte »Personenprofil Heiner Vossen von Dr. Otto Baumeister und Peter Grabowski« auf dem Deckblatt. Ein Begleitschreiben rutschte heraus: »Lieber Dieter, anbei die Resultate unserer Durchforstung von Heiner Vossen. Meines Erachtens verbirgt sich hinter der harmlosen Fassade ein ungeheures kriminelles Potential. Unsere Nachforschungen sind jedoch noch nicht abgeschlossen. So ließ sich Vossens Alibi bisher nicht verifizieren. Näheres bei einer Präsentation in deinem Büro. Alles Liebe und bis bald. Dein Partner und Freund Otto.«

Montag, 16.35 Uhr: Peter Grabowski, Dieter Nannens Handlanger, betritt mein Büro. Auftrag vom Chef: Umfassendes Profil von Heiner Vossen erstellen, Hauptverdächtiger im Mordfall Angelo Küppers. Vorsicht, der Verdächtige könnte bewaffnet sein.

16:45 Uhr: Recherche im Internet. Der Name des Verdächtigen Vossen taucht lediglich im Zusammenhang mit dem Fußballverein FC Dülmen auf. Inoffizielle Anmerkung: Hat Vossen etwas zu verbergen? Ende inoffizielle Anmerkung. Unter www.telefonbuch.de: Christel und Heiner Vossen, Baumschulenweg 56, 48249 Dülmen. Keine kriminaltechnisch verwertbaren Resultate.

17:18 Uhr: Angesichts der potentiellen Gefahr durch den Verdächtigen bewaffne ich mich ebenfalls. Zyanidkapseln, die ich dem Aggressor im Notfall verabreichen kann. Mein Antrag auf Waffenschein ist bisher noch nicht genehmigt worden.

17:22 Uhr: Befinden uns auf dem Weg nach Dülmen. Legen uns Tarnung zurecht.

17:29 Uhr: Vossen wohnt mitten im Zentrum. Weißes Vierfamilienhaus. Andere Bewohner: Familie Buschschulte, Richard Kemper, Sybille Krekel.

17:32 Uhr: Klingeln. Werden hereingelassen. Vossen ist nicht anwesend. Dafür seine Mutter Christel. Circa 65 Jahre alt, graue Dauerwelle, braunes Kleid mit roten Rosen. Inoffizieller Kommentar: Verwitwet. Fescher Feger. Ende inoffizieller Kommentar. Geben uns als Versicherungsvertreter für die Westfälische Landesversicherung aus. Flirte galant mit Mutter des Verdächtigen. Sie vertraut mir, beäugt Peter aber misstrauisch. Ich schicke Grabowski nach draußen. Beurteilung Otto Baumeister: Momentan droht keine Gefahr. Das Befragungsobjekt darf nicht durch Handlanger Grabowski verunsichert werden. Frau Vossen schenkt mir einen Piccolo ein. Um die Tarnung aufrechtzuerhalten, willige ich ein. Widerspricht allerdings § 5412 Abs. 312 des Pinkerton-Leitfadens zur Detektivausbildung. Allerdings sind laut § 3158 Abs. 3 Regeln dafür da, gebrochen zu werden. Also beiße ich in den sauren Apfel und trinke.

Anschließend lege ich ihr den Versicherungsvordruck für ihren Sohn vor. Sie kann ihn schon mal ausfüllen. Lade sie zum Tanztee ins Café Saathoff ein. Inoffizielle Anmerkung: Das ist ein brandheißer Schuppen. Nur junges Gemüse zwischen 50 und 60 läuft da rum. Ende inoffizieller Kommentar. Christel füllt den Bogen aus und nimmt meine Einladung an.

Ergebnisse des Personenbogens und der Aussage von Christel Vossen:

Heiner Vossen, geb. 24. 07. 1980 in Dülmen. Vater Heinrich verstarb 2005 an Herzinfarkt.

Heiner absolvierte die Hauptschule und schloss eine Lehre als Automechaniker bei Opel Düppel ab. Laut Christel hat er finanzielle Probleme. Er hat in argentinische Aktien investiert, die bald nichts mehr wert waren. Die Mutter hat ihm im letzten Jahr 5000 Euro geliehen. Anfang des Jahres trennte sich seine langjährige Freundin Gesine Zumwinkel von ihm, und er verlor die Arbeit bei Düppel. Angeblich wurde er gemobbt. Habe Adresse von Gesine und der Firma Düppel notiert. Christel vertraut mir so sehr, dass sie noch nicht einmal nach dem Grund für mein Interesse fragte. Inoffizielle Bemerkung: Eine fundierte Detektivausbildung zahlt sich aus.

Die Familie Vossen ist übrigens um 200 Ecken mit dem tollen Bomberg verwandt. Da ich mich in meinen historischen Studien vor meiner Detektivtätigkeit mit dem legendären Kammerherrn und Baron Gisbert Freiherr von Bomberg, der berühmtesten Bulderner Persönlichkeit, beschäftigt hatte, kamen wir ins Plaudern. So erzählte sie mir die Geschichte von der Entstehung der Bahnstation Buldern. Im 19. Jahrhundert hielt die Bahn nur an den wichtigen Verkehrsknotenpunkten. So war auf der Strecke vom Ruhrgebiet nach Münster Dülmen der erste Halt. Nun lebte Baron Freiherr von Bomberg in Buldern und feierte gern wilde Feste in Münster. Um den Rückweg von Dülmen City nach Buldern, damals noch eigenständig, zu sparen, zog er in Buldern die Notbremse und drückte dem verdutzten Schaffner die Strafe für missbräuchliche Betätigung der Notbremse in die Hand. »Ich habe einen längeren Atem als der Fiskus«, prophezeite er. War ein toller Hecht, der Baron, wie es die heutige Generation ausdrücken würde. Einmal kam der Zug aus Hannover, er betätigte die Notbremse, urinierte in Buldern und fuhr weiter nach Dülmen, wo bereits eine Kutsche auf ihn wartete. Irgendwann hatte die Bahn die Nase voll und errichtete in Buldern die kleinste Bahnstation des Münsterlandes, schloss Christel ihre Erzählung. Die Relevanz zum Fall Küppers ist zwar nicht auf den ersten Blick ersichtlich, aber das muss Chefdetektiv Dieter Nannen entscheiden. Vielleicht stecken erhellende Details zwischen den Zeilen.

Christel Vossen schenkt mir noch einen Piccolo ein. Bin leicht beschwipst, muss aber die Tarnung aufrechterhalten. Suche nach Pflanze, um den Rest wegkippen zu können, finde aber keine. Grabowski klingelt. Gibt vor, dass wir weiter müssen. Trinkt meinen Piccolo aus. Wir wollen am nächsten Tag wiederkommen, wenn Heiner da ist. Das gibt mir Zeit, das Autohaus und seine Ex-Freundin Gesine zu befragen. Den Bogen lassen wir da. Zufrieden verabschiede ich mich und drücke Christel einen Kuss auf die Hand. Das Kompliment »Charmeur« nehme ich zur Kenntnis. Peter bringt mich nach Hause, damit ich die gewonnenen Daten mittels PC aufbereiten kann.

Dienstag, 11:00 Uhr: Bin seit acht Uhr arbeitsbereit, aber Peter erscheint nicht. Bereite ein paar Folien für die abschließende Fallpräsentation in Powerpoint vor. Trinke viel zu viel Kaffee. Der Job bringt mich noch ins Grab. Wenn man sich nicht auf die Mitarbeiter verlassen kann, dann … 11 Uhr (sic!): Grabowski betritt mein Büro. Nichts wie los. Teile ihm unmissverständlich mit, dass nur der frühe Vogel den Wurm fängt, und hoffe, dass er die Metapher verstanden hat.

11:15 Uhr: Autohaus Düppel in Dülmen. Gebe mich als Detektiv zu erkennen, der einen Mordfall bearbeitet, und werde an Franz Düppel senior verwiesen. Ich brauche nicht den harten Mann raushängen zu lassen, er gibt mir bereitwillig Auskunft. Heiner Vossen war ein zuverlässiger Mitarbeiter bis zum Oktober letzten Jahres. Erst kam er wiederholt zu spät zur Arbeit; dann klagten Kollegen über Diebstähle. Schließlich erwischte Düppel Heiner Vossen, als er seinen Schreibtisch durchsuchte. Er schmiss ihn raus, verzichtete aber auf eine Anzeige, da Vossen in Schlemmbachs Mannschaft Fußball spielt. Düppel und Schlemmbach sind im selben Kegelclub und im Dülmener Wirtschaftsrat. Erfreuliches Gespräch. Düppel verspricht mir Sonderkonditionen für mein nächstes Auto. Fahre zwar eigentlich nicht mehr, aber wenn ich ein Auto quasi geschenkt bekomme.

12:17 Uhr: Habe von Düppel erfahren, dass Gesine Zumwinkel im Blumengeschäft in der Kalkhofstraße arbeitet. Kleines Geschäft, in dem drei Floristinnen arbeiten. Gesine ist zwanzig Jahre alt, hat brünette, zu einem Knoten geflochtene Haare und das hebräische Wort für »Glauben« auf den Hals tätowiert. Habe sie gefragt, welche Bedeutung das für sie hat. Keine, sieht fetzig aus. Inoffizielle Anmerkung: Sagt man heute fetzig? Inoffizielle Anmerkung Ende. Die jungen Dinger heutzutage.

Heiner hatte sich tatsächlich heftig verspekuliert und einen Schuldenberg angehäuft. Sie bekommt noch 3000 Euro von ihm, hat diese aber bereits abgeschrieben. Er hat zweimal die eidesstattliche Versicherung abgegeben und auch seine Freundin übel beklaut. Daher hat sie ihn verlassen. Laut Gesine ist Heiner Vossen durchaus zu einem Mord fähig. Falls er nicht vorher von ihr umgebracht wird. Inoffizielle Anmerkung: Küppers wurde doch nicht ausgeraubt, wenn ich mich recht an die Zeitungsberichte erinnere? Aber Schlussfolgerungen überlasse ich Chefdetektiv Dieter Nannen.

13:30 Uhr: Klingeln Vossen aus dem Bett. Christel ist leider arbeiten, putzt in einem Lokal. Als Frau Baumeister hätte sie das nicht nötig. Vossen braucht keine Versicherung, teilt er mir statt einer Begrüßung mit. Unhöflicher Bursche. Ich gebe mich als Detektiv zu erkennen und sage ihm auf den Kopf zu, dass er der Hauptverdächtige im Mordfall Küppers ist. Spreche ihn auf seine Schulden und den Kummer an, den er seiner Mutter bereitet. Wird ganz kleinlaut und streitet die Tat ab. Frage ihn nach seinem Alibi. Ist angeblich nach seinem Spiel sofort zu seinem Teilzeitjob bei der Aral-Tankstelle gefahren. Werde dies zusammen mit Peter überprüfen. Zum Abschied verspricht er mir, sich zu bessern. Inoffizielle Anmerkung: Glaube, dass er im Herzen ein guter Junge ist. Vielleicht adoptiere ich ihn, wenn Christel und ich … aber das ist Zukunftsmusik.

Abschlusspräsentation inklusive Alibi-Check folgt.

Für Richtigkeit bürgt Dr. Otto Baumeister

Warum musste Otto immer gleich einen Roman verfassen, nur um mir mitzuteilen, dass sich die Spur als

Blindgänger erwies? Immerhin waren seine Ergüsse amüsant zu lesen. Ich konnte mir nicht vorstellen, dass Heiner ein falsches Alibi angegeben hatte. Ob er seiner Pflicht an der Tankstelle nachgegangen war, ließ sich leicht überprüfen.

Ich gähnte, zog eine Cola aus dem Kühlschrank und blickte auf die Uhr. Kurz vor vier. Ich konnte zu Schlöhr fahren. In der Schule hatte ich Chemie immer verflucht. Sprachen, Deutsch und Mathematik waren meine starken Fächer gewesen, die Naturwissenschaften samt ihrer kauzigen Lehrer hätten mich fast das Abitur gekostet. Aber mein Optimismus und meine Gerissenheit hatten mich auch über diese Klippe hinweggeschifft. Ich trank aus und stellte die leere Flasche auf die Arbeitsplatte.

Anschließend packte ich den erstaunlicherweise immer noch ruhigen Kevin ins Auto. Auch wenn er relativ pflegeleicht war, war meine Lust erschöpft, Ersatzvater für ihn zu spielen. Als könnte er Gedanken lesen, öffneten sich Kevins braune Kulleraugen, starrten mich an, weiteten sich vor Entsetzen und: »Buääääh!«

»Was ist, Kollege?«

»Buääääh!«, jetzt eine Nuance lauter.

»Bitte!«, fuhr ich ihn an, was nur noch kräftigeres Gebrüll zur Folge hatte.

»'tschuldige, war nicht so gemeint«, versuchte ich, gegen Kevin anzutönen. Vergeblich. Mein Gott, wie konnte ein so kleines Bündel so viel Lärm erzeugen?

So konnte ich nicht arbeiten. Was tun? Ich schloss die Tür, schwang mich auf den Fahrersitz und ließ die *Dickinson*-CD laufen. Gurkennase und Bruce hatten etwas gemeinsam, und zwar eine beruhigende Wirkung auf den kleinen Terroristen, denn sofort war er mucksmäuschenstill.

Dennoch stand mein Entschluss fest: Der Junge musste in ein entwicklungsförderndes Umfeld, was ich ihm zurzeit nicht bieten konnte. Also ab zum Gemüsehof.

Karin stand im Laden und verkaufte frische Bioprodukte an kichernde Hausfrauen, die ich vom Ansehen her aus der Kirche kannte.

Es war das erste Mal, dass ich den Verkaufsladen von innen sah; kein Wunder, es gab ihn ja auch erst seit zwei Monaten. Vorher hatte sie ihre Erzeugnisse immer umständlich aus der Scheune holen müssen, bis ihr ein befreundeter Privatdetektiv den Tipp gegeben hatte, einen Teil der Tenne in einen Bioladen umzuwandeln. Dieser Bulderner Privatdetektiv hatte ihr sogar einen zinsfreien Kredit in Höhe von dreitausend Euro gewährt.

Dies war vor einem halben Jahr gewesen. Was Schumann seitdem erschaffen hatte, konnte sich wirklich sehen lassen: Betrat man den rund siebzig Quadratmeter großen Raum durch eine durch Sprossen getrennte Glastür, fiel der Blick sofort auf eine ansprechende Auswahl an Obst und Gemüse. In alphabetischer Reihenfolge waren dies Äpfel, Kartoffeln, Kirschen, Kohlrabi, Möhren, Porree, Radieschen, Schnittlauch, Zucchini und Zwiebeln aus eigenem Anbau sowie einige zugekaufte Obst- und Gemüsesorten, einwandfrei biologisch und garantiert nicht von fünfjährigen Straßenkindern aus Papua-Neuguinea unter gleißender Mittagssonne geerntet.

Auf der rechten Seite offerierte Karin ihre Ziegenprodukte. Käse, Joghurt, Milch und andere Leckereien ließen das Gourmetherz frohlocken. Produkte echter Kühe stellte Bauer Mühlenbrock aus dem Nachbarort zur Verfügung, so dass dieser Bereich ansehnlich gefüllt war.

Im hinteren Areal stand eine schnuckelige Fleischtheke, die zusätzlich zu den Erzeugnissen aus ihrer Lammzucht von Biobauern aus der Umgegend bestückt wurde. Vom Spätherbst bis zum Jahresende wollte Schumann dort auch Gänsefleisch anbieten. Hundert Küken hatte sie bereits bestellt. Neben dieser Theke hatte Karin ein Schrot-und-Korn-Regal platziert, wo der geneigte Müslifreak alles für den täglichen Bedarf finden konnte.

Linker Hand befand sich das Wichtigste: die Kasse. Da Schumann karitativ sehr engagiert war, musste jeder Kunde fünf Prozent des Verkaufspreises in eine Spendenbox für SOS-Kinderdörfer werfen. Karin bestand stets darauf, dass dies von jedem Käufer persönlich erledigt wurde, denn dadurch wanderte der eine oder andere zusätzliche Euro in den Pott. Diese Idee kam bei den Kunden sehr gut an, von den SOS-Kinderdörfern ganz zu schweigen.

Hinter der Ladentheke wurde allerlei Krimskrams zum Verkauf angeboten: asbestfreie Unterwäsche und Häkeldeckchen, von süddeutschen Strafgefangenen mundgeblasene Oster- und Weihnachtskugeln, von Bienen in Freilandhaltung in maximal fünfunddreißig Stunden pro Woche gesammelter Honig und lustige Türschilder von der Vereinigung taubstummer und blinder Holzschnitzer aus Ostpreußen.

Zum Glück bot Karin keine eigene Modekreation

zum Verkauf an, denn dies hätte den sofortigen Bankrott für das junge Unternehmen bedeutet. Ihr Outfit wirkte auch heute wieder gewöhnungsbedürftig: Die gelbe Cordhose biss sich mit dem blauen Rüschenhemd. Gott sei Dank wurden drei Viertel durch einen Bundeswehrparka verdeckt. Damit meine Augen vor lauter Farborgasmen nicht kollabierten, fixierte ich ihre Schuhe. Gummistiefel waren für eine Landwirtin in Ordnung.

»Hi, Karin. Herzlichen Glückwunsch zu diesem tollen Laden. Das hast du phantastisch hingekriegt«, raspelte ich eifrig Süßholz, wobei ich nicht einmal lügen musste. Dann kam ich auf den eigentlichen Grund meines Besuchs zu sprechen: »Ich muss noch mal wegen der Sandanalyse zum Dülmener Chemiker. Bist du so lieb und passt auf Kevin auf?«

»Was? Du brauchst absolute Ruhe und gehörst ins Bett.«

»Würde ich gerne, das kannst du mir glauben. Aber wenn ich nichts unternehme, kommen die Schläger wieder, und dann Gnade mir Gott.«

»Gut, du holst schnell die Unterlagen ab und kommst sofort zurück«, spielte sie Terminkalender.

»Zu Befehl, Frau Oberst.«

Ich hob die Babytasche hoch und stellte sie auf die Theke. Kevin schaute neugierig in die Gegend, während er das dicke Näschen rümpfte.

»Ist der süß«, krabbelte Karin sein Kinn, was Grabowski junior zu einem wohligen Glucksen animierte.

»Vorhin hat er geschrien, als wollte ich ihn ermorden. Vielleicht mag er mich nicht.«

»Blödsinn. Außerdem hab ich doch schon gesagt,

dass ich ihn nehme. Aber wehe, du bist um acht nicht in der Koje. Dann schreist *du*«, drohte sie mir lachend.

Nach einem Abschiedskuss hatte mich die Straße wieder. Ich drehte das Autoradio lauter und genoss das Gefühl von Freiheit und Einsamkeit. Einsamkeit? Es konnte doch kein Zufall sein, dass schon wieder der grüne Toyota an mir klebte. Leider hielt der Fahrer so viel Abstand, dass ich sein Gesicht noch immer nicht erkennen konnte. Aber das sollte schnell geklärt sein.

Ich hielt am Straßenrand und stellte mich vor einen Baum, als ob ich pinkeln müsste. Aus dem Augenwinkel erkannte ich, dass der grüne Japaner bremste und zehn Meter hinter meiner Rostlaube stehen blieb. Ich rührte mich nicht von der Stelle. Der Fahrer stieg aus.

Ich drehte mich um: »Was machst du denn hier?«

Wie ein angestochener Stier rannte der Kerl auf mich zu: »Nannen, du Arsch!«

Dem Faustschlag wich ich elegant aus, packte den dazugehörigen Arm mit einem Aikidogriff und drückte den Besitzer des Arms zu Boden.

»Was soll das, Robert?«

»Lass los, Wichser.«

»Nicht in diesem Ton«, drückte ich noch einmal zu, ließ ihn dann aber los.

Ein Fehler. In der Aufwärtsbewegung setzte er einen linken Schwinger an, der mich am rechten Auge traf. Ich fiel gegen eine Weide, die leider keinen Zentimeter nachgab. Dafür knackte mein Rücken.

»Willst du mich umbringen?«, stöhnte ich.

»Lass die Finger von Ulrike, du Sack«, fuchtelte mir Robert mit der Faust vor der Nase herum. »Diesmal lass ich dich noch heil, aber nur, weil die Mannschaft dich braucht.«

»Ich habe keinerlei Interesse an deiner Puppe«, antwortete ich wahrheitsgemäß und wusste nicht, ob ich mir zuerst das schmerzende Auge oder den zerschundenen Rücken reiben sollte.

»Du hast dich in der Kneipe ziemlich angeregt mit ihr unterhalten«, pumpte sich Robert wie ein Bodybuilder vor mir auf.

»Ach, und wenn sich jemand mit Ulrike unterhält, verfolgst du ihn, schlägst ihn zusammen oder bringst ihn um. Wie Angelo«, quetschte ich zwischen den Zähnen hervor. Ich hatte mich entschieden, dass das Auge mehr schmerzte. Das durfte ein schönes Veilchen geben.

»Was soll das mit Angelo?«, fragte Hirschmann erstaunt und sackte wieder auf Normalgröße zusammen.

»Angelo hatte was mit Ulrike. Wahrscheinlich hast du ihn wie mich eben zusammengeschlagen. Als er dann immer noch nicht die Finger von ihr lassen wollte, hast du ihn abgeknallt«, erklärte ich frustriert. Da machte ich mir tagelang Gedanken, wälzte abstruse Theorien, und dann erwies sich der Fall als simples Eifersuchtsdrama. Mühsam rappelte ich mich wieder hoch, immer einen Blick auf Robert, doch der schien seinen Testosteron-Überschuss abgebaut zu haben.

»Woher weißt du das mit Angelo?«, erwachten seine Lebensgeister wieder.

»Das war doch stadtbekannt. Mensch, Robert, deine Frau hat es doch bei jedem probiert. Such dir besser eine neue. Charmanter Tipp von Mann zu Mann.«

»Geht nicht, ich lieb sie doch. Okay, wir haben Probleme, aber die kriegen wir geregelt. Was den Mord betrifft: Mit dem habe ich nichts zu tun.

Ich weiß, dass ich ein Eifersuchtsproblem habe. Wenn ich sehe, dass ein anderer Mann mit Ulrike spricht, ticke ich aus. Aber ich würde niemals jemanden umbringen, das musst du mir glauben«, beschwor er mich. »Ich bin sogar in einer Selbsthilfegruppe. Taoistische Liebesmeditation, Aussöhnung mit dem inneren Kind und so. Leider hat das Programm noch nicht angeschlagen«, flossen jetzt auch noch Tränen.

»Hör auf zu flennen. Ich bin nicht dein Therapeut«, schnauzte ich ihn an. »Wo bist du gewesen, als Angelo erschossen wurde?«

Robert kam näher und wollte mein durch den Sturz zerknittertes Jackett glätten. »Finger weg, und antworte mir!«, fauchte ich und wich zurück.

»Ich war mit den anderen noch einen trinken. Da kannst du jeden fragen.«

»Werd ich, verlass dich drauf, Alter.« Leider glaubte ich ihm trotzdem. Robert war ein Schläger, aber kein Mörder, oder meine Menschenkenntnis musste mich arg im Stich lassen.

»Wir gehen jetzt beide unserer Wege und sehen uns in Zukunft nur noch auf dem Spielfeld, verstanden? Und einen schönen Gruß an Ullibaby«, konnte ich mir nicht verkneifen.

Dann stieg ich ins Auto und gab Gummi.

Dieses Mal trug Schlöhr ein Trikot der Detroit Pistons.

»NBA-Fan?«, fragte ich neugierig.

»Yep, auch wenn nach Jordans Rücktritt die Liga nicht mehr das ist, was sie mal war.«

»Ich favorisiere die Dallas Mavericks. Die fliegen zwar trotz Nowitzki immer in der ersten Play-off-Runde raus, aber ich habe ein unerklärliches Faible für Underdogs.«

»Aha, Sie lieben das leidvolle Leben«, interpretierte Boris lachend. »Wie Nick Hornby in *Fever Pitch* schon richtig bemerkt hat: Das Austesten der Leidensfähigkeit ist der wahre Grund für die Liebe zu einem Sportclub.«

»Korrekt«, stimmte ich zu. »Beim Fußball schwenke ich die Fahne für Rot-Weiß-Essen. Wenigstens in Gedanken.«

»Quod erat demonstrandum.«

»Wie sieht's mit dem Sand aus?«, hatte ich auch noch zu arbeiten.

Auf sein »Folgen Sie mir« schritt ich hinter ihm her in Richtung Hexenküche.

»Das Zeug ist hochbrisant. Herkunftsland: Ukraine oder Russland. Der Sand ist bis auf das letzte Korn verseucht. Ich kann nicht alle Gifte aufzählen, die ich gefunden habe, denn in vierzehn Stunden beginnt mein Unterricht. Nur so viel: Legal ist das nicht über die Grenze gelangt.«

»Der Sand ist für die Neubausiedlung im Norden der Stadt bestimmt.«

»Na klasse. Die Zahl der Neugeborenen mit drei Köpfen, vier Beinen und sechs Armen wird rapide ansteigen. Ich faxe Ihnen die Analyse zu. Lassen Sie die Kerle, die diese Schweinerei zu verantworten haben, das Zeug fressen und dran krepieren.«

Bevor Schlöhr sich noch zu einem Herzkasper in die Sache hineinsteigerte, bedankte ich mich für die schnelle Hilfe und versprach, ihn auf dem Laufenden zu halten.«

Als ich gegen neun nach Hause kam, brannte im Haus kein Licht. Peters direkt vor der Haustür geparkter Granada belegte aber zweifelsfrei seine Anwesenheit. Strecken über dreißig Meter legte er nämlich grundsätzlich nur mit dem Auto zurück. Gut, er konnte berichten, was Heiner Vossens Alibiüberprüfung ergeben hatte.

Allerdings fand ich ihn nicht auf der angestammten Couch im Wohnzimmer. Stattdessen drang aus meinem Schlafgemach ein sägendes Geräusch, unterbrochen von keuchenden Japsern, als würde jemand ersticken. Ich fasste es nicht: Gurkennase hatte es sich auf meinem Bett bequem gemacht. »Sonja, ich will dich«, stöhnte Grabowski und fuchtelte mit den Armen. Anscheinend träumte er wild. Ich widerstand der ohnehin nur theoretischen Versuchung, mich danebenzulegen. Nachher verwechselte er mich noch mit Sonja. Stattdessen schloss ich die Tür und verzog mich ins Wohnzimmer. Obwohl ich normalerweise Bücher mit einem Umfang von über zweihundert Seiten mied, hatte ich mit John Fowles' 900-Seiten-Opus *Der Magus* begonnen. Ein wahrer Pageturner. Ein eingebildeter, aber unbedarfter englischer Lehrer begab sich freiwillig in die Fänge eines charismatischen Gauklers, der ihm immer neue Inszenierungen bot. Obwohl er die Gefahr spürte, konnte er sich nicht aus den Klauen des Magiers befreien. Dabei warf jede Antwort, die der Leser erhielt, diverse neue Fragen auf. Niemand war, wer er zu sein schien.

Bei meinem Job erging es mir genauso: Fußballkollege Robert Hirschmann erwies sich als Schläger und Heiner Vossen als Börsenzocker und Dieb. Man konnte den Leuten wirklich nur vor den Kopf schauen. Aber keiner von beiden schien Angelo auf dem Gewissen zu haben. Frustriert legte ich das Buch zur Seite, löschte das Licht und bettete mich aufs Sofa. Als ich mich auf dem sonnigen Phraxos befand und von zwei reizenden Zwillingsschwestern umgarnt wurde, wusste ich, dass ich eingeschlafen war.

11

Dank Kevins Abwesenheit wachte ich am nächsten Morgen erst gegen Mittag auf. Tat schon gut, einen Morgen ohne Babygeschrei zu verbringen. Grabowski war bereits verschwunden, so dass ich das gesamte Anwesen für mich hatte.

Plötzlich fiel mir siedend heiß ein, dass ich in der Hektik völlig vergessen hatte, die Kaninchen zu füttern. Erleichtert stellte ich fest, dass es meinen Freunden gutging, und machte das Versäumnis mit einigen von Schumanns weltberühmten Biokohlköpfen wieder wett. Nur Pedder scharrte nervös mit den Hufen.

Ich erzählte ihm von den jüngsten Erlebnissen. Nicht dass er sich eines Tages beschwerte, ich würde alles für mich behalten. Das Wackeln seiner rosa Öhrchen signalisierte Zustimmung. Vielleicht bedeutete es aber auch, dass der Kohl mundete. Wer durchschaute schon die komplizierte Schweinepsyche.

Im Badezimmer massierte ich Schlöhrs Salbe in meine Gesichtshaut und kontrollierte den Erfolg nach einer Viertelstunde im Spiegel. Boris musste in seinem früheren Leben indianischer Medizinmann gewesen sein: Mein Teint war strahlend rein.

Das Telefon klingelte. Gutgelaunt hob ich ab.

»Wolltest du uns nicht beim Skat aushelfen?«

Wann ließen mich Reisingers Hampelmänner endlich in Ruhe?

»Warum sprecht ihr Arschlöcher dauernd über Dinge, die ihr nicht kapiert? Mit euch Pennern Skat zu spielen ist für mich die gleiche Herausforderung wie mich mit Beinamputierten im Hindernislauf zu messen.«

»Ein großes Maul hat er, der Herr Schnüffler«, lachte Bruno.

»Stiehl mir nicht die Zeit, Fettsack. Wenn du was zu sagen hast, spuck's aus«, versuchte ich mich in Proletenslang.

»Nicht so ungeduldig. Wir haben uns schon gedacht, dass du nicht mit uns zocken willst. Deswegen haben wir uns einen anderen Mitspieler gesucht, genauer gesagt eine Mitspielerin und einen Kartengeber. Obwohl der Kleine noch viel lernen muss.«

Bruno lachte kehlig: »Schon mal mit deiner Tussi Skat gekloppt, Wichser? Die reinste Freude, sag ich dir. Kennt zwar die Regeln nicht, aber das Reizen beherrscht sie perfekt. Los, erzähl dem Schnüffler, wie wohl du dich bei uns fühlst.«

»Dieter!« Ein Schrei ließ mein Trommelfell Tango tanzen. »Die wollen mich vergewaltigen. Hilf mir!«

»Das reicht. Ist sie nicht süß? Der Bengel ist auch nicht schlecht. Rülpsen kann er schon wie ein Großer.«

Die Schweine waren penetranter als Kevins stinkende Windeln.

»Wenn den beiden was passiert, seid ihr fällig.«

»Bleib cool. Einmal Titten-Grapschen ist doch wohl erlaubt. Wenn du dich aber weiterhin in fremde Angelegenheiten mischst, vergessen wir unsere gute Kinderstube.«

»Etwas konkreter bitte.«

»Du lässt uns die nächste Woche in Ruhe. Kannst ja deinen verkommenen Dreckshof auf Vordermann bringen oder deine Pornosammlung sortieren.«

»Und dann?«

»Danach kannst du deine Familie wieder in die Arme schließen.«

»Einverstanden.« Ich legte auf.

Einen Teufel würde ich tun.

Ich zog das Telefonbuch aus der Schublade. Reisinger wohnte in der Parkallee, der Dülmener Villenstraße. Als Nächstes tippte ich Lindners Nummer in die Tastatur des Telefons. Der Gute musste sich mittlerweile verfolgt vorkommen.

»Dieter. Wenn du neulich nicht aufgetaucht wärst, wäre das alles nicht passiert«, zeigte er sich wenig erfreut. Gitta hatte die nicht erfolgte Verlobung gelöst, und zudem drohte ihr Papa mit einer saftigen Schadensersatzklage, womit Klaus sich rumärgern durfte. Herzlichen Glückwunsch.

Trotzdem erhielt ich die Nummer eines ehemaligen Knastologen, der sich mit Alarmanlagen auskannte; er hörte auf den Namen Uwe Sterzel. Als ich ihm fernmündlich verklickerte, dass es zwei Hunderter zu verdienen gab, erklärte er sich sofort zu allen Schandtaten bereit.

Um Punkt elf drückten wir uns vor Reisingers Palast herum. Der Knabe hatte Lebensart, das konnte man selbst im Dunkeln erkennen.

Auf der Fahrt von Sterzels Baracke zu Reisingers Villa durfte ich mir die zweitausendste Variante der »Ich hatte eine schwierige Kindheit«-Story anhören. Selbstverständlich waren immer die anderen schuld. Nun gut, Uwes Stiefvater hatte ihm im zarten Alter von vier ein glühendes Bügeleisen an die Wange gepresst. Seine rechte Gesichtshälfte sah auch wirklich zum Fürchten aus. Damit die linke Seite nicht neidisch wurde, hatte seine Mutter ihm zwei Jahre später im Suff einen abgebrochenen Flaschenhals durchs Gesicht gezogen.

Bis auf seine geschundene Visage sah Uwe jedoch normal aus. Unter einer Baseballkappe lugten braune Locken hervor, und um seinen Hals baumelte ein Mercedesstern. Dem Anlass entsprechend war er in einen schwarzen Jogginganzug gekleidet, aber wahrscheinlich war das sein übliches Outfit. Ich schätzte ihn auf höchstens fünfundzwanzig.

Mein Komplize entdeckte sofort das kleine Kästchen, mit dem man das System lahmlegen konnte.

»Gutes Versteck«, erklärte er zufrieden, »für Amateure.«

In weniger als einer Minute war die Anlage ausgeschaltet. Als Bonus öffnete er mir die Kellertür. So einfach hätte er noch nie zweihundert Strippen verdient, behauptete er. Ich zahlte ihn aus und entließ ihn in die Nacht.

Ich konnte nicht umhin, einige Minuten im Weinkeller zu verweilen. Die hier gelagerten Tropfen konnten auch nicht billiger als der Picasso gewesen sein. Die Flaschen waren nach Jahrgängen sortiert. Den Anfang machte ein Bordeaux-Gesöff von 1875. Ebenso ungenießbar wie unbezahlbar, stellte ich mir vor. Ich stieg in den Aufzug und wählte den zweiten Stock, wo ich die Schlafgemächer vermutete. Wegen des Lärms machte ich mir keine Gedanken; es würde sowieso laut werden.

Kaum hatte ich die Tür geöffnet, blickte ich auf Reisinger, der nackt in einem mit Samt behängten Himmelbett schlummerte. Seine Gattin, wenn er denn eine hatte, nächtigte wohl in einem separaten Schlafzimmer.

Als Aufweckzeremonie wählte ich einen lustvollen Schlag in seine Visage.

»Wer sind Sie? Was wollen Sie?«, schreckte Oswald hoch und hielt sich sofort seine Wange. Ich entzündete derweil eine Kerze auf einem Sideboard, um die Sichtverhältnisse nicht übertrieben zu verbessern.

»Oft voneinander geredet, doch nie gesehen. Endlich habe ich das Vergnügen, Sie persönlich kennenzulernen. Ich bin Dieter Nannen, der Picasso-Räuber.«

»Warum hat die Alarmanlage versagt? Ich werde diesen Pfuscher verklagen.«

Reisinger erhob sich, hielt sich aber sofort peinlich berührt die Hände vors Gehänge.

»Wir können über alles reden«, wechselte er ins

Schleimige. »Wir sind beide Geschäftsleute, die es mit dem Gesetz nicht zu genau nehmen. Eine Krähe hackt der anderen kein Auge aus.«

»Schluss mit dem Geseiere«, rammte ich meine Faust erneut in sein Gesicht. Sofort schossen ihm Tränen in die Augen. Schützend hob er seine Hände hoch, wobei er unaufhörlich jammerte.

»Ich will die Geiseln zurück, und zwar jetzt. Um deine schmierigen Geschäfte wird sich die Staatsanwaltschaft kümmern.«

»Einen Moment.« Reisinger bewegte sich in Richtung des Bettes, an dessen Fußende ein Hocker mit seiner Kleidung stand.

»Schön geschmeidig bleiben«, folgte meine Waffe seinen Bewegungen.

Nachdem er sich angezogen hatte, ging er zur gegenüberliegenden Wand und drückte auf einen Knopf, woraufhin sie sich öffnete und den Blick auf ein kleines Kabuff freigab. Ich stellte mich hinter ihn; bis auf einen Tresor war der Raum leer.

»Wie viel kostet Ihr Schweigen?« Während dieser Frage drehte er einige Male an einem Rädchen, bis die Safetür aufschnappte. Nachdem ich kontrolliert hatte, dass dort keine Waffe versteckt war, ließ ich ihn gewähren. Oswald griff sich ein Bündel Geldscheine und hielt es mir unter die Nase.

»Hier, bitte. Machen Sie einen schönen Urlaub, und vergessen Sie die Geschichte.«

»So billig kommen Sie mir nicht davon«, schob ich ihn zur Seite und stopfte den kompletten Safeinhalt in meine Jackentaschen.

»Sind Sie wahnsinnig? Das sind fünfzigtausend

Euro. Damit muss ich die Mailöhne bezahlen. Es ist Ihre Schuld, wenn zwei Dutzend Familien einen Monat lang nichts zu essen haben.«

»Ihr Problem«, zuckte ich mit den Achseln. »Jetzt holen wir die Geiseln.«

»Was garantiert mir, dass Sie den Mund halten?«

»Meine ehrlichen Augen. Vorwärts, meine Geduld ist erschöpft. Wir nehmen die Treppe.«

Als wir auf den Flur traten, hörte ich aus dem Nachbarzimmer leise Pur über kleine Leute singen, die gerne mal mit der Faust auf den Tisch hauen würden, weil sie vom Leben nach Strich und Faden verarscht worden sind. Mir kamen fast die Tränen. Ich riskierte einen Blick und war bass erstaunt. Die Peitsche von Dülmen aka Ulrike räkelte sich in wilden Träumen schwelgend auf einem Diwan.

Nachdem ich die anfängliche Überraschung verdaut hatte, scheuchte ich Reisinger weiter, um die Schlafende nicht zu wecken.

»Nette Gespielin, nur ein bisschen grob«, plauderte ich aus dem Nähkästchen.

»Sie unverschämter Scheißkerl! Das Mädchen ist meine Tochter. Wir haben ihren neuen Job gefeiert, und da ist sie heute Nacht bei mir geblieben.«

Ich versuchte, diese ungeheuerlichen Wendungen aus meinem Kopf zu verbannen und mich auf mein eigentliches Ziel zu konzentrieren: »Weiter jetzt. Wo sind die Geiseln?« Als Motivationshilfe drückte ich ihm die Pistole in den Nacken.

»Draußen.« Reisingers zittrige Stimme verriet, dass er wohl doch nicht der abgebrühte Bursche war, den er zu mimen versuchte.

Unser Weg führte via Treppenhaus und einer Küche, die manchem Restaurant zur Ehre gereicht hätte, ins Freie, dann über einen Kiesweg durch eine weitläufige Parklandschaft. Nach gefühlten dreißig Kilometern erreichten wir einen unbeleuchteten Pavillon.

Wenige Meter vor der Hütte packte ich den Bauunternehmer am Kragen: »Jetzt geben Sie mal Ihren Schergen Bescheid. Sollte was schieflaufen, bist du der Erste, der sich eine Kugel einfängt.«

Oswald rief Brunos Namen, worauf der Dicke die Tür öffnete. Seine Knarre schien er drinnen gelassen zu haben.

»Bring die Schlampe raus«, fauchte Reisinger.

Ich zog ihm den Revolver über den Schädel: »So redet man nicht über eine Dame.«

Heulend ging Oswald in die Knie, aber ich riss ihn wieder hoch.

»Worauf wartest du?«, rief ich Bruno zu, der plötzlich in seine Hosentasche griff.

Zwei Schüsse knallten durch die Nacht. Beide fanden ihr Ziel.

Reisinger verlor als Erster die Balance, aber Bruno ließ ihn nicht lange warten. Während sich beide auf dem Rasen wälzten, suchte ich hinter einem Strauch Deckung, denn Frankie hatte sich ins Geschehen eingeschaltet. Aus den umherschwirrenden blauen Bohnen hätte man Eintopf für ganz Dülmen zubereiten können.

»Ich mach dich alle, du Wichser.«

Das Gras um mich herum wurde förmlich umgepflügt. Ich schoss nicht zurück, da ich den Blonden nicht genau orten konnte. Unkontrollierte Schüsse konnten Schumann und Kevin gefährden.

Ich bemerkte, dass Oswald sich wieder aufrappelte, was sich postwendend als Fehler herausstellte. Ein Querschläger landete in seinem Schädel.

»Scheiße, das wollte ich nicht, Chef.« Partybeleuchtung erstrahlte und enthüllte die grausige Szenerie. Mein Revolver heulte kurz auf, und Frankie, der eben noch händeringend in der hell erleuchteten Pavillontür gestanden hatte, musste sich nicht mehr nach einem neuen Arbeitgeber umsehen. Ich stolperte über ihn in die Hütte.

Karin lag gefesselt und geknebelt auf einem siffigen Futon. Ihre Augen waren vor Schreck geweitet, aber Gott sei Dank war sie quicklebendig. In Sekundenschnelle hatte ich sie befreit.

»Die Schweine wollten mich vergewaltigen«, schimpfte Schumann unter Tränen.

Ich nahm sie in den Arm: »Du brauchst keine Angst mehr zu haben. Sie sind tot, und ich bin bei dir. Wo ist der Kleine?«, erkundigte ich mich nach dem zweiten Entführungsopfer.

»Dort hinten«, zeigte sie hinter meinen Rücken. Ich drehte mich um; Kevin lag friedlich schlummernd in einer Apfelsinenkiste in der hinteren Zimmerecke.

Die Überprüfung seines Gesundheitszustands wurde extrem erschwert, da Karin sich fest an mich schmiegte und mich offensichtlich nie mehr loslassen wollte.

»Wirst du mich immer beschützen?«

»Macht ja sonst keiner«, knurrte ich und drückte sie fest. »Komm, wir verkrümeln uns. Gleich dürfte es hier vor Bullen nur so wimmeln.«

Kaum ausgesprochen, erschallten schon die wohlbekannten Fanfaren. Ich löste mich von der verängstigten Biobäuerin, sprintete in die Ecke und griff mir den kleinen Racker. Dann so schnell wir konnten zum Auto. Als wir an Reisinger vorbeikamen, wischte ich meinen Revolver am T-Shirt ab und drückte ihn in seine Flosse.

Ohne Zwischenfälle erreichten wir meine Klapperkiste, und ich drückte auf die Tube, kaum dass wir eingestiegen waren. Karin hatte sich auf den Beifahrersitz geworfen und drückte Kevin fest an ihre Brust. Als wir mit dem Auto einen guten Kilometer gefahren waren, forderte mich die Frau an meiner Seite zum Anhalten auf.

»Küss mich.« Was folgte, entschädigte für alle erlittenen Strapazen.

Kurz vor dem Finale konnte ich aus den Augenwinkeln erkennen, wie drei Bullenschaukeln an uns vorbeijagten. Plötzlich bremste eine, fuhr rückwärts und kam neben uns zum Stehen. Als sich die Tür öffnete und eine Taschenlampe unsere Gesichter beleuchtete, fühlten wir uns wie Sechzehnjährige.

»Das ist schon seltsam.« Reichert zwirbelte seinen Schnäuzer. »Immer, wenn was passiert, sind Sie in der Nähe.«

»Was ist denn los?«

»Haben Sie nichts von der Schießerei mitbekommen?« Er grinste anzüglich. »Aber der Herr Superschnüffler hatte Besseres zu tun. Blubbernde Hormone mit einer Asphaltschwalbe besänftigen, und dann auch noch mit einem Frischgeschlüpften als Zuschauer.«

Ludger musste dringend an seiner Polizeipoesie arbeiten. Kaum hatte er fertig gesprochen, als Karins flache Hand schon in seinem Gesicht landete: »Wie nennen Sie mich, Sie wandelnder Minderwertigkeitskomplex? Mal schauen, was Ihr Boss dazu sagt, wenn er das nächste Mal Ziegenkäse kauft.«

»Frau Schumann, entschuldigen Sie bitte, ich habe Sie nicht erkannt«, stammelte der Cop mit hochrotem Kopf. Sein Gesichtsausdruck sprach Bände. Die Biobäuerin war eine angesehene Unternehmerin, und neben anderen wichtigen Dorfpersönlichkeiten gehörte auch der hiesige Polizeichef zu ihren Kunden.

»Sie haben nichts gesehen oder gehört?«, wandte der Bulle sich noch einmal an mich.

»Muss ich mich wiederholen?«, gab ich mich betont unleidlich.

»War nur 'ne Frage«, grummelte Schnauzbart. »Dann sehe ich jetzt nach, was die Kollegen herausgefunden haben. Einen angenehmen Abend noch.«

»Einen Moment.« Ich fummelte drei Strafzettel aus der Mittelkonsole. »Wenn Sie diese Kleinigkeit bereinigen, vergessen wir die Beleidigung.«

»Ich denk drüber nach.«

»Lassen Sie das Denken sein, und tun Sie einfach, was Herr Nannen sagt.« Gut gemacht, Liebling.

Wütend riss Reichert die Dokumente in Fetzen: »Zufrieden?«

»Aus Ihnen wird noch was. Frohes Schaffen.«

Ich startete den Motor und fuhr los. Während der Fahrt überredete mich Schumann, sie bei mir nächtigen zu lassen. Ihre Argumentation von wegen, sie könne nach dem Erlebten unmöglich allein sein, wurde von mir nicht hinterfragt, denn es gab Schlimmeres als eine Nacht mit der schönen Nachbarin.

12

Mein Rücken schmerzte, als ich am nächsten Morgen gegen elf erwachte. Angesichts der Tatsache, dass ich die Nacht auf der Couch verbracht hatte, war das nicht weiter verwunderlich.

Natürlich war aus der erhofften Entführungsbewältigungstherapie nichts geworden. Ich hatte Karin ins Bett gepackt, und als ich nach Katzenwäsche und Zahnhygiene ins Schlafzimmer zurückgekehrt war, hatte sie tief und fest geschlafen. Damit waren weitergehende Aktivitäten ausgeschlossen, und so hatte ich mich in mein Schicksal gefügt und mich gentlemanlike aufs Wohnzimmersofa verdrückt.

Da ich keine Lust verspürte, ein Frühstück vorzubereiten, was durch den vollständigen Mangel an Essbarem im Hause Nannen – sah man von Babybrei und Pumpernickel ab – ohnehin unmöglich war, vergnügte ich mich mit Kaffee, Zigaretten und der Tageszeitung im Kaminsessel. Von den gestrigen Gewalttaten stand noch nichts drin. ›Das nächste Mal unbedingt vor Redaktionsschluss Geiseln befreien‹, schwor ich mir. Immer wieder hatte ich bei früheren Fällen die Zeitungen durchstöbert, um daraus nützliche Informationen zu ziehen, und ebenso häufig war ich enttäuscht worden.

Dieses Mal war ich jedoch nicht auf die Schmierfinken angewiesen, denn dieser Fall war gelöst. Ich hatte zwar keine Beweise, aber die Indizienlast war so erdrückend, dass man zu keinem anderen Schluss gelangen konnte: Oswald Reisinger hatte Angelo Küppers ermordet beziehungsweise von seinen Schergen ermorden lassen. Ich ging davon aus, dass Angelo den gleichen Weg wie ich gegangen war. Nachdem er herausgefunden hatte, dass Reisinger seine Mona bumste, hatte er herumgeschnüffelt und war dabei auf die krummen Geschäfte gestoßen. Um die Totokasse aufzubessern, hatte er den Bauunternehmer erpresst. Reisinger zahlte die geforderte Summe in Blei, und schon war er das Problem los. Wie rabiat der Knabe mit Gegnern umsprang, hatte ich inzwischen zu spüren gekriegt. Gott sei Dank war ich nicht nur Privatdetektiv, sondern auch Glückspilz, so dass mir Küppers' Schicksal erspart geblieben war. So musste es gewesen sein. Neben der immanenten Logik hatte diese Lösung aber noch einen zusätzlichen Charme. Sowohl Reisinger als auch seine Komparsen waren über den Jordan gegangen und konnten keinen Einspruch einlegen. Zwar leugnete Mona die Affäre, aber wen interessierte das noch.

Zunächst musste ich aber noch Peter informieren, dass Sohnemann und Ersatzmutter wohlauf waren. Ich tippte Grabowskis Nummer ins Mobiltelefon und schilderte in knappen Worten die nächtlichen Ereignisse. Nachdem er sich einen Ast über das Happy End gefreut hatte, zeigte er sich ebenso überrascht wie ich, dass Oswald Reisinger Ulrikes Vater war. Na ja, morgen hatte er es bestimmt schon wieder vergessen. Außerdem kannte er Ulrike gar nicht. Nach einigem

Geplänkel und Peters Versprechen, Otto zu informieren, beendeten wir das Gespräch.

Blendend gelaunt steckte ich mir eine Fluppe an und schloss die Augen.

»Guten Morgen.«

Ich drehte mich um und sah Schumann im Türrahmen stehen.

»Wie geht's dir?«

»Überraschenderweise gut, wenn man bedenkt, was ich durchgemacht habe. Dein Bett scheint Wunder zu wirken.«

»Das habe ich gemerkt. Innerhalb von dreißig Sekunden warst du eingeschlafen.«

»Hast du was Essbares da? Ich habe einen Bärenhunger.«

Ich hielt Zigaretten und Kaffee hoch.

»Das hier sind die einzigen Gegenstände im Haus, die nicht unter den Begriff Möbel fallen, abgesehen von den Kleinkinderspeisen. Wenn du jedoch unbedingt was zwischen die Kiemen brauchst, kann ich ein Kaninchen schlachten.«

»Sollen wir nach Billerbeck fahren? Dort gibt es einen Biergarten mit guter Küche«, ignorierte sie mein Angebot immerhin mit einem blendenden Gegenvorschlag.

Nach einem leckeren und ausgiebigen Frühstück brachte ich Karin zum Gemüsehof. Sie erklärte sich sofort bereit, den kleinen Terroristen zu beaufsichtigen. Schließlich hatte sie am eigenen Leib erfahren, wie gefährlich momentan das Leben mit Dieter R. Nannen war.

Nach einer ausführlichen Verabschiedung düste ich heimwärts. Dort schnappte ich mir sofort das Telefon, denn allmählich wurde es Zeit, den Bürgermeister zu informieren. Als ich seine Büronummer in die Tasten drückte, war es halb fünf.

»Schlemmbach«, knurrte es aus dem Hörer.

»Nannen hier.«

»Ich hoffe, Sie haben gute Nachrichten. Mein Bedarf an schlechten ist nämlich für heute gedeckt. Zuerst habe ich mich beim Rasieren geschnitten, dann wurde ich bei der Jahreskonferenz der gewerkschaftlich organisierten Frauen aufs Heftigste angegriffen. Der Fisch aus der Kantine war verdorben, so dass ich nun Magenschmerzen habe, und eben hat mir meine Frau mitgeteilt, dass unsere Putzfrau gekündigt hat. Wollen Sie immer noch mit mir reden?«

»Jetzt erst recht. Ich habe nämlich etwas, das Ihre Laune definitiv verbessern, wenn nicht sogar ins Gegenteil verkehren wird.«

»Das halte ich zwar für unmöglich, aber schießen Sie los.«

»Der Mordfall Angelo Küppers ist aufgeklärt.«

Als Antwort erntete ich sekundenlanges Schweigen. Erstaunlich bei dem sonst so redefreudigen Stadtoberen.

»Haben Sie mich verstanden?«, rief ich mich wieder ins Gedächtnis.

»Wer hat ihn getötet?«

»Eine Person, die Sie bestens kennen: Bauunternehmer Oswald Reisinger.«

»Nein, das kann nicht sein.«

»Hundertpro.«

»Sind Sie sicher, dass Sie sich nicht irren? Ich kenne Oswald seit Jahren, und ich kann nicht glauben, dass er ein Mörder ist.«

Ich erzählte einiges und verschwieg einiges, zum Beispiel meine Beteiligung an der Schießerei auf Reisingers Grundstück.

»Kriminelle Machenschaften in meiner Gemeinde. Werden Sie die Sache weiterverfolgen?«

»Mein Auftrag war es, Küppers' Mörder zu fassen. Weder werde ich dafür bezahlt, Reisingers krumme Touren aufzudecken, noch verspüre ich große Lust, mich mit den zahlreichen anderen Kriminellen anzulegen, die zweifellos in die Sache involviert sind.« Jeder musste seine Grenzen kennen.

»Bin ganz Ihrer Meinung. Warum schlafende Hunde wecken? Der Bösewicht weilt nicht mehr unter den Lebenden, und meine Stadt ist wieder sauber. Vorzügliche Arbeit, mein Freund.«

»Ist mein Job.« Ich liebte knappe Antworten.

»Ich schaue nachher beim Training vorbei und lasse Ihnen das Honorar zukommen.«

»Heute und morgen kann ich aber auf keinen Fall trainieren. Ich rufe morgen an.«

»Sie brauchen mich nicht anzurufen. Es reicht, wenn Sie morgen um Punkt sechs auf dem Fußballplatz stehen. Ruhen Sie sich bis dahin aus, ich kann nämlich keine geschwächten Spieler gebrauchen. Ich will, dass wir Meister werden, und das werden wir, basta. Die nächsten Wahlen stehen an. Und ich denke an meine Freunde, Herr Nonnen.«

»Bis morgen«, hängte ich ein.

Den Rest des Abends verbrachte ich damit, die Seele

baumeln zu lassen. Ich entspannte mich beim neuen Krimi von Kinky Friedman und gelangte zu dem Schluss, dass der frühere Countrymusiker und jetzige Privatdetektiv meinen Fall nicht so souverän aufgeklärt hätte wie ich. Um elf Uhr schlüpfte ich ins Bett und versank sofort ins Reich der Träume.

Während des Frühstücks am nächsten Tag fiel mir Mona Küppers ein. Keine schlechte Idee, kurz vorbeizuschauen und ihr mitzuteilen, wer Angelo auf dem Gewissen hatte. Über die Information, dass ihr Lover Reisinger seinen Tod angeordnet hatte, würde sie gewiss nicht in Verzückung geraten.

Eine Viertelstunde später drückte ich auf die Klingel. Angelos Name war bereits vom Türschild verschwunden.

Auch auf mein viertes Schellen hin tat sich nichts. Ich drückte gegen die Haustür und stellte fest, dass sie nur angelehnt war. Da mein Beruf gesteigerte Neugier mit sich brachte, betrat ich ohne Zögern die Wohnung. Ich krakeelte mehrmals ihren Namen, was die gleiche Reaktion hervorrief wie das Klingeln zuvor.

Aus dem Zimmer zu meiner Linken vermeinte ich ein leichtes Blubbern zu vernehmen. Ein Blick in die Küche verriet mir, dass das Geräusch von einem kochenden Topf Wasser herrührte. Der Tisch war für ein Frühstück für zwei gedeckt, alles war liebevoll hergerichtet. Gutes Geschirr, frischgepresster Orangensaft, duftende Brötchen, ein reichhaltiges Angebot an Wurst und Käse, dampfender Kaffee auf einem Stövchen und eine Kerze. Bei einem Gedeck fehlte jedoch ein Messer.

Das steckte in Mona, die in einer Blutlache auf den Fliesen lag.

13

Schade um das schöne Frühstück. Da das heiße Wasser nicht mehr benötigt wurde, schaltete ich die Kochplatte aus. Nachdem ich mich überzeugt hatte, dass Mona Küppers auch wirklich tot war, wenn auch wohl noch nicht lange, so warm, wie sie sich anfühlte, machte ich mich auf die Suche nach dem Telefon. Handy vergessen. In der Diele erwartete mich die nächste Überraschung: Im Türrahmen stand Jupp Schrage, der gerade im Begriff war, die Klingel zu betätigen.

Und einen genauso überraschten Eindruck machte wie ich. Mindestens zehn Sekunden starrten wir uns wortlos an, bevor der Journalist das Schweigen brach.

»Was machst du denn hier?«, kam die wenig einfallsreiche, aber durchaus legitime Frage.

Ich konnte auch einfallsreich sein: »Das Gleiche könnte ich dich fragen.«

»Du zuerst.«

»Ich habe den Fall Angelo Küppers aufgeklärt und wollte seine Frau informieren. War jedoch leider nicht mehr möglich.«

»Sie muss aber hier sein. Ich war mit ihr zum Frühstück verabredet.«

»Sie ist da, aber leider nicht mehr kommunikationsfähig.« Mit diesen Worten führte ich ihn in die Küche.

»Scheiße. Wer war das?«

»Irgendjemand muss sie wenige Minuten vor meinem Eintreffen erledigt haben. Würden die Kommunalpolitiker nicht so viele Ampeln und Tempo-30-Schilder aufstellen, hätte ich die Tat vielleicht noch verhindern können.«

»Hast du schon die Bullen gerufen?«

»Wollte ich gerade machen, als du aufgetaucht bist. Was hast du mit Mona Küppers zu schaffen?«

»Nach unserem Gespräch habe ich Kontakt zu ihr aufgenommen, da ich eine gute Story witterte. Heute Morgen wollte ich sie ein bisschen ausquetschen.«

»Du pfuschst in meinem Fall rum?«

»Quatsch. Du bist Privatschnüffler, ich Journalist. Ich habe mehrmals versucht, dich zu erreichen, aber du warst nie zu Hause.«

»Ich habe einen Anrufbeantworter und ein Handy«, blaffte ich ihn an.

»Ich spreche nicht auf diese Scheißdinger, und von einem Handy weiß ich nichts«, kam die kühle Antwort.

»Ist trotzdem nicht die feine Art.«

»Jetzt komm mal runter. Zwei erfahren mehr als einer. Wir sind ein Team, und unsere Ziele lassen sich perfekt verbinden. Du wirst als der Held dastehen, der einen aufsehenerregenden Mordfall löst, und ich habe eine prachtvolle Story.«

»Mona scheint sehr einsam gewesen zu sein, wenn sie dir solch ein opulentes Mahl bereitet«, wechselte ich das Thema.

»Das ist mein Charme. Jede Frau der Welt reißt sich darum, mich verwöhnen zu dürfen.« Mangelndes Selbstbewusstsein konnte man Schrage nicht vorwerfen.

»Liegt wohl eher daran, dass ihr bisher nur telefonischen Kontakt hattet. Ich schätze sie nicht als Frau ein, die auf einen langhaarigen Schreiberling mit einem« – ich schaute auf seine Brust – »Sex-Murder-Art-T-Shirt steht. *Stand.*«

»Nur kein Neid.«

Ich blickte auf die Leiche. Lass uns die blauen Männchen benachrichtigen.«

»Sollen wir nicht zuerst die Tote inspizieren? Vielleicht finden wir Hinweise.«

»Bist du bescheuert? Wir können froh sein, wenn wir keine Mordanklage kassieren, und du willst an der Puppe rumfummeln? Meinetwegen kannst du überall deine Fingerabdrücke verteilen, aber ohne mich. Ich ruf jetzt die Bullen.«

Im Wohnzimmer fand ich ein schnurloses Telefon und alarmierte Reichert.

Anschließend ließ ich meinen Blick noch einmal durch die Küche schweifen, peinlich darauf bedacht, nichts anzufassen. Schrage beobachtete mein Tun. War bestimmt eine wertvolle Erfahrung, einem professionellen Privatermittler bei der Arbeit zuzuschauen. Leider konnte ich nichts Verdächtiges entdecken.

Wenig später humpelte unser Freund und Helfer die Einfahrt entlang. Ein Unfall vor einigen Jahren hatte sein rechtes Bein in Mitleidenschaft gezogen.

»Sieh einer an. Nannen hat wieder zugeschlagen. Es vergeht nicht ein Tag, wo Sie mir nicht eine Leiche präsentieren. Und damit nicht genug: Wie ich sehe, haben Sie neuerdings einen Komplizen.«

»Gestatten Sie, Herr äääh ...?«

»Reichert. Hauptkommissar.«

»... Herr Reichert. Mein Name ist Jupp Schrage, und Sie haben bestimmt schon einiges von mir gelesen. Ich bin Journalist.«

Hinkefuß musterte ihn von oben bis unten, wobei sich seine Mundwinkel immer weiter nach unten verzogen.

»Journalist, Sie? Für welches Schmierenblatt schreiben Sie denn – *Lange Haare, warum nicht* oder *Autonome an die Macht*? Verarschen kann ich mich alleine.«

»Ludger Reichert. Verheiratet, ein Sohn: Peter, sechs Jahre. Vor knapp einem Jahr zum Hauptkommissar befördert, und zwar mit gütiger Mithilfe Dieter Nannens. Aufklärungsquote liegt bei etwa siebzig Prozent. Die Mordfälle der letzten Dekade konnten bis auf einen im Stadtpark ermordeten Penner alle aufgeklärt werden, was wiederum auch an Herrn Nannen lag.«

Gefiel mir, was Jupp von sich gab.

»In Ihrer Ehe kriselt es seit einigen Monaten, weil Ihre Frau nach Peters Einschulung wieder in ihren ursprünglichen Job als Dolmetscherin bei der Münsteraner Firma *TotaLanguage* zurück möchte, Sie aber einer Tagesmutter ablehnend gegenüberstehen.«

Dem Dorfbullen fielen fast die Augen aus dem Kopf, doch Schrage war noch nicht fertig: »Ihr Haus war Ende letzten Jahres zu fünfundvierzig Prozent abbezahlt, und zurzeit denken Sie über einen Kellerausbau für Ihre umfangreiche Modelleisenbahn nach.«

»Was halten Sie davon, wenn Sie sich jetzt um den Fall kümmern?«, schaltete ich mich ein.

»Wo liegt der Tote?«

»Es ist eine Frau.«

»Meinetwegen.«

Ich führte Ludger in die Küche, damit er sich die Sauerei ansehen konnte. Für die Leiche hatte er nur einen kurzen Blick übrig; viel mehr interessierte ihn der Brötchenkorb, aus dem er sich ein Croissant fischte.

»Vorsicht, Sie vernichten Beweismaterial.«

»Schnauze«, murrte Reichert zwischen zwei Bissen. »Erzählen Sie mir lieber, was sich hier zugetragen hat, und lassen Sie nichts aus.«

Der Hauptkommissar schien nicht in Form zu sein, denn andernfalls hätte er noch nicht so viele Sätze ausgespuckt, ohne mich als Mörder einlochen zu wollen. Offensichtlich machten ihm die hohen Temperaturen zu schaffen.

Die nächste Stunde verbrachten Jupp und meine Wenigkeit damit, die Geschichte ein ums andere Mal zu erzählen. Da wir uns an die Wahrheit hielten, konnte Schnäuzer keine Unstimmigkeiten ausmachen und ließ uns gehen, nachdem er über Funk den üblichen Tross angefordert hatte.

Ich hatte keine Lust, mich mit Schrage zu unterhalten, und schlug ein Treffen für den kommenden Tag vor. Er willigte ein, und so trennten sich unsere Wege.

14

Nach einem Friseurbesuch traf ich gegen fünf zu Hause ein. Als ich meine Außenanlagen inspizierte, klatschte ich meinem Praktikanten innerlich Beifall. Mein Garten sah tipptopp aus, die Ställe leuchteten gleichmäßig rot, und die Kaninchen blinzelten selig. Ein Zettel an der Stalltür unterrichtete mich, dass Paul nach Hause gegangen, aber zu jeder Tages- und Nachtzeit über Handy erreichbar war. Darunter war sein Name gekritzelt.

Somit musste ich nur noch die Kaninchen versorgen, bevor ich es mir mit einem Bier auf der Terrasse bequem machen konnte.

Der heutige Tag konnte unter dem Begriff »frustrierend« subsumiert werden. Zwar war er für mich nicht ganz so negativ verlaufen wie für Mona, aber Freudentänze mochte ich deswegen nicht aufführen.

Der Grund für meine Enttäuschung lag auf der Hand: Offensichtlich hatte Reisinger den Fußballspieler nicht ermordet beziehungsweise ermorden lassen. Mit der Möglichkeit, dass Angelo und Mona von unterschiedlichen Personen in die ewigen Jagdgründe geschickt worden waren, hätte ich mich zwar gern angefreundet, aber solche Zufälle gab es nicht. Oswald selbst konnte seine Geliebte nicht getötet haben, da er zum Tatzeitpunkt kälter war als ein Eisbärhintern. Vielleicht bestand noch die Möglichkeit, dass Reisinger den Killer, den er für Angelos Liquidierung angeheuert hatte, auch mit Monas Eliminierung beauftragt hatte, aber das klang mehr nach einem Drehbuch für ein

C-Movie als nach Realität, zumal Frankie und Bruno für ihren Boss in der Hölle Kohlen schleppten.

Nein, die Attentate gegen mich waren einzig und allein in der Tatsache begründet, dass ich Reisingers illegalen Geschäften auf die Spur gekommen war. Mit der Ermordung Monas und damit auch mit Angelos Dahinscheiden hatte der Bauunternehmer nichts zu schaffen, da war ich mir sicher.

Damit konnte ich wieder von vorne anfangen. Zu den Akten legen konnte ich den Fall nicht, denn das ließ mein Stolz nicht zu. Dieter R. Nannen stolperte nicht über eine Leiche und ging danach zur Tagesordnung über. Außerdem hatte ich tief im Innern noch etwas für Mona übrig, also war ich ihr das einfach schuldig.

In der momentanen Situation blieb mir nichts anderes übrig, als Schlemmbach anzurufen. Zum einen hatte ich keine Lust, umsonst zu arbeiten – Reisingers Kohle sah ich nicht als Honorar, sondern als Schmerzensgeld an –, zum anderen musste ich meinen Irrtum gestehen, bevor etwas an die Öffentlichkeit drang und ich noch zum Deppen von Buldern auserkoren wurde.

Ich leerte die Bierflasche und marschierte ins Haus. Eine Minute später hatte ich den Bürgermeister an der Strippe. Schlemmbach hatte bisher noch nichts weitergegeben, war sogar erleichtert, dass Oswald nur Wirtschaftskrimineller und kein Mörder war. Erfreulicherweise erklärte er sich damit einverstanden, mein Honorar weiterzuzahlen …

»… unter einer Bedingung.«

Ich wappnete mich innerlich.

»Sie sind wieder in der Mannschaft.«

Welch Überraschung, aber leider blieb mir keine andere Wahl. »Einverstanden. Ich werde alles geben, damit der FC Dülmen in der kommenden Saison eine Liga höher spielt. Wann ist das nächste Training?«

»Morgen um eins.«

Gut, dass wir Kilometer voneinander entfernt waren, sonst hätte er mich wahrscheinlich umarmt und geküsst.

Nach einigen Höflichkeitsfloskeln beendeten wir das Gespräch, und ich verzog mich mit einer Flasche Whiskey und einer Zigarre an die frische Luft. Gehirnakrobatik war angesagt.

Angelo Küppers, Oswald Reisinger, die beiden Lakaien und jetzt auch noch Mona: Mittlerweile lag die Sterberate eindeutig zu hoch, obwohl ich an drei Todesfällen alles andere als unschuldig war.

Reisinger war eindeutig ein Krimineller, der mit verseuchtem Sand Geschäfte machte. Es lohnte nicht, diese Spur weiterzuverfolgen, denn zum einen war sie für die Mördersuche nicht von Belang, zum anderen musste ich dabei wahrscheinlich gegen eine gewissenlose Organisation angehen, denn derartige Geschäfte ließen sich nicht allein durchziehen.

Ich war sicher, dass die Entdeckung der krummen Touren Zufall war und mit dem Mord an Küppers nichts zu tun hatte. Andererseits konnten Reisingers Geschäftspartner befürchtet haben, dass der Baustoffhändler bei seiner Geliebten aus dem Nähkästchen geplaudert hatte. Ein Mord stellte für diese Leute keine größere Unannehmlichkeit dar als für unsereinen die Eliminierung einer Fliege. Ein weiterer Grund, sich Ermittlungen in dieser Richtung vorerst zu verkneifen.

Ich drückte die Zigarre aus, schlenderte ins Haus zurück, legte die erste *Billy-Idol*-CD ein und machte es mir im Schaukelstuhl bequem.

Blieben noch Küppers' Fußballkollegen als Verdächtige übrig. Schließlich hatte der Stürmer den Ball nicht nur im eigenen Tor versenkt. Doch auch dort hatten sich meine Ermittlungen bisher als unergiebig erwiesen. Keiner machte den Einruck, Animositäten gegen Angelo zu hegen, geschweige denn Mordgelüste.

Während Billy Idol mich aufforderte, seinen Fall zu stoppen, dämmerte mir die Erkenntnis, dass diese Angelegenheit selbst für den cleversten Detektiv des Münsterlands eine Nummer zu groß war. Einen Whiskey später wurde mir von dieser Überdosis Selbstmitleid übel.

Aus der Ferne schlug die Kirchturmuhr siebenmal, als meine Haustür mit einem Schwung geöffnet wurde und Otto und Grabowski schnurstracks ins Arbeitszimmer marschierten. Der Rentner trug einen pechschwarzen Nadelstreifenanzug wie ein Gangster aus einem drittklassigen Mafiafilm. Als Kopfbedeckung diente ein Pork-Pie-Hut. Entfernt erinnerte er mich an Gene Hackman in *French Connection*. Vielleicht hoffte mein Senioren-Marlowe durch entsprechende Accessoires nach dem Motto »Kleider machen Leute« Hackmans bestechendes Charisma auszustrahlen. Sein energischer Gang und die vor Unternehmungslust blitzenden Augen deuteten darauf hin, dass es etwas zu nutzen schien. Auch wirkte Otto mindestens zehn Jahre jünger als zu der Zeit, als ich ihn vor drei Jahren im Dülmener Altenheim bei Recherchen kennengelernt hatte. Grabowski schleppte diverse Koffer mit sich. Wahrscheinlich das technische Equipment für die Präsentation.

»Tag, Chef. Alles im Lack? Gimme five«, begrüßte mich Otto jovial und hielt mir seine Hand zum Abklatschen hin, als würden sich zwei pubertierende Hip-Hopper im Jugendzentrum treffen.

»Piano, piano, sonst kann ich mit deiner neugewonnenen Jugend nicht mehr Schritt halten«, knurrte ich sarkastisch.

»Was soll das denn heißen? Meinst du etwa, ich gehöre zum alten Eisen?«, mimte Otto den Beleidigten und warf den Hut auf meinen Schreibtisch. Grabowski holte sich eine Flasche Sprudel aus dem Kühlschrank, öffnete sie mit den Zähnen und nahm einen tiefen Schluck.

»Schicker Anzug. Armani?«, wollte ich Baumeisters Outfit wenigstens ein bisschen würdigen.

»Nicht ganz«, grinste Baumeister wohlwollend. »Mishumo-Anzüge liegen im Trend, mein Freund. Tuch aus edler Polyester-Viskose-Mischung mit hervorragenden Trageeigenschaften, ansprechend junge Passform, leicht antailliertes Dreiknopfsakko mit Rückenschlitz, kurz und schmal geschnittenes Revers, zwei Patten- und eine Brustleistentasche, aufwendige Innenausstattung mit Ziernähten, hüfthoch sitzende Flat-Front-Hose, seitlich schräg eingelassene Einschubtaschen, zwei geknöpfte Paspeltaschen hinten. Ich will schließlich nicht nur als Detektiv etwas darstellen, sondern auch bei der Damenwelt punkten«, dozierte der Beau. »Peter, baust du bitte die Technik auf?«

Grummelnd erhob sich Peter und transportierte

das Schwerstgepäck von lauten Flüchen begleitet ins Wohnzimmer.

»Frauenwelt?«, fragte ich neugierig. »Wie war dein Date mit Christel?«

»Findet erst morgen statt«, grinste Otto. »Erst die Arbeit, dann das Vergnügen. Ich habe Frau Vossen auch sofort klargemacht, dass mein Job stets erste Priorität genießen wird. Detektiv ist für mich nicht nur ein Beruf, sondern eine Berufung.«

»Recht so«, lobte ich Otto, während mein Inneres Ich sich kaputtlachte. »Ich wüsste auch nicht, was ich ohne dich machen würde. Und, hat sie deine Einstellung akzeptiert?«

»Was bleibt ihr denn anderes übrig? Wenn eine Frau einen Mann von Welt will, muss sie Opfer bringen. Denkst du, Robert de Niro, Tom Cruise oder Bill Gates haben großartig Zeit, sich um ihre Ehefrauen zu kümmern, wenn sie denn überhaupt welche haben?«

»Ich kenn das aus eigener Erfahrung«, pflichtete ich bei. Besser Otto lebte in einer abenteuerlichen Phantasie als in einer langweiligen Realität.

»Komm, Peter müsste fertig sein«, winkte er mich ins Wohnzimmer.

Starr vor Erstaunen blieb ich im Türrahmen stehen. Eine mindestens zwei Quadratmeter große Leinwand verdeckte meinen Kamin. Auf dem Wohnzimmertisch thronte ein LCD-Datenprojektor, der einige Flöhe gekostet haben durfte. An diesen war ein 7.1-Dolby-Surround-System angeschlossen. Alles in Silber gehalten und funkelnagelneu.

Was mich aber wirklich umhaute: Wie hatte Grabowski, der nicht mal eine CD richtig herum einlegen konnte, dieses komplexe System aufbauen können, und das auch noch in so kurzer Zeit?

Anscheinend konnte Otto Gedanken lesen. »Den Aufbau hat er gestern unter meiner Anleitung bis zum Erbrechen geübt. Ein guter Ermittler muss auf Abruf seine Ergebnisse darstellen können. Sein bester Versuch hat sieben Minuten dreiundzwanzig gedauert.« – »Diesmal war er langsamer«, fügte er missbilligend hinzu.

»Steck dir deine Zeit sonst wohin. Ich bin doch nicht dein Sklave, du alter Sack«, fluchte Gurkennase leise vor sich hin.

»Was hast du gesagt?«, fragte Otto scharf.

»Nichts. Ich hol mir 'ne Cola.«

Während Peter Richtung Küche abschob, bat ich ihn hinterherrufend, mir auch eine mitzubringen.

»Gut«, nahm Otto schmunzelnd neben dem Projektor Platz. »Unsere Zusammenarbeit tut Peter gut. So hilfsbereit, höflich und zuvorkommend habe ich ihn noch nie erlebt. Obwohl ich ihm einen ganzen Packen Arbeit aufgehalst habe, hat er alles ohne Murren erledigt. Dieter, aus dem mach ich noch ein für die Gesellschaft nützliches Subjekt. Habe auch mal vorsichtig das Thema Schulabschluss und Studium abgeklopft. Er schien ganz angetan zu sein. Insbesondere Wirtschaftswissenschaften scheinen ihn zu interessieren.«

Aber nur, weil Gurkennase sich darunter etwas deutlich anderes vorstellte als Cash-Flow-Analyse und Bilanzpolitik. Seit der Geburt war Peter ein Prolet gewesen, hatte sich zum Status eines Asozialen hochgearbeitet und würde als Penner enden. Da gab es kein Vertun. Ich hatte jegliche Sozialisierungsversuche mit dreizehn aufgegeben. Entweder nahm man ihn, wie er war, oder man erlebte eine Enttäuschung nach der anderen.

In grauer Vorzeit hatten wir gemeinsam die Schulbank im Gymnasium gedrückt, denn dumm war er nicht. Leider hatte er in seinem Elternhaus – Grabowski senior war hauptberuflich Trinkervorbild – nur eine rudimentäre Erziehung genossen. Vergeblich versuchte Frau Siebenbürgen, unsere Klassenlehrerin, ihm das Rauchen in der Pause und die Lektüre von Pornoheften während des Unterrichts abzugewöhnen. Nach drei Wochen ohne jedweden Fortschritt wurde Peters alter Herr in die Schule zitiert. Der hatte sowieso schon schlechte Laune, weil er sonst immer bis mittags schlief. Als ihn die Lehrerin höflich auf seine Alkoholfahne ansprach, war der Ofen aus. Er verpasste ihr links und rechts eine saftige Ohrfeige, erhielt dafür eine Bewährungsstrafe, und Peter wurde in die Sonderschule gesteckt.

Unserer Freundschaft tat das keinen Abbruch, denn schließlich hatte ich durch ihn Kontakt zu allerlei abenteuerlichen Gestalten, die einen krassen Gegensatz zu meinem gutbürgerlichen Elternhaus bildeten.

Da war zum Beispiel die Schakurski-Familie, die nicht ohne Grund Chaku-Gang genannt wurde. Das Oberhaupt der Sippe, Hermann Schakurski, besaß durch seinen Schrottplatz den idealen Umschlagplatz für gestohlene Autos, die in den Ostblock verschoben werden mussten. Die Mutter arbeitete als Putzfrau in einem Bottroper Puff, wobei keiner so richtig glauben konnte, dass dort täglich sechs Stunden geputzt werden musste, und das von zehn bis vier Uhr nachts.

Die beiden Sprösslinge Mario und Theo besaßen wohl die größte Waffensammlung oberhalb des Äquators, und die Chakus waren weiß Gott nicht die gefährlichsten.

Kurzum: Langeweile war damals für uns ein Fremdwort gewesen.

Auch später hatten wir uns nie aus den Augen verloren; mochten unsere Lebenswege auch noch so unterschiedlich verlaufen: Ich stand dabei meist auf der Sonnenseite des Lebens, Grabowski im Schatten des Schattens, doch irgendwie hingen wir aneinander.

Nachdem ich den Raum abgedunkelt hatte, setzte ich mich aufs Sofa. Grabowski brachte die Getränke, fläzte sich neben mich und stöhnte, als hätte er drei Wochen im Steinbruch geackert. Dann ging's los.

Ein rotes Diagramm füllte die Leinwand aus, zugleich ertönte der Refrain von Richard Strauss' *Also sprach Zarathustra*, zu dem schon in Stanley Kubricks *»2001 – Odyssee im Weltraum«* effektvoll die Sonne aufging. Hier wirkten die Pauken dezent übertrieben.

»Rechercheresultate Fall Angelo Küppers, von Dr. Otto Baumeister und Peter Grabowski« – während Ottos Name dort in riesigen Lettern prangte, brauchte man ein Fernrohr, um Peters Namen zu entziffern.

»Auftraggeber: Dieter Nannen.« Zum Glück hatte er meinen Namen ebenfalls groß geschrieben, ansonsten hätte ich meine Detektei wohl langsam gegen eine feindliche Übernahme wappnen müssen.

Nach einem Klick auf die Fernbedienung erschien das Foto einer dauergewellten Rothaarigen. »Peggy Schnitzler, achtzehn Jahre, geboren in Wismar. Lebt seit ihrem zehnten Lebensjahr in Dülmen. Absolviert eine Ausbildung zur Versicherungsfachfrau. Hobbys: Cheerleaden, Tanzen und mit Freunden abhängen.«

»Stopp!«, rief ich.

Erstaunt hielt Otto die Vorführung an. »Was ist los?«

»Wer zum Teufel ist das?«

»Gregor Lommers Freundin«, antwortete Otto in einem Tonfall, in dem man einem Kind erklärt, dass Sand kein Grundnahrungsmittel ist.

»Und wer ist Lommer?«, fragte ich allmählich gereizt.

»Der spielt beim FC Dülmen. Weil wir schneller als gedacht fertig waren, habe ich dir Hintergrundinfos zu allen Mitspielern nebst Lebensgefährtinnen verschafft. Du kannst Lommer nicht kennen, weil er zurzeit in der zweiten Mannschaft spielt. Er gehört aber zum erweiterten Kader.«

»Die ist nett, die Peggy«, nuschelte Grabowski. »Die will mal zum Playstationzock vorbeikommen«, beschrieb er mit seinen Händen, welche Merkmale er am meisten an Peggy mochte.

»Dafür hat sie ihm eine Hausratsversicherung aufgeschwatzt«, ergänzte Otto in süffisantem Unterton.

»Die ist auch Detektivin wie ich, hat sie gesagt«, murmelte Gurkennase verträumt.

Otto und ich blickten uns verzweifelt an. »Na klar«, ließ ich ihn in seinem spritvernebelten Glauben. »Jetzt weiter im Text.«

Zwei Stunden später wusste ich alles über jeden im Vereinsumfeld. Mein Gehirn fühlte sich ob der Fülle irrelevanter Daten völlig matschig an. Wem zu Teufel sollte die Info nützen, dass Inka Brameier, welche die

Freundin von weiß ich nicht wem war, Igel rettete und Krötenzäune errichtete. Mein sich stetig steigernder Unwillen wurde von Otto nur mit einem fröhlichen »Dieses Detail kann sich noch als sehr wertvoll erweisen« kommentiert.

Schließlich kamen wir zum wichtigen Teil: der Alibiprüfung. Alle waren in der Vereinsgaststätte gewesen bis auf Heiner Vossen und Robert Hirschmann. Vossen war tatsächlich nach dem Spiel zu seinem Tankstellenjob gefahren. Otto hatte mehrere Kunden ausfindig gemacht, die von ihm bedient worden waren.

Und Robert?

»Da war nichts zu erfahren«, zuckte Baumeister mit den Schultern. »Der Kerl hat jedes Gespräch abgeblockt. Außer dem lieben Gott sei er niemandem Rechenschaft schuldig. Hirschmann hat auch keinem erzählt, wo er nach dem Spiel so dringend hinmusste. Wenn du mich fragst, steht er ganz oben auf der Verdächtigenliste.«

»Der Vogel ist nicht ganz echt«, sabbelte Grabowski dazwischen. »Den musst du dir vorknöpfen.«

»Aber nicht heute. Danke, Jungs, saubere Arbeit.«

Ich drückte Otto zwei Hunderter in die Hand und bestellte ein Taxi. Gurkennase bot zwar an, ihn nach Hause zu kutschieren, aber dieses Angebot war höchstens für einen Suizidkandidaten verlockend.

»Viel Glück mit Christel, und halt die Ohren steif, Meisterdetektiv. Den Krempel lass ich dir morgen vorbeibringen.«

Ich umarmte ihn und wünschte eine gute Heimfahrt. Peter war bereits auf dem Sofa eingepennt. Vorsichtig befreite ich die leere Flasche aus seinen Klauen, beförderte sie ins Leergut und verzog mich dann selbst in die Kiste.

Als Schutz vor Grabowskis Geschnarche barg ich meinen Kopf unter der Bettdecke. Kurz darauf trat ich zur Frühschicht im Sägewerk an. Was die Vermutung nahelegte, dass ich schlief.

15

Der nächste Morgen fing ungemütlich an, da ich bereits um sieben aus dem Bett geklingelt wurde. Mein Praktikant, den ich völlig vergessen hatte. Ehrlich gesagt war ich etwas überrascht, dass er auch samstags auflief, aber das sollte mir nur recht sein.

»Moin, Boss«, begrüßte er mich schon wesentlich selbstsicherer. »Knallen wir heute ein paar Verbrecher ab?«

»Gemach, gemach«, knurrte ich. »Zuerst wird die tägliche Routine erledigt. Ohne Futter werden die Kaninchen ungemütlich. Anschließend sehen wir weiter.«

»Na gut«, murmelte er enttäuscht. »Da wäre noch was, Herr Nannen.«

Ich gab pantomimisch zu verstehen, dass ich ganz Ohr war: Ich zog die Augenbraue hoch.

»Meine Eltern würden sich gerne den Praktikumsbetrieb ansehen.«

Die zweite Braue folgte auf dem Fuße.

»Ein Detektiv arbeitet mit dem Kopf«, klärte ich den Nachwuchs verstimmt auf. »Bei mir gibt es keine Produkte zu sehen, die vom Band rollen. Mach ihnen klar, dass sich das nicht lohnt.«

»Das ist ja das Problem«, lief er rot an.

»Was für ein Problem?«

»Sie wissen nicht, dass ich bei einem Detektiv arbeite. Ich habe ihnen erzählt, dass Sie ein Autohaus betreiben. Sie habe ich auch angeschwindelt, sorry«, quetschte er verlegen zwischen den Zähnen hervor.

»Was für eine Scheiße läuft denn hier ab? Dann sieh mal zu, wie du aus der Sache rauskommst. Ein Detektiv muss auch lügen können, ein guter Test für dich.«

»Geht nicht«, stöhnte Jansen verzweifelt. »Wie Sie wissen, bin ich der Cousin von Jupp und damit Fritz Schlemmbachs Neffe. Papa wollte unbedingt, dass ich das Praktikum in der Seifenfabrik mache. Ein Detektiv ist für ihn unterste soziale Stufe. Wenn er rausfindet, dass ich ihn angelogen habe, muss ich Seife einpacken oder Cremes abfüllen. Bitte sprechen Sie mit meinen Eltern«, flehte er.

»Wie stellst du dir das vor?«, war ich mittlerweile völlig entnervt. »Dein Onkel ist mein Auftraggeber. Wenn sich dein Vater mit Schlemmbach unterhält, ist doch sofort Schicht im Schacht. Auf Wiedersehen«, versuchte ich, die Tür zuziehen, aber er schob seinen Fuß dazwischen.

»Seien Sie doch nicht so herzlos. Ich habe behauptet, das Autohaus heißt Mevissen. Das gibt es wirklich, und da mein Vater keinen Ford fährt, kennt er den Inhaber nicht. Das war doch clever, oder?« Aus seinen Augen schrie die nackte Verzweiflung.

»Sehr clever, Kollege. Sieht das hier vielleicht wie ein Autogeschäft aus?«

»Ich konnte ja nicht ahnen, dass sich meine Eltern den Betrieb ansehen wollen«, gestand er zerknirscht. »Aber Sie können meinen Dad doch wenigstens anrufen und ihm verklickern, dass Sie keine Zeit für ausgedehnte Führungen haben.«

Jansen war eine gute und kostenlose Arbeitskraft. Nur das rettete ihn. Die Schwulitäten, in die er mich brachte, würde er abarbeiten müssen. Nur dieser Gedanke erhellte meine pechschwarze Laune ein wenig.

»Okay, ich ruf ihn an. Übrigens: Hast du im Stall hinten rechts die Steinplatten gesehen? Schaff sie weg, egal, wohin.«

Die gelben Betonrelikte meines Vorbewohners waren mir schon lange ein Dorn im Auge, bisher hatte nur stets meine Faulheit über die Geschmacksbeleidigung gesiegt, weshalb die zentnerschweren Platten noch immer meinen Hof verschandelten.

»Hat das was mit dem aktuellen Fall zu tun?«, machte Paul wieder einen deutlich entspannteren Eindruck.

»Das wird sich zeigen.« War so viel Dummheit zu fassen? »Möglicherweise findest du zwischen den Platten irgendwas, was mir weiterhilft«, tat ich geheimnisvoll.

Jansen schrieb mir die Nummer seiner Eltern auf und verschwand in Richtung der Ställe.

»Was ist das für ein Radau mitten in der Nacht?«, beförderte Grabowski seinen Adoniskörper in die Senkrechte und rieb sich die Augen.

»Immer nur Ärger mit den Mitarbeitern. Vielleicht sollte ich eine Unternehmensberatung beauftragen, meinen Konzern zu durchleuchten. Dann weiß ich endlich, warum ich immer an solche Gurken gerate.«

Beleidigt steckte sich Grabowski eine Marlboro an: »Über mich kannst du dich wirklich nicht beklagen«, verkündete er dermaßen selbstbewusst, als ob er es selbst glaubte.

»Nein. Seit Jahren gibt es für mich nichts Schöneres, als auf kleine Kinder aufzupassen. Da mir leider noch nicht der Segen einer Vaterschaft zuteil wurde, entführe ich sogar Kinder vom Spielplatz. Gott sei Dank habe ich das seit Kevins Ankunft nicht mehr nötig.«

»Der Puper ist doch süß«, widersprach Gurkennase voller Vaterstolz. »Außerdem ist er sowieso die ganze Zeit bei Karin. Weißt du, was ich glaube?«

»Jetzt bin ich aber gespannt.«

»Du bist nur neidisch.«

»Neidisch, ich?« Irgendetwas musste mit meinen Lauschern nicht in Ordnung sein.

»Ja, Herr Nannen. Weil ich eine tolle Familie habe und du immer noch solo bist. Mit Karin scheint es auch nicht zu klappen, sonst wärt ihr doch schon längst zusammen. Meinst du, ich hätte nicht gemerkt, wie ihr euch um Kevin reißt? Kommt endlich zu Potte!« Wütend drückte er die Zigarette aus.

So weit war es also schon gekommen, dass Grabowski mich über den Sinn meines Lebens aufklärte.

Ich ging in die Küche, schippte fünf gehäufte Löffel Kaffeepulver in eine Filtertüte, kippte Wasser in den Tank und startete die Maschine.

»Wo zum Teufel ist deine tolle Familie?«, konnte mich auch die Aussicht auf die erste Tasse am Morgen nicht beruhigen. »Du hast bei einem One-Night-Stand gekleckert. That's it. Du bist weder mit dieser Sabrina zusammen, noch lebt Kevin bei dir. Deine gescheiterten Beziehungen zähl ich gar nicht erst auf, weil ich diese Woche noch arbeiten muss. Jedenfalls stehst du in der Rangliste der Personen, die mir gute Ratschläge erteilen dürfen, ganz weit hinten.«

»Alter, du projizierst deine Probleme auf mich.«

»Hat Otto dich auch in Psychologie unterrichtet?«

»Nee, bei einer Talkshow aufgeschnappt«, erklärte er stolz.

Jede Diskussion war zwecklos. Schweigend schüttete ich den Kaffee ein. Bevor Gurkennase noch tiefer in meine sensible Psyche vordrang, musste ich erst eine Sache klären: »Weißt du, was mir seit gestern im Kopf herumschwirrt?«

»Dass es Bier noch nicht in Tetrapacks gibt?«, versuchte Gurkennase das Gespräch auf eine lustige Ebene zu hieven.

»Mona hat vehement bestritten, dass Reisinger ihr Lover war. Selbiger ebenso. Das habe ich bisher aus Bequemlichkeit ignoriert. Aber warum hätten sie mich anlügen sollen?«

Grabowski starrte auf den Boden, und ich konnte förmlich sehen, wie die drei Gehirnzellen zu rotieren begannen.

»Vielleicht hab ich mich vertan«, grinste er auf einmal nonchalant und nahm einen Schluck von dem kochend heißen Kaffee, ohne mit der Wimper zu zucken.

»Wie bitte? Karin und Kevin werden entführt, wir werden fast alle umgebracht, und der werte Herr hat sich vertan?«

»Hast ja recht«, mimte Peter den Schuldbewussten. »Hab doch erzählt, dass ich Mühe hatte, dem BMW zu folgen. In den schmalen Straßen der Dülmener Innenstadt hatte ich ihn einmal verloren. Hat aber nur eine Minute gedauert, bis ich ihn wiedergefunden habe. Vielleicht war es der falsche Wagen.«

»Aber du hast den Typen doch aus Monas Haus gehen sehen?«, konnte ich es noch immer nicht fassen.

»Schon. War halt so ein drahtiger Typ, hatte aber sein Gesicht abgewandt. Hätte Reisinger sein können, muss aber nicht. Ich war mir zu neunundneunzig Prozent sicher, dass er es war.«

Innerlich fielen mir sämtliche Kinnladen runter. Ich hab Karins Leben riskiert, weil mein Mitarbeiter dachte, BMW ist BMW. Gibt ja auch so wenige davon auf Deutschlands Straßen.

Nun war ich an der Reihe, nonchalant zu sein. »Okay, das war's. Wegen deiner neunundneunzig Prozent hätten wir alle draufgehen können. Pack Kevin ein, und schieb ab nach Essen. Ich will dich hier nicht mehr sehen.«

»Komm, Dieter. Wo gehobelt wird, fallen Späne. Konnte ja nicht ahnen, dass dieser Reisinger so krank reagiert. Tut mir leid«, nuschelte Peter mit gesenktem Kopf.

»Raus!« Ich öffnete mein Portemonnaie und drückte ihm drei Hunderter in die Hand. »Sieh zu, dass du Land gewinnst.«

Langsam dämmerte ihm, dass meine Wut echt war und er nicht mit dem üblichen Treue-Hundeaugen-Blick aus der Geschichte rauskam.

»Tut mir wirklich leid«, setzte er auf die Kraft der

Wiederholung, rappelte sich langsam vom Sofa hoch und schlich zur Tür. Zwischendurch stoppte er mehrere Male in der Hoffnung, ich würde ihn vom Gehen abhalten. Ich schwieg eisern, ohne dass es mir irgendwelche Schwierigkeiten bereitete.

Er öffnete die Haustür einen Spaltbreit. »Ich geh jetzt«, drehte er sich noch mal um.

Ich hob nur die Hand und winkte kurz. Nie zuvor war mir aufgefallen, dass eine Tür mit einem traurigen Geräusch ins Schloss fallen kann. Durchs Fenster sah ich, dass Gurkennase wie ein verprügelter Hund zum Wagen schlich. Er blieb noch einige Minuten im Auto sitzen, sprach offensichtlich mit sich selbst, rang die Hände Richtung Himmel und wartete, dass ich ihn vom Fahren abhielt. Nach zehn Minuten begriff er, dass er vergeblich hoffte. Der Wagen wurde röhrend angelassen und kroch als fahrende Tristesse vom Hof.

Nachdem ich den Kaffee ausgetrunken hatte, beseitigte ich Peters Nachlass. Hinter Vorhängen deponierte Flaschen, weggeworfene Taschentücher und auf dem Boden ausgedrückte Zigarettenkippen. Nach zwei Stunden sah die Stube wieder wohnlich aus.

Anschließend kramte ich die Nummer von Pauls Eltern hervor und setzte mich ans Telefon.

»Jansen«, meldete sich eine samtweiche Tenorstimme.

»Guten Tag, Herr Jansen. Hier ist Mevissen vom Ford-Autohaus.«

»Hier spricht *Frau* Jansen«, lachte es am anderen Ende der Leitung. »Aber die Leute vertun sich oft. Wir sind sehr dankbar, Herr Mevissen, dass Sie unserem

Paul einen Praktikumsplatz gegeben haben. Wie macht er sich denn?«

»Ich halte es für meine soziale Pflicht, jungen Menschen eine Chance zu bieten. Paul hat sich ausgezeichnet in unser Unternehmen eingegliedert. Meine Sekretärin singt wahre Lobeshymnen, wie gut Paul mit den Kunden umgeht. Ihm steht eine große Karriere bevor.«

»Wie er mit Kunden umgeht?«, kam es erstaunt zurück. »Uns hat er erzählt, er würde in der Werkstatt schrauben. Mit Kunden hat er da doch nur wenig Kontakt?«

»Wir setzen ihn je nach Bedarf ein, er soll schließlich alle Bereiche kennenlernen«, versuchte ich, die Klippe zu umschiffen.

»Eigentlich waren wir ja dagegen, dass der Junge bei einem Autohändler anfängt«, rückte sie mit der Sprache heraus. »Er hätte einen tollen Posten in der Firma meines Bruders haben können. Sie kennen vielleicht die Schlemmbach-Seifenfabrik?«

»Wer nicht. Diese ausgezeichneten Produkte benutze ich täglich.«

»Nun, Paul ist ein schwieriger Junge. Einen Haufen Unsinn im Kopf, was in einem Alter, in dem sich die spätere Karriere entscheidet, nicht gerade nützlich ist. Gut, er hat sich gegen die Firma seines Onkels und für Sie entschieden. Wir wollen ihn ja auch zu nichts zwingen. Gott sei Dank hat er die ganz kindischen Berufsideen ad acta gelegt. Stellen Sie sich vor, er wollte eine Ausbildung zum Privatdetektiv machen«, lachte sie.

Ich lachte etwas gekünstelt mit. »Stimmt, das ist wirklich kindisch.«

»Nicht wahr? Mein Mann hat zu ihm gesagt: Paul, du hast doch was im Kopf. Diese Detektive sind alles ehemalige Türsteher, die sich den Körper mit Anabolika vollpumpen, durch die Gegend prügeln und als notorische Hungerleider letztendlich der Gesellschaft zur Last fallen.«

»Es gibt aber auch andere«, musste ich dringend richtigstellen. »Ein entfernter Bekannter ist in diesem Gewerbe tätig. Zuvor hatte er sein wirtschaftswissenschaftliches Studium mit Auszeichnung absolviert.«

»Eine Ausnahme, Herr Mevissen. Mein Mann ist Gerichtsvollzieher. Er kennt die Menschen und hält nichts von dieser Berufsgruppe. Aber egal, diese Schnapsidee hat Paul ja verworfen. Wann dürfen wir vorbeikommen? Wir möchten uns gerne den Betrieb ansehen und über Pauls Perspektiven sprechen. Mein Neffe Jupp hat Sie sehr empfohlen. Nur deshalb haben wir dem Jungen die Erlaubnis erteilt.«

»Momentan ist es ganz schlecht. Wir bereiten mehrere Ausstellungen vor«, blockte ich ab. »Arbeit bis zum Abwinken. Paul hat sicherlich davon erzählt.«

»Der Junge spricht ja kaum«, stöhnte sie. »Aber ich verstehe, dass Sie nur wenig Zeit haben. Dann kommen wir einfach mal so rum und schauen uns das Geschäft an.« Mein Gott, war die Frau hartnäckig. Ich bereute zutiefst, dass ich mich zu dieser Lügengeschichte hatte breitschlagen lassen.

»Wissen Sie was? Ich komme heute Abend nach Dienstschluss vorbei und stelle Ihnen mein Unternehmen vor. Tagsüber kann ich wirklich keine Minute entbehren«, bot ich jovial an und spürte, wie sich der Teufel in der Hölle vor Lachen bog. Pack dem dummen

Schnüffler ein schönes Bündel zusammen, an dem er ordentlich zu schleppen hat.

»Das ist aber lieb, Herr Mevissen«, freute sich Frau Jansen. »Passt Ihnen neunzehn Uhr? Wir essen dann zu Abend, und es wäre mir eine Ehre, Sie einzuladen.«

»Gerne«, log ich, wollte ich in Wahrheit die ganze Angelegenheit doch nur hinter mich bringen.

Nachdem sie mir die Adresse buchstabiert hatte, verabschiedeten wir uns voller Vorfreude auf die bevorstehende Begegnung.

Ich latschte auf den Hof, wo Paul völlig abgekämpft neben fünf Steinplatten saß.

»Viel hast du noch nicht geschafft«, ließ ich die schlechte Laune an ihm aus.

»Die Dinger sind höllisch schwer. Hab einen Kumpel angerufen, der die Monster mit dem Trecker abholt. Außerdem habe ich etwas entdeckt.«

Er hielt mir einen vergilbten Zeitungsausschnitt unter die Nase: »Grundsteuerhebesatz erneut erhöht.« Sämtliche Wertangaben waren in D-Mark, so dass der Artikel nicht mehr ganz taufrisch sein konnte. Ich ließ ihn in der Hosentasche verschwinden.

»Das muss ich vom Labor untersuchen lassen; könnte wichtig sein«, musste ich innerlich herzhaft lachen.

Anschließend berichtete ich von dem erfreulichen Gespräch mit Mutter Jansen.

»Tut mir leid, dass Sie wegen mir solche Scherereien haben.« Komischerweise hörte ich heute permanent Entschuldigungen.

»Ich rede maximal eine halbe Stunde mit deinen Alten. Wenn das nicht reicht, suchst du dir einen neuen Praktikumsplatz.«

»Bin Ihnen voll dankbar«, stöhnte er vor Erleichterung auf. »Das klappt schon.«

Während Paul wieder die Belastungsgrenze seiner Leisten auslotete, rief ich Karin an, um mich nach Peters und Kevins Abreise zu erkundigen. Grabowski hatte ihr nur was von dringenden familiären Verpflichtungen erzählt und war ohne ein weiteres Wort Richtung Essen gegondelt. Ich klärte sie über die wahren Hintergründe auf. Als sie hörte, dass die Entführung auf Peters Schusseligkeit zurückzuführen war, schwor sie, ihn beim nächsten Zusammentreffen eigenhändig zu erwürgen. Dass ich bei der Ermittlung von Monas Liebhaber wieder ganz am Anfang stand, interessierte sie nicht wirklich.

Der nächste Anruf galt Jupp, den ich in der Redaktion erwischte.

»Ich wollte mich nur bedanken, dass du mir deinen Cousin vermittelst und ihm hilfst, seinen Eltern Lügengeschichten aufzutischen, die ich ausbaden muss«, fluchte ich.

»Hab dich nicht so. Paulito ist voll in Ordnung. Warum soll der Junge in Schlemmbachs Fabrik vor Langeweile eingehen, wenn er Detektiv werden will? Außerdem schuldest du mir was.«

»Warum?«, fragte ich ernsthaft erstaunt.

»Wenn du heute Abend noch nichts vorhast, könnten wir darten gehen. Ich verrat's dir, sobald ich dich deklassiert habe.«

»Was ist, wenn ich gewinne?«

»Sehen wir dann, Amigo. In jedem Fall darfst du Pauls Lohn halbieren«, lachte er.

Wir verabredeten uns für halb neun im *Dirty Fingers*

in Dülmen. Jetzt musste ich zum Training. Dort konnte ich mir auch Robert wegen seines fehlenden Alibis vorknöpfen.

Das Training verlief kurz und schmerzlos. Da bis zum entscheidenden Spiel gegen die Billerbecker in genau einer Woche zwei weitere Übungseinheiten geplant waren, ließen wir es locker angehen. Leider gelang es mir nicht, Robert Hirschmann allein zu erwischen und wegen seines Alibis auszuquetschen. Abgesehen davon, dass er zehn Meter Mindestabstand zu mir hielt, was ich ihm aufgrund seines peinlichen Auftritts nicht verübeln konnte, war er stets darauf bedacht, immer einen Mitspieler im Schlepptau zu haben. Nun gut, morgen war auch noch ein Tag.

Gegen drei stand ich frisch geduscht auf dem Parkplatz des Westfalenstadions. Um die verbleibende Zeit bis zum Vorsprechen bei den Jansens und dem sich anschließenden Darttermin sinnvoll zu nutzen, fuhr ich nach Hause, legte mich auf die Couch und genoss den Rest des Nachmittags. Kein Babygeschrei, kein Windelgestank, nur einige Rotkehlchen zwitscherten durchs geöffnete Fenster. Der Duft von Flieder und Holunder hob meine Stimmung zusätzlich. Einfach geil, sollte ich öfter machen.

Nachdem ich offensichtlich entschlummert war, wurde ich um sechs vom Praktikanten unsanft geweckt. Er hatte die Krawatte abgenommen und um seinen hochroten Kopf gebunden. Sein Hemd war schweißnass.

»Tut mir leid«, keuchte er. »Hab mehrmals geklopft …«

»Macht nichts«, verzieh ich großzügig und stand auf. »Heute schaffe ich nicht mehr alle Platten.«

»Morgen ist auch noch ein Tag.« Der Empfang bei seinen Alten würde bestimmt nicht freundlicher ausfallen, wenn Sohnemann auf der Türschwelle zusammenbrach.

»Sehen wir uns gleich?«

»Leider nicht. Ich muss gleich zur Posaunenchorprobe. Nächste Woche haben wir einen großen Auftritt in der Dülmener Mehrzweckhalle.« Solange ich nicht zuhören musste, war mir das egal.

Ich entließ ihn in den Feierabend. Anschließend schlüpfte ich in einen Boss-Anzug und band eine japanische Seidenkrawatte mit den Schriftzeichen für Ruhm und Ehre um meinen Hals. Ein Blick in den Spiegel überzeugte mich: So musste ein erfolgreicher Autohausbesitzer aussehen. Ich zumindest hätte mir jede noch so schäbige Juckelkiste abgekauft.

Die Jansens wohnten etwa drei Kilometer südlich von Dülmen. Das frei stehende Blockhaus, eine Rarität in dieser Region, war wie meines von Feldern umgeben. Gerste erkannte ich mit Kennerblick. Im Vorgarten funkelte ein gigantischer metallisch blitzender Grill. Daneben war an einem Pfahl ein weißes Schild befestigt: »Hier grillt der Chef!« Ich musste grinsen. Es war immer wieder festzustellen, dass Männer den Grill als Statussymbol betrachteten. Während sie die Küche mieden wie Fliegen die Klatsche, ließen sie keinen Zweibeiner näher als drei Meter an ihr Spielzeug heran. Nach meiner Theorie entstammte dieses seltsame Verhalten irgendwelchen urzeitlichen genetischen Programmierungen im Stammhirn, als Männer den Familienunterhalt durch Jagen bestritten und anschließend die Beute über dem Feuer zubereiteten. Ich hatte so meine Zweifel, ob marinierte Schweineschnitzel und Phosphatschläuche den Jagdtrieb ersetzen konnten. Aber immer noch urzeitlicher und damit angemessener, als Tofufrisbees und sternförmig geschnittene Auberginen in Rapsöl zu braten.

Als ich klingelte, wurde stante pede geöffnet. Jansen senior ging mir von der Körpergröße bis zur Brust. Das versuchte er, durch topmodische Buffalos auszugleichen, die zu seinen rund fünfzig Jährchen und dem C&A-Anzug passten wie Bermudashorts zu einem Staubsaugervertreter.

»Herr Mevissen?«, ergriff er das Wort. Während ich seine Gattin mit »Herr Jansen« begrüßt hatte, lag mir diesmal »Frau Jansen« auf der Zunge. Was ihre Stimme zu viel an Tiefen aufwies, glich seine durch schrille Höhen aus.

»Ja, Mevissen vom Ford-Haus«, hielt ich ihm die Flosse hin, was ich sofort bereute. Ich schätzte zwar Männer mit festem Händedruck, aber zerquetschen mussten sie meine Finger nicht. Für einen Gerichtsvollzieher war ein fester Händedruck aber sicherlich nicht von Nachteil.

»Erstaunlich, dass ein Fordhändler einen Mercedes fährt«, blickte mich der Grillchef misstrauisch an. Das ging ja gut los.

»Ich teste einen Gebrauchtwagen«, brachte ich Lüge Nummer zwei in Satz Nummer zwei unter.

»Stimmt. Die Autohäuser verkaufen ja heutzutage auch Modelle der Wettbewerber«, schien er mir zu glauben. »Aber für die Kiste kriegen Sie höchstens hundert Euro. Alles andere wäre Betrug.«

»Das ist ein Top-Wagen. Sechs Jahre alt, nur fünfzigtausend gelaufen, Sportlenker, ABS und nur sieben Liter Verbrauch«, ließ ich nichts auf mein Gefährt kommen.

»Okay«, nickte Jansen. »Meine Frau braucht ein Auto. Wie viel wollen Sie?«

»Ähm«, spielte ich auf Zeit. »Das muss erst die Kalkulationsabteilung durchrechnen.«

»Erstaunlich. Sonst seid ihr Autofritzen doch sofort mit einem Preis am Start, wenn ihr nur einen müden Euro wittert«, keimte wieder Misstrauen in Jansen auf.

Genug war genug.

»Ich muss mich entschuldigen. Ich heiße Dieter Nannen, bin Privatdetektiv, und Ihr Sohn arbeitet bei mir.«

»Ha!«, triumphierte mein Gegenüber. »Gertrud, ich hab's doch gewusst«, rief er ins Haus. »Der Junge hat uns nach Strich und Faden belogen.« Er wandte sich wieder an mich: »Rein mit Ihnen. Wir haben einiges zu besprechen.«

Durch einen mit Hirschgeweihen und ausgestopften Tieren geschmückten Flur gelangten wir ins Wohnzimmer. Die giftgrüne Tapete, solide Eichenmöbel und eine an der Wand hängende Jagduniform zeugten von einem talentierten Innenarchitekten.

»Sie jagen?«, wagte ich einen Schuss ins Blaue und setzte mich an den runden Eichentisch. Drei Gedecke waren aufgelegt, die Servietten mit Wildmotiven bedruckt.

Eine stabile Frau mit einer altmodischen Dauerwelle kam mit einer Schüssel Kartoffeln aus der Küche.

»Schuldner und Tiere. Darin bin ich ein Ass«, streckte er die Brust heraus. »Und Lügner! Gertrud, darf ich dir Herrn Nannen vorstellen, Detektiv von Beruf.«

»Ein Detektiv!«, rief Gertrud entsetzt aus, als wäre ich Finanzberater.

»Es war Pauls Herzenswunsch, sein Praktikum bei mir zu absolvieren. Natürlich kann ich nicht gutheißen, dass er Sie angelogen hat. Aber weil er fleißig, clever und engagiert ist, habe ich ihm versprochen, ihn zu unterstützen.«

Frau Jansen stellte die Schüssel auf den Tisch und holte Blumenkohl und Fleisch aus der Küche.

»Natürlich ist mein Sohn clever«, verkündete Jansen senior, während er seinen Teller vollpackte. Ich wartete nicht auf eine Aufforderung, sondern folgte seinem Beispiel. Gertrud ließ sich ebenfalls auf einen der massiven Stühle fallen.

»Aber ich wusste gleich, dass Pauls Geschichte nicht stimmt. Da ich Mevissen schon mal gepfändet habe, wird der meinen Sohn kaum als Praktikanten einstellen. Als ich Sie dann gesehen habe, war alles klar«, redete er mit vollem Mund.

»Nichts gegen Sie, aber wir sind strikt dagegen, dass unser Sohn bei einem Detektiv arbeitet. Wie Sie selbst am besten wissen, ist der Beruf gefährlich. Was hat er davon, wenn er nach dem Praktikum im Rollstuhl sitzt?«, verkündete Jansen bestimmt. Gertrud nickte heftig und spießte ein Stück Blumenkohl auf.

»Das kann nicht passieren. Er erhält ausschließlich ungefährliche Arbeiten im Büro oder auf dem Betriebsgelände«, widersprach ich.

»Und was für Perspektiven hat er? Wenn ich richtig

unterrichtet bin, ist Detektiv nicht mal ein Lehrberuf. Klappt es nicht, kommt der Junge nirgendwo anders unter.« Dabei bearbeitete er ein Stück Rind, als hätte das Tier auf den Grill gepinkelt.

»Gerd, reichst du mir bitte die Kartoffeln?«

»Schatz, wollten wir nicht auf deine Linie achten?« Gerds stahlharter Blick, gepaart mit seiner piepsigen Stimme, war schon gewöhnungsbedürftig.

»Du hast recht. Eigentlich habe ich auch keinen Appetit mehr«, seufzte die Gemaßregelte.

»Es ist doch nur ein zweiwöchiges Berufspraktikum«, drängte ich mich dazwischen, »und ich verspreche hoch und heilig: Ich werde Paul klarmachen, dass der Detektivberuf kein Zuckerschlecken ist.«

»So?« Auf einmal schien ich Gerds Sympathie gewonnen zu haben. »Das gefällt mir. Sie lassen ihn sozusagen Scheiße schippen?«

»Sogar im wörtlichen Sinne«, legte ich ein Brikett nach, solange die Glut schwelte.

Das Ehepaar schaute sich tief in die Augen und lächelte verschwörerisch.

»Unseren Segen haben Sie. Je unangenehmer die Arbeit, desto besser. Das wird ihm die Flausen austreiben. Wir werden natürlich weiterhin so tun, als ob wir sein Lügengebäude nicht durchschauen.«

»Noch Nachtisch? Es gibt Vanilleeis mit heißen Kirschen«, hielt Gertrud mir einen Dessertteller hin.

»Danke, ich bin pappsatt. Es hat phantastisch geschmeckt«, ließ ich noch ein ehrliches Lob vom Stapel, bevor ich den Besuch für beendet erklärte.

Auf zum *Dirty Fingers*.

16

Wenn Dülmen auch sonst dem verwöhnten Großstadtbewohner nicht viel bieten konnte, so gab es doch einige Kneipen. Meist handelte es sich dabei allerdings um Lokale, wo der rüstige Senior nach einem anstrengenden Tag seinen Früh-, Mittags- und Abendschoppen hielt. Aber es ging auch anders: Das *Dirty Fingers* peilte Jugendliche und jung gebliebene Erwachsene als Zielgruppe an. Als *Smells like teen spirit* aus den Boxen dröhnte, fühlte ich mich wie zu Hause.

Ich setzte mich an den Tresen, orderte ein Pils und studierte die Gäste. Drei Tische waren von adoleszenten Liebespärchen besetzt, die sich über Weingläser hinweg schmachtende Blicke zuwarfen. Aber auch der ältere Jahrgang war vertreten: Ein halbes Dutzend Männer mit imposanten Bierbäuchen frönte dem Billardsport. Jetzt entdeckte ich Jupp. Der langhaarige Hippie mit schwarzer Lederhose und T-Shirt – vorne stand »Abi 2000«, hinten »Für immer ein Traum« – warf Pfeile auf ein elektronisches Dartboard und fluchte nach jedem misslungenen Wurf wie ein Bierkutscher. An der Theke saß die übliche Mischung aus Feierabendalkoholikern und Leuten, die in dem Bemühen, die Zeit totzuschlagen, das Gespräch mit dem Wirt suchten. Eine Tafel neben der Eingangstür pries Spareribs als Tagesspezialität an. Johnny Cashs herzzerreißende Version von U2s *One* löste Nirvana ab, kurz darauf entdeckte Jupp mich und trottete zu mir herüber.

»Alles klar, Kollege. Ich bin warm. Hast du Lust,

gegen den Münsterländer Meister anzutreten?« Der Hippie hatte sich breit grinsend auf den Nachbarhocker gepflanzt.

Schrage wandte sich zum Wirt. »Hast du noch drei Pfeile, Egon? Mein Freund und ich wollen für die Dartweltmeisterschaft trainieren. Und zapf gleich zwei neue Gerstenkaltschalen. Sport macht durstig.«

Der Journalist hüpfte vom Hocker und schlurfte zum Automaten zurück. Ich nahm Pfeile und Getränke entgegen und folgte ihm.

»501 zum Warmwerden?«

»Nichts dagegen. Wie lief's mit meiner Sippe?«

»Optimal«, lachte ich und erzählte die ganze Story.

»Klasse. Aber nimm den Jungen nicht zu hart ran. Paul ist mein Lieblingscousin und der einzige halbwegs Normale in der gesamten Mischpoke«, ließ er meinen ambitionierten Ausbildungsplan schon wieder ins Wanken geraten.

»Genug gelabert. Los geht's!«

Schrage war gut, aber ich war besser. Vor einigen Monaten hatte ich mir ein Dartbrett zugelegt und im Stall aufgehängt. Nachdem ich mich an die Kneipenpfeile gewöhnt hatte, die aufgrund der Plastikspitzen wesentlich leichter als meine eigenen waren, geriet Jupp mächtig ins Schwitzen. Nach zwei Runden 501 stiegen wir auf Cricket um, der interessantesten Variante des Dartspiels. Schrage steigerte sich, und es wurde eine spannende Auseinandersetzung, die ich knapp zu meinen Gunsten entscheiden konnte.

»Du bist gut, das muss man dir lassen«, erkannte er meine Leistung neidlos an.

Wir hatten uns an einem Ecktisch niedergelassen,

und ich prostete ihm zu: »Hast du was über den Tod der Küppers rausgekriegt?«

»Bin ich der Detektiv oder du? Aber ich war nicht untätig. Ich weiß, wer Mona gebumst hat.«

Es ärgerte mich, dass Jupp offensichtlich erfolgreicher als ich gewesen war. Das nächste Mal würde ich ihn anstelle von Grabowski engagieren.

»Und?«, fragte ich ungeduldig.

»Warum soll ich dir das erzählen? Was springt für mich dabei raus?«

»Ich habe dich beim Darten geschlagen und beschäftige deinen Cousin. Revanchier dich, oder lass es«, wurde ich langsam ärgerlich.

»Okay, okay. Mona hatte eine Liaison mit dem Sportskameraden Robert Hirschmann.«

Er genoss meine Überraschung. »Der Kerl wollte mich vermöbeln, weil ich angeblich etwas mit seiner Freundin angefangen habe. Und geht selber fremd? Woher weißt du das?«

»Ich könnte lügen und behaupten, es wäre knallharte Recherche gewesen«, lachte Jupp. »Aber als wir uns in Monas Haus getroffen haben, hat er uns anscheinend beobachtet. Ich bin, nachdem wir uns deines Freundes Reichert entledigt haben, zurück in die Redaktion gefahren. Zehn Minuten später taucht dieses Arschloch auf und will mir die Fresse polieren.« Bei der Erinnerung verzog sich Jupps Gesicht vor Schmerz. »Da ich mich nie schlage, waren meine Chancen natürlich gleich null. Zum Glück tauchte dein Schwager Tilke auf. Zu zweit konnten wir den Penner überwältigen.«

»Und warum wollte er dich aufmischen?«, fragte ich erstaunt.

»Hirschmann ist dir gefolgt und hat mich dann ebenfalls Monas Wohnung betreten sehen. In seinem Wahn dachte er, wir wären zu einem flotten Dreier verabredet.« Jupp grinste breit. »Ich hab ihn gefragt, ob er Mona aus Eifersucht umgebracht hat. Schließlich war er in der Nähe, und zuzutrauen wäre es ihm. Da hat er geflennt, er wäre in Therapie und könnte keiner Fliege was zuleide tun. Aber ich habe ihm nicht so recht geglaubt«, schloss Schrage seine Erzählung.

»Ich wollte mir den Knaben eh vornehmen. Auch für den ersten Mord besitzt er kein Alibi.«

Mir kam Grabowski in den Sinn: Bei näherer Betrachtung war es fast verständlich, dass Gurkennase Oswald Reisinger und Robert Hirschmann bei der Observation verwechselt hatte. Trotz des Altersunterschieds sahen die beiden sich ähnlich, zumindest aus größerer Entfernung. Das machte Peters Irrtum zwar nicht entschuldbar, aber zumindest erklärlich.

»Wir haben euch vorhin beim Darten zugeschaut. Würde es euch was ausmachen, uns ein wenig zu unterrichten?«, vernahm ich eine Frauenstimme in meinem Rücken. Ich drehte mich um.

Aber hallo! Zwei Mädels, dem Akzent und Aussehen nach osteuropäischer Abstammung, dem Alter nach fünfundzwanzig, lächelten uns freundlich an.

»Für ein paar Bier sind wir dabei«, waren Schrage und ich uns schnell einig, Entwicklungshilfe leisten zu wollen. Kurz darauf standen wir wieder vor dem Dartboard und legten los. Gegen eins gab uns der Inhaber zu erkennen, dass der Laden bald schließen würde. Mittlerweile hatte sich unser Viererclub in zwei Pärchen gesplittet. Der Zeitungsmann hatte sich die

Brünette und ich mir die andere Brünette geschnappt. Die Darterei hatten wir längst beendet, denn ob der konsumierten Alkoholika wären sonst die übrigen Gäste in Gefahr gewesen.

»Sollen wir noch 'ne Runde zappeln gehen? Ein paar Straßen weiter ist ein heißer Schuppen«, wollte meine Elena den Abend noch nicht beendet wissen.

»Aber sicher. Schließlich ist noch früh am Tag«, lallte ich zurück. Auch Svenja und Jupp wollten noch nicht nach Hause.

Der heiße Schuppen entpuppte sich als Tanz- und Baggerlokal für die reifere Jugend mit grimmig dreinschauenden Türstehern. Als ich am Eingang nach Waffen durchsucht wurde, verlor ich die Lust, das Innere der *Roten Liebe* kennenzulernen, und winkte ein Taxi herbei.

»Wo willst du hin?«, hakte Elena sich bei mir ein.

»Nach Hause, Kaninchen füttern.«

»Es ist doch noch früh«, zog sie eine Flunsch. »Willst du nicht mit zu mir kommen? Da steht auch noch das eine oder andere Getränk.«

Da es zum Arbeiten zu spät war und meine Kaninchen ohnehin schon schliefen, ließ ich mich breitschlagen. Eigentlich hatte ich nach dem Erlebnis mit Ulrike von Frauengeschichten die Schnauze voll. Aber Elena war anders.

Auf der nächsten Taxifahrt unterhielt ich Elena mit Episoden aus meiner Jugend: Wie Grabowski und ich für drei Tage in der Grundschule suspendiert worden waren, weil Peter gegen die Turnhalle gepinkelt hatte. Und wie ich als guter Freund die Schuld auf mich nahm und wir beide bestraft wurden, weil die betagte

Lehrerin uns aus der Entfernung nicht auseinanderhalten konnte.

»Du bist ein wahrer Held, dich einfach für deinen Freund zu opfern«, streichelte sie mich und mein Ego, als die Geschichte trotz meiner Artikulationsprobleme zur Pointe vorgedrungen war.

»Freune sin das wichigste im Lem«, philosophierte der Alkohol über meine Zunge. »Jau, der Pedder is'n super Freund.«

»Das finde ich ganz, ganz toll«, säuselte mir Elena ins Ohr. Von der konnte sich Karin ruhig eine Scheibe abschneiden, dachte ich. Nicht immer nur Kritik, Verbesserungsvorschläge und Beziehungsdiskussionen, obwohl wir gar keine richtige Beziehung hatten. Wovon ich prompt aus dem Nähkästchen plauderte.

»Dumme Karin«, flüsterte meine slawische Freundin. »Sie weiß gar nicht, was für einen tollen Mann sie verärgert.«

»Ja, sie's wirklich dumm«, starb die Präzision meiner Äußerungen als Nächstes. Es war einfach so schön, endlich von einer Frau verstanden zu werden.

Wir hielten vor einem Mehrfamilienhaus in Billerbeck. Das schmucke Objekt war in Fachwerkbauweise erstellt worden und stammte laut Tafel am Hauseingang von 1898. Schick.

Elena tänzelte, ich stolperte bis zum Obergeschoss. Am Klingelschild stand Markow.

»Wohnst du allein?«, fragte ich, um auf unangenehme Überraschungen vorbereitet zu sein.

»Solo« zeigte sie sich kurz angebunden. Na gut, war doch eine berechtigte Frage.

An den Wänden im Flur hingen großformatige

Fotos russischer Landschaften und Städte. Zumindest vermutete ich das. Erkennen konnte ich nur den Kreml. Meine Bewegungskoordination wies mich immer deutlicher darauf hin, dass es Zeit war, sich hinzulegen.

Elena öffnete die Tür zum Schlafzimmer und betätigte den Lichtschalter. Ein Himmelbett mit bordeauxfarbenen Brokatvorhängen begrüßte mich. Bisher hatte ich so etwas nur auf historischen Bildern zu Gesicht bekommen. An den Wänden hingen großformatige erotische Fotos. Eher stylisch als billig, sofern ich das noch zu beurteilen in der Lage war.

»Hast du noch ein Bier?«, ließ ich mich aufs Bett fallen, da ich es schlicht nicht unfallfrei bis zum Sofa geschafft hätte.

Elena zwinkerte mir zu und verschwand, nur um kurz darauf mit einer Flasche Wodka und zwei Gläsern zurückzukommen.

»Ist besser als euer blödes Bier«, grinste sie. »Nastrovje« stießen wir an, dann wurde Elena zärtlich. Wir entledigten uns unserer Kleidung, was bei mir einige Zeit in Anspruch nahm, und küssten uns. Allerdings hatte ich so meine liebe Müh, Elenas Mund zu treffen. Ich glitt über die Wange und rutschte bis zum Ohr. Schmeckte aber auch. Ihre Hände wanderten gekonnt über meinen Körper, aber leider wollte mein kleiner Freund die Spielchen nicht mitmachen, da halfen auch Elenas Motivationskünste wenig. Der Promillegehalt meines Blutes blockierte den Kollegen wie Panzer die nordkoreanische Grenze. Hängen im Schacht. Super, lallte mittlerweile selbst die Stimme in meinem Kopf.

»Macht doch nichts«, sprach Elena tröstende Worte, die meinen verletzten Männerstolz nicht einmal rudimentär aufbauten.

»Wir können auch reden«, schlug sie vor. Das hatte jetzt noch gefehlt. Also wieder ankleiden, oder besser, versuchen, mich anzukleiden. Elena half mir. Sie war so gut zu mir und Dieter so besoffen, dass es schmerzte.

Als ich die Tür öffnete, räkelte sie sich auf dem Bett und prostete mir mit dem Woddi zu.

»Doswedanje, Didi!«

Zur lähmenden Wirkung des Alkohols kam der Frust, der aus jeder Pore meines Körpers drang.

»Man sieht sich«, murmelte ich verlegen.

Verlegen fühlte ich mich allerdings nur bis zum Flur, denn dort erwartete mich eine Überraschung. Ein robuster Mann mit Vollbart und Stoppelschnitt saß vor einem Campingtisch und löffelte einen Teller Borschtsch. Er trug einen dunklen Anzug, ein weißes Hemd mit Pailletten und eine orange-gelb karierte Krawatte. Als er mich bemerkte, hob er zunächst nur eine Augenbraue. Dann wischte er sich mit einer geblümten Serviette den Mund ab, säuberte den Löffel und platzierte ihn mit penibler Akkuratesse neben seinem Teller.

»War Ficken mit Natascha gut, Towarischtsch?«, blickte er von seiner Mahlzeit auf.

»Ich dachte, sie heißt Elena?« Etwas naiv im Nachhinein. Aber so tiefgehende Gedanken konnte mein Suffkopp zu diesem Zeitpunkt nicht formulieren. Jedenfalls reduzierte sich mein Blutalkoholwert abrupt um die Hälfte.

»Nenn Puppe, wie du wollen«, winkte er ab. Elena lugte in Unterwäsche aus der Zimmertür und deutete lächelnd mit dem Daumen Richtung Decke.

»Du hast genutzt unser Total-Programm? Das gut. Übrigens, ich Alex Markow, russisch Geschäftsmann aus Petersburg.«

»Ich bin Dieter, auf Wiedersehen«, marschierte ich zur Wohnungstür. Abgeschlossen.

Elena druckte auf einem Taschencomputer, wie sie in der Gastronomie eingesetzt wurden, einen Zettel aus, drückte ihn Markow feierlich in die Hand und tänzelte weiter in Richtung Küche. Dort betätigte sie offenbar eine Hi-Fi-Anlage oder Ähnliches, denn Chris Rea kommentierte mit rauchiger Stimme meine Lage als *Road to hell.* Ich persönlich identifizierte mich momentan eher mit Springsteens *Born to run.*

»Deutsches Rock ist beste«, wog Alex seinen Kopf im Takt.

»Rea ist Engländer.« Musste ich jetzt auch noch den Klugscheißer spielen?

»Macht der Hund drauf kack-kack«, beendete der Russe das Fachgespräch mit einer originellen Formulierung.

»Ich will nach Hause. Würdest du so liebenswert sein und die Tür öffnen?« Der Schock über die neue Entwicklung hatte offenbar logopädisch gewirkt: Mein Sprachvermögen war beinahe wiederhergestellt.

»Langsam, mein deutsch Freund«, lag urplötzlich ein Revolver neben dem Suppenlöffel. »Du hatten Spaß, du müssen zahlen, damit Natascha kriegen Lohn für Arbeit. Bar oder Karte?« Ruckzuck tauchte ein Kreditkartenlesegerät auf dem Campingtisch auf.

Gott, wie doof musste man sein, an eine Professionelle zu geraten?!

Markow drückte mir den Wisch in die Hand, während Elena mir mit einem Sekt zuprostete.

Folgende Leistungen waren dort aufgelistet: 4 Std. Konversation für 320 Euro, 1 Massage gr. für 150, 1 × Französisch für 100, 1 × Griechisch für 150, abzgl. 10 Prozent und 1 × Russisch für 200. Dazu eine Flasche Wodka für 100 und Kaviar für 150.

»Nur interessehalber: Warum gibt's für Griechisch Rabatt, und was bedeutet Russisch? Und Kaviar habe ich nicht gegessen. Abgesehen davon, dass auch sonst nichts gelaufen ist, was diese Rechnung auch nur im Entferntesten rechtfertigen würde.«

Alex blickte Elena mit hochgezogener Augenbraue an.

»Griechisches Liebesspiel war nur mental. In deiner Phantasie hast du mich hart rangenommen, aber real haben wir es leider nicht ausgeführt, mein Stier. Daher der Nachlass. Russisch ist das Gesamtkonzept. Die Bilder von schöner Heimat müssen schließlich auch bezahlt werden. Oder willst du in einem nackten Kellerraum Liebe machen?«, blickte sie missbilligend. »Bei Kaviar du hast recht. Da habe ich aus Versehen den falschen Knopf gedrückt. Sorry, ich will ja bleiben ehrlich.«

Wohlwollend nickte Markow: »Kaviar gestrichen. Ihr Deutsche gute Verhandler. Mir gefällt.«

Er zog einen Füller und ein Lineal aus einem Etui, strich die letzte Position penibel durch und setzte einen Stempel daneben.

Allmählich nüchterte ich zumindest oberflächlich aus. Zumindest konnte ich wieder gerade stehen.

»Genug geredet«, beendete Alex sein Werk. »Wir nicht sein in Kommunismus. Entweder du zahlst, oder ich schieß dir Loch in Knie. Ist Deal?«

Statt einer Antwort hechtete ich nach vorn, riss die Waffe an mich und zielte auf ihn.

»Das meint nein«, stellte er lakonisch fest.

»Tür auf, aber pronto.«

»Mann mit Waffe ist Mann mit Macht. Macht der Hund drauf großes Kack-kack.«

Elena zischte was in ihrer Landessprache und riss ihm den Schlüssel aus der Hand.

Während sie die Wohnungstür öffnete, schimpfte sie los: »Als ich deine schiefe Fresse sah erstes Mal, ich wusste sofort, dass du Bastard bist. Ich hätte dich nie im Leben mit nach Hause nehmen sollen. Als ob ich ohne Geld mit dir vögeln würde.«

Wozu meinen Atem verschwenden? Also raus in den Flur und ab nach draußen. Zum Glück konnte ich sofort ein Taxi ergattern.

Zu Hause holte ich den Spaten aus dem Schuppen, wickelte den Revolver in ein Tuch und eine Plastiktüte und vergrub ihn neben einem besonders prächtigen Stachelbeerstrauch. Konnte man vielleicht noch mal gebrauchen.

Diesen Tag würde ich aus meiner Autobiographie streichen. Kein Kapitel, das meine Enkel kennen mussten. Es tröstete mich nur, dass es meinem Kumpel Jupp nicht viel besser ergangen sein dürfte. Auf jeden Fall schwor ich noch auf der Stelle sämtlichen Frauen dieser Welt ab, bevor ich mich schlafen legte. So würde der Vorsatz immerhin eine Nacht lang halten, wenn auch eine angebrochene.

Den Sonntag widmete ich dem neuen tierischen Mitbewohner, einem fetten Kater. Nachdem ich vormittags das Bett aufgrund eines heftigen Schädelbrummens nicht verlassen hatte, tauschte ich nach dem Verzehr einer Fertighühnersuppe die Matratze gegen die Wohnzimmercouch ein. Es gelang mir sogar, die Hälfte der *Road to Perdition*-DVD mitzubekommen. Dann knackte ich wieder weg.

Irgendwann fütterte ich lustlos Pedder und die Karnickel. Sie schienen mich alle anzugrinsen, besonders Pedder. Das Schwein rümpfte die Nase, als würde es meine Dummheit riechen.

»Das ist nicht lustig«, verteidigte ich mich. »Wenn du öfter ausgehen würdest, könnte dir das auch passieren. Weiß zwar nicht, ob es Schweineluden gibt, aber denkbar wäre es.«

Pedder wackelte mit dem Schwänzchen, dieser Sadist.

»Möchte dich mal hören, wenn du so richtig in der Scheiße sitzt. Wer hilft dir dann da raus? Richtig. Ich. Und was kommt von dir? Überhaupt, wann stellst du mir mal deine Freundin vor?«

Pedder grunzte scheppernd, wühlte in den Essensresten und spießte ein Kohlblatt auf. Albern streunte er mit dem Gemüse auf dem Rüssel im Pferch herum.

»Ich komme wieder, wenn man normal mit dir reden kann«, schlug ich das Gatter zu.

Um nicht allein zu sein in meiner Schmach, wählte ich Jupps Nummer.

»Wie war's mit Svenja? Hattet ihr einen schönen Abend?«, fiel ich gleich durch die Haustür.

»Super, phänomenal, gigagalaktisch«, schwärmte der

Reporter. »Wir haben bestimmt zwanzig Stellungen ausprobiert, und alle waren der Hit mit ihr.«

»Meine Elena hat sich als jagende Bordsteinschwalbe herausgestellt, die mich in ihr Nest gelockt hat und tüchtig ausnehmen wollte.«

»Manchmal stehen wir auf der Sonnenseite des Lebens, manchmal im Schatten«, lachte Schrage unecht.

»Erzähl keinen Bullshit. Meine war 'ne Professionelle und deine sauber, ist klar.«

Pause.

»Na gut, Svenja war auch nicht astrein. Als wir zu ihr nach Hause sind, war ich jenseits von Gut und Böse. Die haben uns irgendwas in die Drinks geschüttet. Jedenfalls sind wir zu einem Reihenhaus nach Nottuln gegurkt. Würde ich aber nicht wiederfinden. Im Schlafzimmer ist nix gelaufen, ich war völlig groggy. Auf einmal hat sie Stress gemacht. Sie hätte einen Freund, und der käme gleich von der Spätschicht zurück. Da hatte ich natürlich keine Lust drauf und habe mir die Klamotten übergeschmissen. Als ich das Zimmer verlassen wollte, kam die große Überraschung. Männe stand vor der Zimmertür. Ein richtiger Schlägertyp namens Oleg. Mit dem wollte ich mich in meinem Zustand nicht anlegen. Achthundert Piepen hat mich der Spaß gekostet, zufällig genauso viel, wie ich im Portemonnaie hatte.«

Nach der Steilvorlage ließ ich mich nicht lumpen und berichtete ebenfalls haarklein, wie ich um die Bezahlung rumgekommen war.

»Macht der Hund drauf kack-kack, genial«, lachte Jupp. »Wir sind schon zwei richtige Hechte.«

»Die sich gerne in Fangnetzen herumtreiben«, ergänzte ich.

Ansonsten war dem nichts mehr hinzuzufügen.

Abends brachte mich ein Taxi zum *Dirty Fingers* und ich meinen Benz nach Hause.

Dort angekommen, war vom Katzenvieh zwar nichts mehr zu spüren, aber eine gewisse Müdigkeit ließ sich nicht leugnen. Mit einem zufriedenen Lächeln schlief ich zur Tagesschauzeit ein. Ich wurde älter, stellte ich nicht ohne Wehmut fest.

17

Danke, dass Sie dichtgehalten haben. Sie müssen einen mordsmäßigen Eindruck auf meine Alten gemacht haben. Ich soll Sie ganz herzlich grüßen.« Paul war gegen neun bei mir aufgelaufen und freute sich wie ein Honigkuchenpferd.

»Wirst du heute mit den Platten fertig?«

»Bestimmt«, erklärte er eifrig. »Ich habe extra eine Lupe mitgebracht, um auch nicht die kleinste Spur zu übersehen.«

»Prima. Kleinste Spur ist ein gutes Stichwort. Siehst du das Unkraut zwischen den Pflastersteinen in der Einfahrt?«

»Soll ich die Pflanzen bestimmen? Kein Problem, ich besuche den Bio-Leistungskurs.«

Im Geiste schlug ich die Hände über dem Kopf zusammen.

»Zunächst reinigst du die Steine mit dem Wasserschlauch. Der Anschluss ist hinterm Haus. Was damit nicht weggeht, kratzt du mit dem Messer ab. Die Pflanzen kannst du dann zu Hause analysieren. Das verrät mir vielleicht, ob unter meinem Grundstück eine Leiche vergraben ist«, konnte ich mir einen sarkastischen Seitenhieb nicht verkneifen.

»Toll. Langsam leiste ich richtig nützliche Arbeit, oder?«, erwies Jansen junior sich als vollkommen ironieresistent.

»Dann leg ich jetzt los. Haben die Kaninchen eigentlich Namen?«, fragte er neugierig.

»Klar. Hasso, Berta, Anna, Trude, Arnold, Rambo, Steven und Andrea. Sie lieben es, wenn du sie persönlich ansprichst.« Ich war überrascht, dass mir so schnell acht Vornamen einfielen.

»Gut zu wissen. Bis nachher, Chef.«

Ich hob huldvoll die Hand. Jetzt hatte ich mein tägliches Maß an Praktikantenbetreuung erfüllt. Zeit für einen Kaffee. Dabei studierte ich Ottos Aufzeichnungen über die Spieler samt Anhang. Hirschmann, der mich am meisten interessierte, arbeitete als Knecht bei Bauer Allekotte.

Ich trank aus und trat ins Freie; ein Duft von Getreide und süßem Holunder lag in der Luft. Beschwingt bestieg ich meine Karre und düste wie immer durch Felder, Felder und noch mehr Felder. Bauer Friedel Allekotte war berühmt für seine Fleischprodukte. Jede Familie, die was auf sich hielt, servierte ihren Gästen Friedels Blutwurst oder »Allischnitzel«. Auf letzteren Begriff hatte der geschäftstüchtige Landwirt sogar ein Warenzeichen angemeldet.

Ich betrat den Laden. Wer nicht aufs Geld schaute

und keinen Wert auf Auswahl legte, war hier genau richtig. Frau Allekotte, die gemütliche Hofdame, stand persönlich hinter der Fleischtheke.

»Guten Tag, Herr Nannen. Drei Allis wie immer?«, war sie sichtlich erfreut, mich zu sehen.

»Aber sicher. Allerdings bin ich primär beruflich hier«, stellte ich sofort klar, dass mich diesmal nicht die Fleischeslust getrieben hatte.

»War ich unartig? Wenn dem so ist, müssen Sie mich verhaften«, kicherte sie.

»Ich weiß doch, dass Sie die personifizierte Liebenswürdigkeit sind«, schmeichelte ich. »Nein, ich bin wegen Robert Hirschmann hier. Keine Angst, er ist nur ein Zeuge«, beugte ich einem Schlaganfall vor.

»Robert arbeitet noch nicht lange hier. Und er wird auch nicht alt werden in unserem Betrieb.«

»Warum? Hat er die Knochen aus den Koteletts gestohlen?«, wurde ich etwas albern.

»Nein«, hielt Frau Allekotte sich den Bauch vor Lachen. »Er kommt und geht, wie es ihm passt. Wenn er sich nicht unverzüglich bessert, schmeißt mein Mann ihn raus, obwohl er nur ungern Mitarbeiter entlässt. Die meisten arbeiten schon jahrelang für uns, müssen Sie wissen.«

»Wo steckt er denn?«

Die Bäuerin packte die Schnitzel in eine Tüte und nahm meinen Zehner entgegen.

»Wenn er sich nicht wieder verdrückt hat, müsste er den Schweinestall ausmisten«, legte sie einen Euro Wechselgeld auf die Theke. Ich ließ ihn liegen und sie stehen mit dem Versprechen, bald wieder vorbeizuschauen.

Mit Hilfe meines Riechkolbens hatte ich den Stall schnell gefunden. Hunderte von Ferkeln fitschten durch die Boxen, während sich die ältere Generation wohlig im Dreck suhlte. Das Gequieke und Gegrunze erinnerte mich an Pedder. Ob es ihm gutging? Ob er auch manchmal an mich dachte, wenn sein Schnäuzchen Kohlrabi und Wirsing durchwühlte? Wahrscheinlich nicht, lautete die deprimierende Antwort.

Robert stand mit dem Rücken zu mir und beförderte Mist auf eine Schubkarre.

»Hirschmann, wie geht's?« Sofort fuhr er wie von der Tarantel gestochen herum. Als er mich sah, richtete er die Mistgabel auf mich und rannte wütend los. Gerade noch rechtzeitig warf ich mich zur Seite. Da die Mistgabel seine Beweglichkeit erheblich einschränkte, konnte ich ihm problemlos die Beine wegtreten, meine Knie ins Kreuz drücken und seine Arme auf den Rücken drehen.

»Lass mich los, damit ich dir die Fresse polieren kann.«

Seelenruhig drückte ich seinen Kopf in die Schweinescheiße.

»Kommt mir bekannt vor: Ich will mich geschmeidig mit dir austauschen, und du wütest wie ein angeschossener Gorilla.« Mit diesen Worten tauchte ich seinen Kopf erneut in die Exkremente.

»Können wir uns jetzt gesittet unterhalten?«

Sein Nicken signalisierte, dass endlich Ruhe im Stall war.

»Also, was sollte die Attacke?«, ließ ich ihn los und trat zur Seite.

»Du hast Mona auf dem Gewissen!«

»Du tickst wohl nicht sauber! Erst gehst du auf mich los, weil ich mit Ulrike gesprochen habe, und jetzt, weil ich Mona getötet haben soll.«

»Doch nur, weil ich sie liebe«, stöhnte Hirschmann und rieb sich den Dreck aus dem Gesicht.

»Wen? Ulrike, Mona oder wen sonst noch? Nicht so einfach mit deinen Weibergeschichten.«

»Ich liebe nur Ulrike. Und Mona«, fügte er hinzu. »Mona wurde in letzter Zeit von einem Irren belästigt. Deswegen habe ich vor ihrem Haus auf der Lauer gelegen. Du gehst rein, und anschließend ist sie tot. Wer sollte sonst der Mörder sein?«, spie er mich an.

»Wie wär's mit dir?«

»Ich bringe keinen um, kapito? Und schon gar nicht die Frau, die ich liebe.«

Es deutete zwar eine Menge auf Hirschmann hin, aber irgendwie wollte der Knabe nicht in das Bild passen, das ich mir innerlich vom Mörder gemalt hatte, zumal die Küppersmorde einen intelligenteren Täter vermuten ließen. Vielleicht hätte ich der Belästigungsgeschichte mehr Aufmerksamkeit schenken sollen.

»Wo warst du nach dem Benefizspiel?«

»Ich habe mit den Kameraden auf den Sieg angestoßen«, schrie er zurück.

»Das ist gelogen. Du bist sofort nach dem Spiel verschwunden«, stellte ich klar, dass ich meine Hausaufgaben gemacht hatte.

»Okay, ich bin heimgefahren und hab mich hingelegt, weil ich total kaputt war. Dafür gibt es keine Zeugen. Hätte ich dir das vielleicht erzählen sollen?«

Das führte alles zu nichts. Ich war zwar überzeugt, dass die Welt für mich ein sicherer Ort war, wenn

Robert im Knast saß, aber ich hatte doch erhebliche Zweifel an seiner Täterschaft.

Also verließ ich ohne ein weiteres Wort den Stall. Die in den Dreck gefallenen Allischnitzel ließ ich zurück. Schließlich hatte ich schon genug Mist geschluckt.

Daheim riss ich mir sofort die stinkenden Klamotten vom Leib und bestieg die Dusche. Dann konnte ich noch mal in die verdreckte Buchse greifen, denn das Handy klingelte.

»Detektei Nannen.«

»Lauf schnell zur Glotze, und schalt *MünsterLive* ein.« Grabowski! Was der sich traute …

Offensichtlich hatte er mein Zögern bemerkt, denn er schob ein »Es ist wichtig« nach. Nun gut, was hatte ich zu verlieren? Nackt, wie Gott mich erschaffen hatte, stiefelte ich zum Fernseher und zappte durch die Kanäle. Auf vierzig wurde ich fündig: Eine Gameshow, gegen die *Der Preis ist heiß* mit Slim-Fast-Harry und Wacholder-Walter in den Neunzigern geradezu Unterhaltungskunst darstellte.

»Was soll das?«, stellte ich die naheliegendste Frage in dieser Situation.

»Wart's ab, Muchacho.«

Und tatsächlich: Fünf Kameraschwenks später war Ulrike Reisinger voll im Bild und stellte eine Frage über einen afrikanischen Stammeskönig.

»Hattest du nicht erzählt, dass Mona auch als Moderatorin gearbeitet hat, bevor sie umgelegt worden ist? Und die Reisinger hast du auch erwähnt. Peitschenulli, oder?«, fragte mein in Ungnade gefallener Kumpel.

»Du bist ein Schatz. Ich melde mich.«

Sollte Gurkennase tatsächlich derjenige sein, der mich aus der Sackgasse befreite? Sorgte er dafür, dass der Stern Dieter Nannen wieder hell erstrahlte? Katapultierte er mich aus dem Tal der Tränen in das Meer der Glückseligkeit? Entpuppte er sich als Garant dafür, dass Detektive zukünftig ein höheres Ansehen genießen würden als Ärzte und Richter?

Schwer vorstellbar, aber möglich.

Nachdem ich in Rekordzeit geduscht und die Waschmaschine angeworfen hatte, rief ich Ulrike an. Da die Gameshows ob der Qualität der Kandidaten und Moderatoren garantiert aufgezeichnet worden waren, konnte Ulli durchaus zu Hause sein.

Ich hatte mich nicht geirrt. Eine halbe Stunde später streichelte mein Daumen ihren Klingelknopf.

»Hi.« Eine ungekämmte Frau mit roten Augen, nur mit einem Bademantel bekleidet, hatte die Tür geöffnet. Sie besaß nur entfernte Ähnlichkeit mit der Ulrike, die mir für meine Sünden die Leviten hatte lesen wollen.

»Mein herzliches Beileid zum Tod deines Vaters.«

»Danke. Entschuldige bitte meinen Aufzug, aber …«

»… du brauchst dich nicht zu entschuldigen«, unterbrach ich sie. »Ich kann auch später wiederkommen.«

»Ich hatte doch gesagt, du kannst kommen. Ein bisschen Zerstreuung tut mir sicher gut. Sorry für den missglückten Abend. Ich dachte wirklich, dass du darauf abfährst«, gab sie sich zerknirscht.

Zwanzig zähe Minuten später war ich um einiges schlauer. Ulrike hatte tatsächlich Mona als Moderatorin beerbt. Die Sendung war ein drittklassiger Abklatsch von »Wer wird Millionär«, mit 50 000 Euro als Hauptgewinn. Hatte aber bisher noch keiner kassiert.

»Bist du in irgendeiner Form belästigt worden, seitdem du dort arbeitest?«, versuchte ich, eine Verbindung zu Mona Küppers herzustellen.

»Nein, aber ich habe ja erst drei Shows gemacht, wovon heute die erste gesendet wurde.« Enttäuschend.

»Könntest du mir einen Gefallen tun?«, wollte ich nicht akzeptieren, dass alles nur Zufall war.

Nachdem Ulrike einen Anruf getätigt hatte und ich nach Münster und zurück gegondelt war, traf ich mit einem Stapel DVDs in meiner Kemenate ein. Jetzt hieß es, Kaffee und Zigaretten bereitstellen und die Glotze anschalten. Vor mir lagen im schlimmsten Fall zwanzig Stunden Studium von »Cash Cow«, der Gameshow für Arme auf *MünsterLive*. Zum Glück gab's ja die Schnellvorlauftaste.

Es war schon befremdlich, die tote Mona auf dem Bildschirm zu sehen. Ebenso befremdlich war das Gros der Kandidaten, von denen ich wirklich nicht wusste, aus welchen Löchern die gekrochen waren.

Nachdem ich die erste Kanne Kaffee vertilgt hatte, wurde ich fündig. Mein Daumen stand kurz vor einem Muskelkater. Was ich sah, war zu unglaublich, um wahr zu sein. Ich lehnte mich zurück und ließ die Synapsen glühen. Wenn man alle Indizien auf einen Haufen warf und die am wenigsten zueinanderpassenden Teile nebeneinanderlegte, sie noch einmal umdrehte, spiegelte und wieder auseinanderklaubte, konnte mein Verdacht stimmen. Dennoch: Es blieb ungeheuerlich.

Es klopfte. Ein Blick auf die Zwiebel verriet mir, dass es kurz vor sechs war. Ich schaltete den DVD-Player aus und hatte eine Tiersendung auf dem Schirm; das Paarungsverhalten des Schabrackentapirs.

»Herein.« Paul, natürlich.

»Herr Nannen, ich habe alles erledigt. Jetzt möchte ich etwas über Detektivarbeit erfahren.«

Der unersättliche Wissensdurst der Jugend. Wie konnte ich den Kollegen ruhigstellen?

»Pass auf. Wie du sicherlich mitbekommen hast, arbeite ich zurzeit an einer extrem gefährlichen Sache. Nur für den Fall, dass mir etwas zustößt: Sämtliche Unterlagen bewahre ich dort im Sideboard auf. Wenn ich getötet werde, bist du mein Nachfolger und Rächer.«

Während meiner Rede war Paul um mehrere Zentimeter gewachsen. So einfach war das.

»Meine Mitarbeiter Peter Grabowski und Otto Baumeister sind ebenfalls eingeweiht. Du brauchst nur das Codewort ›Derrick‹ zu nennen, dann wissen sie, dass du zum Kreis gehörst«, setzte ich noch einen drauf. »Fühlst du dich der Sache gewachsen?«

Paul strahlte übers ganze Gesicht: »Fette Scheiße, natürlich. Obwohl ich natürlich hoffe, dass Sie nicht so schnell abnippeln.« Kaum in den Schnüfflerzirkel aufgenommen, verschlechterte sich sein Sprachniveau.

»Man kann nie wissen. Außerdem schlage ich vor, dass wir nach Feierabend was zusammen machen. Du hast hervorragend gearbeitet, und das muss belohnt werden.« Mitarbeitermotivation, wie sie im Buche stand.

»Endgeil!«, zeigte die Maßnahme nicht nur sprachlich Wirkung. »Wie wär's mit Kino? Es läuft gerade *Spiderman*«, machte er sofort Nägel mit Köpfen.

»Okay, morgen Abend in Dülmen?«

»Kann ich Jupp Bescheid sagen? Er ist ein absoluter Kinofreak.«

»Na klar. Dann bis morgen«, komplimentierte ich ihn hinaus.

Nachdem Paul die Tür von außen zugemacht hatte, rief ich *MünsterLive* an. Langsam musste der Grill angezündet werden.

Den Rest des freien Abends verbrachte ich mit *Krumme Hunde* von Carl Hiaasen. Ein militanter Umweltschützer belehrte und bestrafte die Lobbyisten Floridas auf unkonventionelle Weise. Einfach zum Schießen. Um Mitternacht wurde es dunkel im Hause Nannen.

18

Nach satten zehn Stunden Schlaf erwachte ich wie ein neugeborenes Baby. Zum Frühstück hatte Paul sich eingeladen. Geschenkt, schließlich drückte ich ihm als erste Amtshandlung eine Einkaufsliste in die Hand, mein Kühlschrank war leerer als ein Krawattenshop im Nudistencamp. Während seiner Abwesenheit fütterte ich die Tiere. Mein Praktikant hatte sogar die Ställe gesäubert. Super Job.

Ich besprach meine weiteren Schritte mit den Kaninchen. Sie hielten meinen Plan für gut, stellten aber ihre Ohren auf. Ich versprach, extrem vorsichtig zu sein, und wurde von Pedder mit liebevollem Grunzen entlassen.

Während des Frühstücks mit Jansen referierte ich über die Detektivarbeit. Eigentlich war es mehr eine Selbstbeweihräucherung, denn ich schilderte haarklein, wie ich vor drei Jahren ohne einen Cent in der Tasche in Buldern gelandet und spontan Schnüffler geworden war. Dass bei meinem ersten Fall, dem Mord an einer Arzttochter nebst anschließendem Blutbad, mehr Glück als Geschick im Spiel gewesen war, verschwieg ich geflissentlich.

Zwischendurch teilte mir Karl Meuthen, der Sendeleiter von »Cash Cow« telefonisch mit, dass Freitag die Fete steigen würde. Ich konnte nur hoffen, dass ich keinen Fehler gemacht hatte, denn das würde mich teuer zu stehen kommen.

Gegen eins beauftragte ich Jansen junior mit der Bewässerung des Gartens und düste zum Dülmener Westfalenstadion. Heute stand die vorletzte Trainingseinheit vor dem samstäglichen Finalspiel an. Dementsprechend motiviert gingen alle zu Werke, was dazu führte, dass Edi Fuhlbeck mit Verdacht auf Meniskusschaden vom Platz humpelte. Na gut, die letzten zehn Spiele hatte der Rechtsaußen sowieso keine Minute gespielt. Robert Hirschmann fehlte. Laut Wiemers begleitete er Ulrike zur Beerdigung ihres Vaters. Sie hatten sich zwar getrennt, waren aber Freunde geblieben, wie man so schön sagte.

Nach dem Training beglückte uns der Bürgermeister mit seiner Anwesenheit. Nach einer salbungsvollen Rede, die bei mir ins eine Ohr rein- und aus dem anderen rausging, überreichte er jedem eine mit

Schlemmbachshampoo, Schlemmbachseife, Schlemmbachduschgel und Schlemmbachconditioner gefüllte Toilettentasche.

Wenn das nicht Motivation genug war, am Samstag alles zu geben.

Als das Stadtoberhaupt und ich zusammen zum Auto schlenderten, nahm er mich zur Seite.

»Wie sieht's aus, Hannen?« Rein statistisch gesehen musste er doch irgendwann mal meinen Namen korrekt aussprechen.

»Wir werden den Billerbeckern ordentlich in den Arsch treten«, adaptierte ich die Fußballersprache.

»Perfekt. Doch das meinte ich ausnahmsweise nicht. Wie ist die Entwicklung beim Küppersmassenmord?«, übertrieb er leicht.

»Der Mörder wird sich das Finalspiel im Knast-TV angucken können«, beantwortete ich auch diese Frage sportlich.

»Wirklich? Wer ist es?«

»Leider keiner von den Billerbeckern«, wollte ich das Fußballterrain einfach nicht verlassen. »Lassen Sie sich überraschen.«

Mit einem kurzen Gruß ließ ich Schlemmbach stehen, verfrachtete die Sporttasche im Kofferraum und mich vorne links im Benz, wo ich überprüfte, ob die Zündung in Ordnung war.

Gegen sechs traf ich zu Hause ein. Auf dem Küchentisch lag ein Zettel: »Bin nach Hause gefahren. Holst du mich bitte um sieben ab? Jupp hat leider keine Zeit.« Nun gut, einen Abend ohne Schrage würde ich überleben. Ich machte mich frisch und düste zu den Jansens.

Paul wartete bereits am Straßenrand auf mich.

»Zu Hause ist dicke Luft. Mein Vater hat meine Mom überrascht, als sie heimlich eine Tafel Schokolade gegessen hat. Der gesamte Diätplan ist jetzt durcheinandergeraten. Da bin ich lieber schon mal nach draußen gegangen«, ließ er sich mit genervtem Blick auf dem Beifahrersitz nieder.

»Was ist mit Jupp? Keine Lust?«

»Nee, irgendein Artikel über den Taubenzüchterverein. Sogar richtig mit Interview und so.«

Schrage verpasste was. Spiderman war wirklich nett, vorausgesetzt, man stand auf den Knaben. Und ich war ein großer Fan des Wandkrabblers. Seit einigen Jahren kamen sämtliche alten Spinnenhefte als Reprint in Sammelbänden heraus, und ein Essener Comicladen schickte mir sofort nach Veröffentlichung die neuesten Pakete zu.

Nach der Vorstellung erfuhr ich, dass Paul und ich nicht die einzigen Anhänger von Peter Parker waren, denn im Foyer liefen uns Stefan und seine Mutter über den Weg.

»Hallo, Stefan, hallo, Frau Jahnknecht. Auch im Kino gewesen?«, stellte ich die selten dämliche Frage.

»Spidey, yeah, bumm, super Spidey«, ließ mein Freund keinen Zweifel daran, wie ihm die Marvelverfilmung gefallen hatte.

»Stefan liebt Spiderman. Wir sind heute schon das dritte Mal in diesem Film«, klang seine Mutter weit weniger begeistert.

»Und morgen wieder rein, Spidey, ratsch, kräsch. Aber vorher angeln gehen mit Dieter dich«, blickte er hoffnungsvoll in meine Augen.

Da ich bis Freitag sowieso zum Warten verdammt war, fiel mir die Zusage nicht schwer: »Okay, ich hol dich morgen um drei ab. Und vorher schön die Netzdüsen auffüllen.« Stefans Lachen klang mir noch in den Ohren, als ich mit Paul bereits draußen war.

Nach zwei Absackerbierchen in der gegenüberliegenden Kneipe, die auch auf den zurzeit angesagten Mexikanerzug aufgesprungen war, setzte ich den Praktikanten zu Hause ab. Um die weiteren Höhepunkte des Abends zu notieren, hätte eine Briefmarke ausgereicht.

Nach einem ereignislosen, aber angenehmen Vormittag stattete ich zum Mittagessen der Dülmener Frittenbude einen Besuch ab. War schon einige Zeit her, dass ich das vorzügliche Jägerschnitzel mit Kroketten und Gurkensalat genossen hatte. Pünktlich um drei lud ich Stefan ein, der alles dabeihatte, was man zum Angeln brauchte.

Während der Fahrt zu einem kleinen See in der Schmaloer Heide westlich von Dülmen versuchte ich, Karin zu erreichen, um das bevorstehende Ereignis für mich etwas aufzupeppen, aber sie schien nicht zu Hause zu sein. Na gut, dann eben ein reines Männerangeln.

»Guck ma, Dieter, schon wieder Karpfen für Stefan«, weitete mein Kompagnon das Sprichwort, dass die dümmsten Bauern die dicksten Kartoffeln ernteten, auf das Fischereiwesen aus. Während sein Kescher bereits zu bersten drohte, schwamm in meinem völlig vereinsamt eine Forelle, die zudem noch die Goldcard bei Weight Watchers zu besitzen schien. Abgesehen vom Ungleichgewicht bei der Fischausbeute war es aber ein entspannter Nachmittag. Stefan brachte zwar keinen Satz unfallfrei über die Lippen, aber er sagte auch mal eine Stunde lang gar nichts. Da wir uns wirklich wohl fühlten, entfachten wir ein kleines Feuerchen und brieten die beiden schönsten Exemplare in freier Natur. Es schmeckte phantastisch.

Was für mich ein sehr gelungener Ausflug war, schien für meinen Freund Ostern und Weihnachten zusammen zu sein. Ich hatte selten das Vergnügen gehabt, in solch ein glückliches Gesicht blicken zu dürfen. In solchen Momenten wurde einem so richtig bewusst, wie verbiestert und kleingeistig man den Großteil des Lebens verbrachte und dass man mit einfachsten Mitteln Abhilfe schaffen konnte.

Bevor ich zum Philosophen mutierte, riss Stefan mich aus meinen Gedankengängen: »Lecker war das. Jetzt nach Mama fahren, ja?«

Wir packten den Krempel zusammen und schenkten den nicht verspeisten Fischen wieder die Freiheit.

»Ich habe das Angeln mit dir sehr genossen. Müssen wir unbedingt wiederholen«, meinte ich es durchaus ehrlich.

Das Leuchten in seinen Augen wurde noch stärker: »Ich mich auch freut. Coole Scheiße, Dieter.«

Hey, Stefan war unter die Jugendlichen gegangen, denn von seiner Mutter hatte er den Ausdruck bestimmt nicht übernommen.

Gegen neun lieferte ich den coolen Sack am Jahnknecht'schen Fachwerkhaus ab. Ich lieh ihm die *Greatest Hits, Slashes and Crosschecks* der genialen Bostoner Hardcore-Truppe Slapshot, die wir während der Autofahrt gehört hatten. Wenn bei Bauer Steinmann, bei dem Stefan als Knecht arbeitete, demnächst die Schweine *Punk's Dead, You're Next* grunzten, hatte ich wieder ein wenig Entwicklungshilfe im Münsterland geleistet.

Das Schnüfflerleben war schon angenehm, denn auch diesen Abend verbrachte ich lesend und Musik hörend. Noch einige solcher Tage, und ich konnte mir ernsthafte Gedanken über einen Zweitjob machen.

Auch der Donnerstag gestaltete sich wenig aufregend. Einziger Tagesordnungspunkt was das Abschlusstraining im Westfalenstadion. Erneut waren alle voll bei der Sache, und auch Hirschmann war wieder am Start. Wir gingen uns aber aus dem Weg.

Nach den Übungseinheiten rief ich Karin an, um sie zum Essen einzuladen. Leider hatte sie schon etwas vor, und zwar die Aufführung eines Theaterstücks in Plattdeutsch. Die Eintrittsgelder sollten der Kinderkrebshilfe zugutekommen.

Ob ich mich daheim oder im Bulderner Gemeindehaus langweilte, war faktisch gleich, und so bat ich gegen sieben Uhr um Einlass für das Stück »De Pastoor un sin Schäöpken«. Von den Dialogen verstand ich zwar kein Wort, aber Schumann machte eine gute Figur auf der Bühne. Sie war wohl auch die Einzige, die ihre Klamotten für die Aufführung nicht wechseln musste, denn sie schien eine rabiate Ökoaktivistin zu verkörpern.

Gemessen an den Publikumsreaktionen musste das Stück sehr lustig sein. Die rund hundert Zuschauer mit einem Mindestalter von sechzig applaudierten so frenetisch, dass die Theatergruppe sogar noch eine Zugabe geben musste.

Nach der Vorstellung verschwand Karin leider sofort mit ihren Mitspielern, um den Erfolg zu feiern. Ein kurzer Wink von der Bühne war das Einzige, was ich an persönlicher Zuneigung von ihr empfing, so dass ich gegen halb elf den Heimweg antrat und eine Stunde später meine nicht vorhandenen Schuppen aufs Kopfkissen rieselten.

19

Freitag: Der Tag der Entscheidung!

Heute würde ich dem Mörder die Maske vom Gesicht reißen, und das sogar vor Publikum.

Mein Wagen parkte vor *MünsterLive*, das in einem schmucklosen zweistöckigen Gebäude in einem ebenso schmucklosen Industriegebiet in der Peripherie der Radfahrerstadt untergebracht war. Eingerahmt von »Getränkepoint 2000« und »Saunaclub Aphrodite« wies nur eine unscheinbare Tafel neben der Glastür darauf hin, dass hier einer der erfolgreichsten Sender der Welt seine lebenswichtigen Formate auf die Mattscheiben der Münsteraner Bevölkerung brachte. Ich fragte mich ernsthaft, wie sich derartige Sender finanzierten, aber offensichtlich ließ sich mit Gameshows, Telefonspielchen, Kochsendungen und anderen ähnlich anspruchsvollen Programminhalten der eine oder andere Euro verdienen. Wahrscheinlich durch besonders knifflige Fragen: Wie heißt Deutschlands Kanzlerin? Merkel oder Bohlen? Der Anruf für schlappe 99 Cent pro Sekunde. Zumindest hatte Ulrike mir gesteckt, dass sie mit ihrem Gehalt mehr als zufrieden war.

Auf dem Beifahrersitz schreckte Grabowski hoch. Ich hatte ihn heute Morgen aus Essen abgeholt, was sich als gar nicht so leicht herausgestellt hatte, musste ich doch eine Viertelstunde Sturm schellen, bis er sich endlich an die Tür bequemt hatte. Den Grund für seine imposante Reaktionszeit hatte er mir noch genannt, bevor er kurz vor der dritten Brennenden in Katernberg ins Koma gefallen war: Herrenabend mit Rolf und Dirk im Köpi-Eck. Die Alkoholabstinenz hatte nicht lange vorgehalten.

Ich kannte diese Art Veranstaltung gut: Bis zum fünften Bier die Pfeile in grobe Richtung Dartscheibe schmeißen, anschließend fünf weitere Pils lang kickern, um dann an der Theke mit Hilfe von »Schocken«, einem kurzweiligen Würfelspiel, die Kurzen-Phase einzuläuten. Wer verlor, musste eine Runde Pinnchen bestellen und bezahlen, was angesichts der unterschiedlichen Vorlieben der drei Thekenturner – Grabowski bevorzugte Scotch, Rolf Kümmerling und Dirk Doppelwacholder – nichts für Warmduscher war. In früheren Jahren hatte ich ab und zu das zweifelhafte Vergnügen gehabt, diesen Events beiwohnen zu dürfen, und während der rund zehn Kilometer langen Rückfahrt musste ich dreimal das Taxi wechseln, weil die Chauffeure allein vom Alkholdunst zu blau zum Weiterfahren waren.

Hier kurz eine Botschaft an unsere jüngeren Leser, die sich noch eine Weile auf ihre Volljährigkeit freuen: Finger weg vom Alkohol, und Komasaufen ist gar nicht cool, dafür aber unter Umständen tödlich. Oder anders ausgedrückt: Kenne deine Grenzen!

Gurkennase kannte sie meist nicht, hatte bisher aber immerhin überlebt. Und gestern sei es nicht ganz so heftig gewesen, da Dirk stark erkältet war und Rolf am nächsten Tag den zweihundertsten Versuch starten wollte, seine Ehe zu retten. Auch die Agenda solcher Ehekittungstage verlief immer nach demselben Schema: Besuch im Zoo und anschließend ein Abend im Casino Hohensyburg. Und das ausnahmsweise ohne Alkohol. Da Peter kein Solotrinker war, hatte er bereits um drei an der Matratze gehorcht, so dass er immerhin sechs Stunden geschlafen hatte, bis er von mir aus den Federn geklingelt worden war.

Auf der Rückbank saß Otto Baumeister, der mir die Fahrt mit Anekdoten aus seiner Zeit als Animateur auf Ibiza versüßte. Ich hatte noch nicht einmal gewusst, dass die Insel vor vierzig Jahren bereits existiert hatte, doch Otto belehrte mich eines Besseren.

»Und da war noch alles echt, was du zwischen die Finger gekriegt hast, nicht so wie heute«, ließ er den Casanova raushängen.

Das war exakt der Zeitpunkt, an dem Grabowski unter die Lebenden zurückkehrte.

»Was hast du gegen Silikon? Sehen doch super aus, die Dinger. Damals mussten die Weiber doch bestimmt drei BHs übereinandertragen, oder?«, konnte Peter sich sofort auf gleichem intellektuellen Niveau einbringen.

»Wann hast du denn das letzte Mal vernünftige Dinger gesehen?«, ließ Ottos Konter nicht lange auf sich warten.

»Jeden Abend, bei den DSF-Erotik-Sportclips«, schaltete ich mich ein, aber nur um zu testen, ob meine Stimmbänder noch funktionierten.

»In natura, mein ich«, ließ Baumann nicht locker.

»Das musst du gerade sagen, du alter Knacker«, spöttelte Gurkennase in Richtung Rückbank. »Du bist doch mittlerweile in einem Alter, wo die Oberkörper von Mann und Frau identisch sind.« Dabei setzte er ein Grinsen auf, das Frauen sicherlich nicht dazu bewegen würde, Ottos vorherigen Kommentar zu widerlegen.

Bevor der Rentner womöglich sein Hemd aufknöpfte, um seinen durchtrainierten Body zu zeigen, rief ich die Jungs zur Ordnung: »Männer, ich hoffe, ihr wisst noch, was wir besprochen haben. Ihr beide mischt euch unter das erlesene Publikum. Ich werde mich hinter den Kulissen postieren. Wir dürfen keinen Fehler machen, denn das könnte verheerende Folgen haben. Noch Fragen?«

»Alles klar, großer Meister«, brummten beide unisono. War schon erstaunlich, wie gut sich die beiden in der letzten Zeit verstanden. Mittlerweile waren die beiden Superermittler »ein Kopp, ein Arsch«, wie man im Ruhrgebiet zu sagen pflegte.

Ich warf einen Blick auf die Uhr: kurz vor elf. Die erste Aufzeichnung – und das war die, die mich interessierte – war für vierzehn Uhr angesetzt. Da wir auf keinen Fall gesehen werden durften, war mir das nur recht. Die Wartezeit würde uns schon nicht umbringen.

Just in diesem Moment klopfte jemand an die Autoscheibe: Ulrike.

»Na, Jungs, kleine Spritztour gemacht?«, versuchte

sie zu feixen. Allerdings stand ihr die Trauer um ihren Vater immer noch in großen Lettern ins Gesicht geschrieben, denn das Lächeln sah doch sehr gekünstelt aus. Ich hoffte inständig, dass niemals herauskam, dass ich bei Reisingers Tod die Finger im Spiel gehabt hatte, auch wenn nicht ich ihn erschossen hatte, sondern Bruno.

»Hi, Ulli, alles fit im Schritt?«, zeigte sich Grabowski wie gewohnt von seiner sensibelsten Seite.

»Und, nervös?«, schaltete ich mich schnell ein, bevor mir die Gute noch zusammenklappte.

»Im Moment stehe ich sowieso neben mir. Ehrlich gesagt habe ich noch gar nicht darüber nachgedacht. Aber wenn wir heute einen Mörder überführen können, werde ich mich bestimmt besser fühlen.«

Gurkennase fummelte plötzlich völlig unmotiviert in der Beifahrerablage herum; offensichtlich war ihm aufgegangen, wie dämlich sein Kommentar gewesen war. Zum Glück versuchte er nicht, irgendeine Entschuldigung zu blubbern, denn darin hatte er wirklich keine Übung. Schweigen war in diesem Fall tatsächlich Gold.

»Soll ich dich begleiten? In einer Stunde kommen die Kandidaten, und ich darf auf keinen Fall gesehen werden. Wir können dann noch mal alles durchgehen.« Meine Unsichtbarkeit war für den Erfolg des Falles unabdingbar.

»Klar, ich fühle mich auch besser, wenn ich nicht allein in der Garderobe sitze.« Dieter Nannen, Beistand einsamer Damen.

Ich zog den Schlüssel aus der Zündung und warf ihn nach hinten, wo Otto ihn professionell auffing.

»Fahrt die Karre in eine Seitenstraße, und dann wartet einfach, bis ihr reingelassen werdet. Und verhaltet euch unauffällig, klar?«, kehrte ich den Dickmatz raus. Ein synchrones Schnaufen war alles, was ich erntete.

Ich verließ den Mercedes und stiefelte mit Ulrike zum Sendegebäude. Der Pförtner winkte uns durch, eine Minute später erreichten wir ihre Garderobe. Gegenüber der Tür war ein großer Spiegel angebracht, unter dem diverse Schminkartikel positioniert waren. Auf der rechten Seite stand ein senffarbener Kleiderschrank, der auch schon bessere Zeiten gesehen hatte. Links war eine Liege aufgestellt; offensichtlich die Wellness-Oase zwischen zwei Sendungen. Das war alles, und mehr passte in den Raum auch nicht rein. Günther Jauchs Garderobe sah sicherlich anders aus.

»Bist du sicher, dass du das heute durchstehst? Wenn du Bedenken hast, blasen wir die Sache ab«, fragte ich Ulrike mit sanfter Stimme. Dabei ergriff ich ihre Hand, denn die letzten Tage mussten hart für sie gewesen sein. Innerhalb kürzester Zeit zu erfahren, dass der Freund fremdgegangen war, dann den Vater zu verlieren und zu guter Letzt auch noch den Lockvogel für einen Mörder zu spielen, war sicherlich eine ordentliche Schüppe seelischer Ballast.

»Geht schon«, sagte sie gequält. »The show must go on.«

Die nächsten zwei Stunden plauderten wir belangloses Zeug, bis Ulrike sich frisch geschminkt in Richtung Redaktionsleiter verabschiedete. Ich bildete mit zwei Fingern ein V, und sie nickte fahrig. Kurz vor der

Tür konnte ich sehen, wie sie ein strahlendes Lächeln aufsetzte. *The show must go on.*

Ich streckte mich auf der Liege aus und versuchte, die leichte Nervosität zu verdrängen. Das gelang problemlos, denn das Nächste, was ich bemerkte, war lautes Gejohle aus dem Nebenraum. Offensichtlich hatte ich den Beginn der Sendung verschlafen.

Jetzt aber flott! Ich spurtete aus der Garderobe und postierte mich dort hinter den Kulissen, wo ich sowohl Ulli als auch die beiden Kandidaten im Visier hatte. Sie waren nur wenige Meter von mir entfernt.

»Und hier, Hermann-Josef, kommt die nächste Frage der Vorrunde. Es wäre sicherlich nicht verkehrt, wenn du mal richtig antworten würdest, denn du liegst zwei Punkte zurück. Also, wie gehabt zehn Sekunden Zeit für die Antwort. Was ist die Kubikwurzel aus 1 560 896? Die Zeit läuft.«

Der Kandidat schaute Ulrike entgeistert an, brachte aber kein Wort heraus.

»Tut mir leid, die Zeit ist um. Die richtige Antwort lautet 116.«

Die Menge, fast ausnahmslos Rentner, johlte, dass es in den Ohren schmerzte. Der bemitleidenswerte Mitspieler blickte fassungslos in Ulrikes Richtung. Quizshows waren halt kein Nonnenwettbeten, erst recht nicht, wenn Quote gemacht werden musste.

»Jetzt du, Ingo. Was ist die dritte Potenz von zwei?«, stellte Ulli eine aus meiner Sicht unwesentlich leichtere Frage.

»Acht«, kam es relativ zügig innerhalb des Zeitlimits.

»Bravo, das ist richtig.« Das Publikum, das sicherlich

vorher angestachelt worden war, klatschte Beifall und trampelte mit den Füßen, als ob Ingo soeben Einsteins Relativitätstheorie widerlegt hätte.

»Das kann doch wohl nicht wahr sein!«, schrie Hermann-Josef die Moderatorin an. »Seine Fragen sind doch viel einfacher als meine!« Dies wurde von der Zuschauermeute mit einem Pfeifkonzert quittiert, so dass Ulrike sich eine Zurechtweisung klemmen konnte.

»Konzentrier dich bitte auf die nächste Frage; Fachgebiet Geographie: Wie heißt die Hauptstadt von Burkina Faso?«

War ich froh, dass ich nicht da vorne stand. Ich bildete mir zwar ein, über ein solides Allgemeinwissen zu verfügen, aber ich glaubte nicht, dass irgendeiner im Münsterland diese Frage hätte richtig beantworten können.

»Keine Ahnung, das ist doch wohl ein Witz, oder?« Dass es kein Witz war, wurde schnell klar, als Ulrike mit der Antwort rausrückte: Ouagadougou.

Der Knabe konnte einem wirklich leidtun, insbesondere dann, als Ingo nach der Hauptstadt Frankreichs gefragt wurde, was er nach kurzer Überlegung tatsächlich richtig beantwortete.

Mittlerweile schien er die Sympathien der Meute komplett auf seiner Seite zu haben, wohingegen sein Gegner bei jeder Äußerung oder falschen Antwort ausgebuht wurde. Yeah, showbusiness is a hard business.

»Kommen wir jetzt zur letzten Frage der Vorrunde, für die es die dreifache Punktzahl gibt. Vielleicht kannst du die ja mal korrekt beantworten«, spöttelte Madame Reisinger. »Wie heißt der Fußballspieler, der von Manchester United zu Real Madrid gewechselt hat und mit einem Ex-Spice-Girl verheiratet ist?«

»David Beckham!«, kam es wie aus der Pistole geschossen.

Ulrike blickte auf ihren Zettel. »Das ist leider falsch. Gerd Müller wäre richtig gewesen. So einen miesen Kandidaten haben wir noch nie gehabt. Nicht eine einzige richtige Antwort. Damit steht fest, dass Ingo in die Finalrunde um die fünfzigtausend Euro einzieht.«

Während das Publikum beinahe ausrastete und sich in puncto Lautstärke durchaus mit einem Presslufthammer messen konnte, merkte ich, wie Ingo sich siegessicher auf seinen Stuhl fallen ließ. Ganz anders Hermann-Josef: Mit hasserfülltem Blick ging er auf Ulrike los und griff dabei in seine Hosentasche.

»Du miese Sau! Du bist genauso eine Dreckschlampe wie Mona!«

»Der hat ein Messer!«, schrien plötzlich einige von den Rängen. Und tatsächlich: Ein hässliches Springmesser glitzerte in Hermann-Josefs Hand.

»Ulrike, duck dich, schnell!«, schrie ich. Sie handelte blitzschnell und ließ sich fallen. Ich hob meinen Revolver und schoss dem Geisteskranken in die Flosse. Begleitet von einem Aufschrei klirrte das Messer auf den Boden. Mit wirrem Blick schaute der Angeschossene kurz auf seine blutende Hand, dann rannte er auf das Publikum zu.

»Hände hoch, Polizei!« Plötzlich standen an beiden Tribünenausgängen Uniformierte, und auch hinter der Bühne war Blau die vorherrschende Farbe. Allerdings war die Polizeipräsenz gar nicht vonnöten, denn der Flüchtende wurde vom Seniorenpublikum mit drohenden Gehstöcken und Schirmen in die Horizontale gezwungen. Ganz vorne dabei natürlich Otto und Grabowski.

»Alles klar, Ulrike?«, kümmerte ich mich zunächst um die tapfere Moderatorin, die tapfer nickte. Dann waren auch schon zwei Polizisten bei ihr, die sich der konsternierten Heldin annahmen.

Mit breitem Grinsen stolzierte ich zu der Rentnertraube.

»Schluss jetzt! Otto, ruf deine Jungs zurück!«

Ein Pfiff ertönte, und sofort trennte sich der private Sicherheitsdienst von dem perplexen Bündel, das zusammengekrümmt auf dem Boden lag und sich sogar in die Hose gemacht hatte, wenn ich die Flecken richtig deutete.

»Tja, Hermann-Josef, das war's dann wohl mit der Fernsehkarriere.«

Als der Kandidat seinen Kopf hob und mich erkannte, fiel ihm fast die Kauleiste aus dem Gesicht.

»Nannen, du mieses Stück Scheiße!«, presste er zwischen den aufgerissenen Lippen hervor. »Ich werde dich töten!«

»Du hast schon Mona und Angelo getötet.«

Hermann-Josef lachte nur: »Angelo war ein Betriebsunfall.«

»Und du hast mir hinterhergeschnüffelt.« Während meiner Rede fixierte ich ihn mit einem Fuß am Boden, und zwar genau dort, wo es Männer am meisten lieben.

»Lass gut sein, Nannen«, hatte sich Reichert mittlerweile neben mich geschoben.

»Ich bin fertig mit ihm«, hörte ich ausnahmsweise

auf meinen Lieblingsfeind. »Sie beide kennen sich ja bereits.« Ich wandte mich an die Umstehenden. »Darf ich vorstellen: Das hier ist der Mörder von Angelo und Mona Küppers. Hermann-Josef Schrage, Lokalredakteur beim *Dülmener Kurier*, und besser bekannt als Jupp Schrage.«

20

Sie hatten recht, Herr Nannen. In Schrages Wohnung haben wir sämtliche Aufzeichnungen von »Cash Cow« gefunden, die jemals auf *MünsterLive* gesendet worden sind. Außerdem einen Aktenordner über Mona Küppers und Eva Duhn.« Der hiesige Polizeichef Theo Hartmann lehnte sich genüsslich zurück.

Eva Duhn hatte vor zwei Jahren ebenfalls Gameshows moderiert, und zwar beim Sender *Dülmania*, der dann mit zwei weiteren lokalen Fernsehanstalten zu *MünsterLive* fusioniert hatte. Vor gut einem Jahr war sie auf mysteriöse Art und Weise bei einem Verkehrsunfall ums Leben gekommen. Ich hatte Baumeister recherchieren lassen, und er hatte zutage gefördert, dass Schrage ebenfalls in einer der Sendungen zu Gast gewesen war und man ihn fürchterlich über den Leisten gezogen hatte. Auch in der Sendung mit Mona Küppers wurde Jupp – wie die übrigen Kandidaten auch – hochgradig beschissen. 50 000 Euro waren eine Stange Geld, da musste man schon zu nicht ganz sauberen

Fragen respektive Antworten greifen, wenn man nicht innerhalb kürzester Zeit Konkurs anmelden wollte.

Wir hatten es uns in Hartmanns Büro mit Pizza und Dosenbier gemütlich gemacht. Pizza, weil wir hungrig waren, Bier, weil Theo bereits Dienstschluss hatte. Der Polizeichef war soeben mit Jupps umfassendem Geständnis im Gepäck aus dem Gefängniskrankenhaus zurückgekehrt. Zunächst hatte Schrage zwar alles abgestritten, aber die Beweislast war zu erdrückend, um weiter Märchenstunde zu senden. Spätestens als sich das Gewehr, aus der die Kugel in Angelo Küppers' Körper stammte, in seinem Schlafzimmerschrank fand, war es vorbei mit der Herrlichkeit.

»Und Angelos Tod war wirklich ein Versehen?«, fragte ich Theo zwischen zwei Bissen Pizza.

»So dämlich es sich anhört, ja. Unser Zeitungsfuzzi war nicht der beste Schütze.«

Hätte ich von Anfang an gewusst, dass nicht Angelo, sondern Mona ermordet werden sollte, hätte ich mir eine Menge Ermittlungsarbeit sparen können. Die Erkenntnis, dass meine Ex-Freundin wahrscheinlich noch leben würde, wenn ich die Sache rechtzeitig durchschaut hätte, würde ich bei nächster Gelegenheit in eine Stahlkiste packen und im Bulderner Dorfteich versenken.

Der Oberbulle und ich prosteten uns zu, dabei zwinkerte Hartmann schelmisch. Mochte vielleicht daran liegen, dass wir bereits das zweite Sixpack aufgerissen hatten.

»Aber eins musst du mir versprechen, Nannen.«

»Kommt drauf an, Theo.« Meine vertraute Anrede belegte, dass auch ich nicht mehr ganz nüchtern war.

»Hauptkommissar Theo, bitte.« Hieß das jetzt, dass wir uns tatsächlich duzten? Na ja, spätestens beim nächsten Fall, bei dem wir uns über den Weg liefen, würde ich es genau wissen.

»Was wolltest du mir sagen?«

»Beim nächsten Mal weihst du uns früher ein. So kurzfristig einen Durchsuchungsbefehl für Schrages Wohnung zu kriegen und dann noch rechtzeitig beim Spektakel dabei zu sein, wäre selbst für das FBI eine Herausforderung gewesen. Abgesehen davon, dass einiges hätte schiefgehen können.«

»Versprochen. Ich hatte die Befürchtung, dass Reichert alles vermasselt. Deswegen die Blitzaktion.«

Ich war heilfroh, dass Hartmann schon kräftig getankt hatte, ansonsten hätte ich garantiert eine saftige Abreibung bekommen. Und das auch noch zu Recht, wenn man in Betracht zieht, wie viele unschuldige Bürger ich in potentielle Lebensgefahr gebracht hatte. Hätte ich vorher gewusst, dass in Jupps Bude genug Beweismaterial für dreimal Lebenslänglich deponiert war, hätte ich mir die ganze Show klemmen können. Aber hinterher war man immer schlauer.

Tatsächlich war die gesamte Gameshow von vorne bis hinten inszeniert gewesen. Otto hatte ich damit beauftragt, fünfzig Leute aufzutreiben, die das Publikum bilden sollten. Sie waren von Baumeister vorzüglich gecastet und instruiert worden, denn die Aufgabe, Jupp auszubuhen, um ihn zur Weißglut zu treiben, hatten sie ganz hervorragend gemeistert.

MünsterLive hatte mir dank Ulrikes Mithilfe die Räumlichkeiten zur Verfügung gestellt. Jupps Konkurrent war ein alter Kumpel von mir: Ingo Zederer,

Absolvent der Münchner Schauspielschule und derzeit auf Gastspielreise in Münster. Er war schon immer ein Abenteurer gewesen und hatte sofort zugesagt.

Schrage selbst hatte sich bei »Cash Cow« beworben, aber normalerweise wäre sein Auftritt erst im November gewesen. Die kurzfristige Vorverlegung hatte der Sender mit dem krankheitsbedingten Ausfall eines Kandidaten begründet.

Hartmann hatte ich erst auf der Fahrt zum Sender per Handy informiert, und er hatte wirklich fix reagiert, das musste ich ihm lassen.

Schweigend vertilgten wir den Rest der erkalteten italienischen Salamischnitte. Während der letzten Dose Diebels Alt – das einzige gekühlte Bier, das die Trinkhalle im Angebot gehabt hatte – fachsimpelten wir über das morgige Entscheidungsspiel um den Oberligaaufstieg zwischen dem FC Dülmen und Borussia Billerbeck. Ein hoffentlich würdiger Abgang aus dem Fußballermilieu.

Nach der gemeinsamen Mahlzeit ließ Theo es sich nicht nehmen, mich von einem Kollegen in meinem Wagen nach Hause bringen zu lassen. Ein anderer Cop fuhr mit dem Streifenwagen hinterher. Mein Verhältnis zu den Dorfbullen war schon mal schlechter gewesen. Bevor ich auf dem Beifahrersitz meines Mercedes Platz nahm, drückte Theo mir herzlich die Hand. Fehlte nur noch, dass er mich zum Abschied küsste, aber selbst das wäre mir heute egal gewesen.

Daheim in meinem Palast sank ich zufrieden in die Federn und schlief sofort ein.

21

Am Samstag erwachte ich putzmunter gegen neun und fühlte mich unschlagbar. Nachdem das Hauptgericht, die Aufklärung der Küppersmorde, vorzüglich geschmeckt hatte, stand nun mit dem Finalspiel gegen die Billerbecker das Dessert auf der Speisekarte. Heute war mein Glückstag, und nichts würde ihn trüben können.

Wirklich nichts?

Es klopfte an der Haustür. Nur in Boxershorts und T-Shirt gewandet öffnete ich: Auf der Matte stand meine liebe Nachbarin. Also doch mein Glückstag.

»Hallo, Karin. So früh schon auf den Beinen?«, strahlte ich sie an.

»Von dir hört man ja ganz abenteuerliche Sachen. Erzähl doch mal.«

»Komm rein. Ich zieh mich eben um, dann kriegst du was zu hören.«

Als ich nach Beendigung der Katzenwäsche in Jeans und kurzärmeligem Hemd zu Karin zurückkehrte, hatte sie den Tisch gedeckt.

»Perfekt. Wann ziehst du ein?«

»Zu gefährlich.«

Drei Brötchen und genauso viele Tassen Kaffee später war der Großteil von Karins Wissensdurst gestillt.

»Wie bist du auf Schrage gekommen? Ich dachte, Hirschmann war der Hauptverdächtige?«

»Das habe ich Grabowski zu verdanken, er hat Ulrike Reisinger im Fernsehen entdeckt und mich noch während der Gameshow angerufen. Habe mir alle Sendungen reingepfiffen, und voilà: Jupp ist sowohl bei Monas Vorgängerin als auch bei Mona selbst als Kandidat aufgetreten. Somit bestand also eine Verbindung.«

»So einfach?«

»Selbstverständlich nicht. Aber als ich in diese Richtung weitergedacht habe, passte plötzlich vieles zusammen: Seit Beginn meiner Ermittlungen hing Schrage wie eine Zecke an mir. Zufall? Dann war er Sekundenbruchteile nach dem Mord an Mona ebenfalls am Tatort. Zufall? Dann tauchte sein Cousin als Praktikant bei mir auf. Zufall? Dann gab Jupp mir irgendwelche Hinweise, die sich allesamt nicht verifizieren ließen. Zufall?«

»Offensichtlich nicht«, ließ Karin weibliche Intelligenz durchschimmern.

»Ich habe Otto beauftragt, ein wenig in Schrages Leben herumzustochern, und er hat interessante Dinge zutage gefördert.«

Zeit für eine Kunstpause und einen Schluck Kaffee.

»Spannen Sie mich nicht auf die Folter, Herr Nachbar«, hing sie gebannt an meinen Lippen, aber leider nur metaphorisch.

»Jupp war 1999 in psychiatrischer Behandlung. Er war insgesamt sogar sieben Monate lang weggesperrt. Schlemmbach höchstpersönlich hat ihn in eine teure Klinik gesteckt. Während der Rest der Menschheit die Jahrtausendwende mit Schampus und Böllern begrüßt hat, ist er mit dem Kopf vor die Gummiwand gelaufen. Verfolgungswahn, gepaart mit Hang zur Gewalttätigkeit. Er war tatsächlich der Ansicht, dass die Gameshowmoderatoren es auf ihn abgesehen haben, und hat sich zum Ziel gesetzt, sie auszulöschen. Deswegen habe ich gestern versucht, ihn bis aufs Äußerste zu reizen, denn ich hatte ja keine Beweise.«

»Chapeau, Herr Meisterdetektiv.«

»Kommt noch besser: Nachdem ich wusste, dass Jupp es war, der seinen Cousin zu mir geschickt hatte, habe ich ihn benutzt, um Schrage eine Falle zu stellen.«

»Eine Falle?«

»Was hältst du davon, wenn wir uns raus in die Liegestühle verziehen und das phantastische Wetter genießen? Ich mix uns einen Gin Tonic.«

»Erst zu Ende erzählen«, hielt Schumann mit ihrer Neugier nicht hinterm Berg.

»Du scheinst meine Longdrinks noch nicht zu kennen. Husch, husch, nach draußen.«

Als ich mit den Drinks auf die provisorische Terrasse trat, fläzte Karin sich bereits auf einer Liege. Ich reichte ihr ein Glas und begab mich ebenfalls in die Horizontale.

Schumann nippte am Gin Tonic und überschüttete mich wortreich mit Lob: »Gut.«

»Danke für die Blumen. Also, ich hatte Paul erzählt, dass ich meine Ermittlungsunterlagen im Wohnzimmerschrank aufbewahre. Danach habe ich dort einige unwichtige Unterlagen deponiert und den Uralttrick mit dem Haar angewendet. Am nächsten Abend habe ich mich mit Paul zum Kino verabredet. Nach der Vorstellung war das Haar zerrissen. Jupp muss seinen Cousin unauffällig ausgequetscht und während meiner Abwesenheit den Schrank durchsucht haben.«

»Aber wie konnte er wissen, dass du nicht zu Hause warst?«, dachte Karin mit.

»Ich habe ihn auch ins Kino eingeladen, aber er war natürlich verhindert.«

»Und Schrage hat dich auch telefonisch bedroht?«, gab sie einfach keine Ruhe.

»Selbstverständlich. Er wollte meine Ermittlungen in Richtung Fußballverein lenken. Hat ja anfangs auch funktioniert, aber auf Dauer lässt sich ein Dieter Nannen nicht hinters Licht führen.«

»Bravo, bravo«, klatschte die Biobäuerin Beifall, den ich durchaus verdient hatte, wenn man ehrlich war.

»Ich bin aber nicht nur vorbeigekommen, um meine Neugier zu stillen«, blinzelte Schumann mich verschwörerisch an.

»Nein?«

»Ich habe mich noch gar nicht richtig bei meinem Lebensretter bedankt. So etwas Romantisches hat noch kein Mann für mich getan.« Dazu ein Blick, der die Eiswürfel in den Gläsern schmelzen ließ.

»Ich kann halt nicht aus meiner Haut«, gab ich mich betont lässig.

»Ich habe über uns nachgedacht.«

»Lass hören.«

Karin nahm einen kräftigen Schluck, als ob sie sich Mut antrinken müsste: »Als du nach Buldern gezogen bist, habe ich dich verabscheut, schließlich hast du all das verkörpert, was mir fremd und unheimlich war. Deine »Ich-krieg-alles-was-ich-will-Mentalität«, dein arrogantes Auftreten, dein unerschütterlicher Glaube an dich selbst, deine Unabhängigkeit.«

»Alles unerlässliche Eigenschaften, um im Großstadtdschungel zu überleben«, bemühte ich ein ebenso abgeschmacktes wie unwahres Klischee und rückte näher an sie heran, damit sie in dem luftigen Kleid nicht fror.

»Mittlerweile habe ich gemerkt, dass unter der rauen Schale ein sensibler, liebevoller Mann steckt. Das Problem ist nur, dass sich der weiche Kern so selten zeigt.«

»Kennst du die Geschichte von den Kugelmenschen?«

»Nein. Erzählst du sie mir?«

»Gern. Vor langer Zeit wurde es den Göttern auf dem Olymp langweilig, und sie beschlossen, Ebenbilder zu erschaffen, die alle ihre guten Eigenschaften vereinten. Athenes Gerechtigkeit, Heras Güte, Zeus' Größe, Aphrodites Liebe und so weiter.«

Ich leerte das Glas und stellte es auf den Boden.

»Diese Kugelmenschen waren komplett doppelt ausgestattet, also vier Arme, vier Beine, zwei Herzen und so weiter. Sie sollten die Götter amüsieren und Licht und Abwechslung in die Tristesse der Ewigkeit bringen. Eines Tages schickte Zeus die Kugelmenschen den Olymp hinunter, damit sie ihr Leben auf der Erde führen.«

Da ich nicht näher an Karin heranrücken konnte – wieso hatte ich Idiot die Liegen und nicht die Wohnzimmercouch vorgeschlagen? –, ergriff ich ihre Hand. Keine Einwände.

»Doch bald missfiel den Göttern, dass die Kugelmenschen so perfekt waren. Sie machten keine Fehler und stritten nie, wie die Götter es des Öfteren taten. Die Götter bekamen Angst, dass die Kugelmenschen sie eines Tages überflügeln könnten, ja sogar töten würden, wie Zeus es mit seinem Vater Chronos und dieser mit seinem Vater Chaos getan hatte. So beschlossen sie, dass die Kugelmenschen nur noch als Hälfte herumirren und das ganze Leben ihrer anderen Hälfte nachlaufen sollten.«

»Und wem läufst du dein ganzes Leben nach?«, hauchte sie und lag urplötzlich auf meiner Liege.

Schnell wurde klar, dass eine verbale Antwort nicht erwünscht war.

Ich war gerade dabei, sie aus ihrem Kleid zu befreien, als …

»Hallo, keiner da?«, schallte eine männliche Stimme über den Hof.

Scheiße. Karin zupfte ihre Kleidung zurecht und kletterte wieder auf ihre Liege.

»Wir sind auf der Terrasse«, hatte ich keine Lust, für den Störenfried auch noch meinen Hintern hochzuhieven. Als Hirschmann um die Ecke bog, war es vorbei mit der Beschaulichkeit. Blitzschnell war ich auf den Beinen, mit einem Strohhalm bewaffnet.

»Ruhig, ich komme in friedlicher Mission.«

Wohl zu viel *Raumschiff Enterprise* geguckt. Aber selbst wenn Robert die Wahrheit sagte, wollte ich nur eins: ihn loswerden und fortsetzen, was ich begonnen hatte.

»Ich möchte mich bedanken, dass du Monas Mörder erwischt hast. Und mich entschuldigen, dass ich dich verdächtigt habe.«

»Gebongt. Auf Wiedersehen.«

Mein frommer Wunsch, dass nun alles gesagt war, ging leider nicht in Erfüllung. Robert plauderte über seine Beziehungen zu Ulrike und Mona, seine Fortschritte bei der Therapie und den Job bei Bauer Allekotte, den er soeben verloren hatte. Komischerweise schien Karin dies sogar zu interessieren. Mein Part bestand darin, leere Longdrinkgläser gegen volle einzutauschen.

Am späten Mittag löste ich die Selbsthilfegruppe auf: »So, Sportsfreund, wir müssen los. In zwei Stunden ist Kick-Off.«

»Stimmt, das wichtigste Spiel meiner Karriere. Soll ich dich mitnehmen?«

Da ich nach dem Match ein paar Bierchen zischen wollte, nahm ich das Angebot an. Zu dritt spazierten wir über den Hof.

»Viel Glück, Jungs«, sagte Karin. »Ich werde euch im Stadion die Daumen drücken.«

Dann verpesteten unsere Abgase die Nannen'sche Landluft.

Gegen zwei enterten wir das Westfalenstadion. Von den nahen Feldern wehte ein aromatischer Gülleduft herüber. Zudem hatten sich einige Wolken vor die Frühlingssonne geschoben.

Besorgt blickte Robert zum Himmel: »Sieht nach Regen aus. Hoffentlich kein schlechtes Omen.«

»Blödsinn«, winkte ich ab. »Wir werden die Billerbecker mit mindestens drei Toren Unterschied vom Platz jagen.«

»Du hast recht, hauen wir sie weg!«

Unsere Mannschaftskollegen warteten bereits in der Kabine, also zogen wir uns flugs um.

Wiemers klatschte in die Hände. Heute hatte er den ausgeblichenen Adidas-Jogginganzug gegen einen schwarzen Dreireiher eingetauscht. Der an den Kragen gepappte Sticker wies auf die Hautverträglichkeit von Schlemmbachseife hin.

»Jungs«, ergriff er das Wort. »Zum heutigen Spiel muss ich nicht viel sagen. Der WDR ist hier, und Radio Kiepenkerl berichtet live. Die Vorgabe ist klar: Nur ein Sieg zählt. Wir spielen Forechecking und lassen die Billerbecker nicht zur Entfaltung kommen. Unsere Stürmer, vor allem Dieter, rochieren permanent, so dass sich ihre Abwehrleute nicht auf feste Gegenspieler einstellen können. Pflügt das Feld um, Männer.«

Die flammende Ansprache war unnötig, denn alle waren bis in die Haarspitzen motiviert. Wir gingen aufs Feld und machten uns warm. Zumindest die meisten: Da ich mich fürs Match schonen wollte, setzte ich mich an den Spielfeldrand und inspizierte die sich füllenden Zuschauerränge. Auf der Haupttribüne entdeckte ich Otto und Gurkennase, die mir heftig zuwinkten. Peter brüllte etwas, was ich aber nicht verstehen konnte. Also kämpfte er sich mühsam mit zwei Bierbechern bewaffnet durch die Zuschauer.

»Was macht ihr denn hier?«

»Meinst du, bei so einem Spiel lassen wir dich allein? Hau den Säcken die Bälle um die Ohren.«

»Wird gemacht. Jetzt muss ich aber los.«

Im Kabinengang erwarteten uns die Billerbecker bereits.

»Heute fresst ihr Scheiße, ihr Kanaken!«, brüllte uns der Torwart an, dessen apartes Äußeres an Olli Kahn erinnerte. Nachdem Hirschmann ihm unauffällig in die Ferse getreten hatte, folgten wir dem Schirigespann aufs Spielfeld.

Die Kulisse war beeindruckend. An die tausend Zuschauer hatten sich im Stadion versammelt. Die Wolken hatten sich auch wieder verzogen, so dass einem legendären Match nichts mehr im Wege stand.

Von Beginn an lief es gut für uns. Die Billerbecker starteten zwar wütende Angriffe in Richtung unseres Tores, doch irgendein Dülmener war immer schneller. Ich trabte munter durch den gegnerischen Strafraum und wartete auf meine Chance. Die sollte bereits nach zehn Minuten kommen. Hirschmann spielte von der Mittellinie einen Zuckerpass millimetergenau auf meinen rechten Schlappen. Ich täuschte links an, ging rechts an zwei Billerbeckern vorbei und musste nur noch den Kahn für Arme überwinden. Dieser schmiss sich mir entgegen, aber ich zirkelte den Ball einfach an ihm vorbei. Genial. Doch ich hatte ihn unterschätzt. Mit einem Reflex bekam er noch seine Finger an die Kugel und lenkte sie über die Torauslinie.

»Ich mach dich fertig, du schwule Ratte!«, hielt er mir die Faust unter die Nase.

Wir erarbeiteten uns Chancen im Minutentakt, doch der gegnerische Keeper mit der gewählten Ausdrucksweise war unüberwindbar. Torlos ging es in die Pause, und in der zweiten Hälfte machten wir da weiter, wo wir aufgehört hatten. Nach einer Stunde stellten die Billerbecker sämtliche Vorwärtsbewegungen ein und rührten Beton an. Schließlich reichte ihnen ein Remis zum Aufstieg. Das machte es natürlich nicht leichter für uns, da wir immer wieder im dicht gestaffelten Abwehrriegel hängen blieben.

Dann kam die 77. Spielminute. In Höhe der Mittelllinie hatten wir einen Einwurf zugesprochen bekommen, und Robert warf mir den Ball zu. Im Augenwinkel erkannte ich, dass der Keeper zu weit vor dem Kasten stand. Ich verzichtete auf eine kontrollierte Ballannahme und hielt mit voller Wucht drauf. Wie an einer Schnur gezogen, landete die Pille aus dreißig Metern Entfernung in der rechten Torecke. Sofort lag die komplette Mannschaft auf mir und drohte mich zu erdrücken.

Jetzt startete Billerbeck einen wahren Sturmlauf, doch wir fingen jeden Ball problemlos ab. Frustriert holte unser Gegner die Sense raus. Als der gegnerische Mittelstürmer Andy Bork von hinten in die Beine grätschte, schickte ihn der Schiri zum Duschen. Ich blickte zur Trainerbank und sah Wiemers im engagierten Gespräch mit Schlemmbach. Kurz darauf wurde ein Wechsel angezeigt. Vossen sollte für mich kommen.

Fassungslos schritt ich zur Außenlinie: »Was soll das? Wir sollten versuchen, den zweiten Treffer nachzulegen, anstatt uns hinten reinzustellen.«

»Entscheidung vom Präsi«, entgegnete er. »Beten wir, dass es gutgeht.«

Ich wusste nicht viel über die Wirksamkeit von Gebeten bei Fußballspielen, aber Gott schien ohnehin auf unserer Seite zu sein. Bis eine Minute vor dem Abpfiff: Bei einem eigentlich harmlosen Versuch eines Billerbecker Stürmers, den Ball in unserem Strafraum vor dem Toraus zu retten, stieg Vossen derart übermotiviert ein, dass man das Krachen des Schienbeins bis auf die Tribüne hörte. Ein böses und vollkommen sinnloses Foul. Der Platzverweis tat uns eine Minute vor Abpfiff nicht weh, der Strafstoß umso mehr. Vossen schlich wie ein zum Tode Verurteilter vom Platz. Wiemers würdigte ihn keines Blickes.

Schlemmbach hingegen schrie ihn an: »Bist du des Wahnsinns, Junge? Wenn uns deine Aktion den Aufstieg kostet, bist du die längste Zeit Spieler beim FC gewesen.« Doch Vossen hörte ihn nicht. Wie in Trance schlich er in die Kabine.

Der gegnerische Torwart rannte nach vorne und legte das runde Leder auf den Punkt. Unsere Fans buhten, was die Kehlen hergaben. Olli Kahn nahm zwei Schritte Anlauf, täuschte kurz an und versenkte die Kugel mühelos im rechten Eck. Der Billerbecker Jubel kannte keine Grenzen. Die mitgereisten Fans stürmten auf den Platz, um ihre Helden zu feiern. Aus Angst vor Tumulten pfiff der Schiedsrichter gar nicht wieder an.

Ich fühlte mich vollkommen leer. Dieses Unentschieden war eine Niederlage.

Auf einmal merkte ich, dass Schlemmbach auf mich einredete: »… geht auf meine Kappe. Ich hätte nicht anordnen sollen, dass Sie ausgewechselt werden«, faselte er. »Ich wollte die Abwehr dichtmachen. Dabei hätte ich wissen müssen, dass Vossen ein Versager ist. Aber nächste Saison starten wir wieder durch. Ich kann doch auf Sie zählen, Nannen?«

»Klemmen Sie sich Ihre Entschuldigungen«, ließ ich ihn trotz erstmaliger korrekter Aussprache meines Namens stehen und ging in die Kabine, während meine Mannschaftskameraden geknickt auf dem Rasen sitzen blieben.

Als ich frisch geduscht den Kabinentrakt verließ, entdeckte ich auf den Zuschauerrängen Karin, Otto und Peter. Nichts wie hin. Urplötzlich tauchte Jupp Schrage hinter meiner heimlichen Liebe auf. Wie konnte das sein? Er musste doch im Knast stecken!

Mit einem diabolischen Grinsen hielt er einen Revolver an Karins Schläfe und drückte ab. Benommen vom fürchterlichen Knall sah ich, wie sie blutüberströmt zu Boden sank. Otto und Peter waren starr vor Schreck, sie bewegten sich keinen Millimeter. Während ich völlig von Sinnen lossprintete, stieg Schrage seelenruhig über den leblosen Körper und fixierte mich.

»Bleib stehen, du mieses Stück Scheiße!«, schleuderte er mir entgegen, als ich nur noch wenige Meter entfernt war. Die Leute um uns herum waren nach dem Schuss panisch weggerannt, nur das Duo Infernale stand dort noch immer wie angewurzelt.

Mein Gehirn arbeitete fieberhaft. Was konnte ein Unbewaffneter gegen einen Irren ausrichten, der kaltblütig eine Frau erschossen hatte, die er kaum kannte? Also zunächst mal der Aufforderung folgen und stehen bleiben.

»Was willst du?«, nahm ich sämtliche Emotionen aus meiner Stimme.

»Du hast mich verraten! Ich dachte, wir wären Freunde.«

»Natürlich sind wir Freunde. Warum soll sich das geändert haben?« Solange wir redeten, gab es keine weiteren Toten.

»Du hast nichts dagegen unternommen, dass mir so schwere Fragen gestellt wurden«, gewährte er mir einen tiefen Blick in seinen geistigen Zustand.

»Und ob! Ich habe beim Sender angerufen. Ulrike ist gefeuert worden, und du bekommst bald eine zweite Chance.« Ganz langsam bewegte ich mich auf ihn zu.

»Ist das wirklich wahr?«, starrte Hermann-Josef

Schrage mich ungläubig an. Ich war auf einem guten Weg. Plötzlich sah ich, wie mein Busenfreund Ludger Reichert oben auf der Tribüne auftauchte.

»Hände hoch und keine Bewegung!«, schrie er den Mörder an. Jupps Reaktion war jedoch nicht die verlangte, denn er hob den Revolver.

Zwangsläufig fiel ein Schuss, und Schrage verzog schmerzhaft das Gesicht. Reichert hatte die rechte Schulter getroffen.

»Du Schwein hast mich schon wieder reingelegt«, brüllte mich der Geisteskranke an. Der minderbemittelte Bulle hatte alles zunichtegemacht.

»Ganz ruhig, ganz ruhig«, versuchte ich zu retten, was nicht zu retten war, denn von Ruhe konnte keine Rede mehr sein. Mit einem Aufschrei wechselte er die Knarre in die linke Hand und zielte auf mich.

»Verrecke, du Judas!« Dann betätigte er den Abzug.

22

Schweißgebadet blickte ich zur Seite. Neben mir lag Karin Schumann. Mein Schädel schmerzte, als hätte ich mich durch sämtliche Kneipen des Münsterlands gesoffen. Das konnte daran liegen, dass ich tatsächlich einen heftigen Kater hatte, wie mir allmählich bewusst wurde.

Karin war nicht tot, sondern schlief nackt in meinem Hotelbett. Langsam kehrte die Erinnerung zurück: Die

Biobäuerin, Otto, Gurkennase und meine Wenigkeit waren nach dem Match in den Freizeitpark *Dorf Münsterland* gegondelt und hatten uns richtig abgeschossen. Schließlich hatten wir doppelten Grund zum Feiern gehabt: Zum einen die Aufklärung der Küppersmorde, zum anderen den Aufstieg in die NRW-Liga. Selbstverständlich hatten wir im wahren Leben kein mageres Unentschieden erzielt, sondern die Billerbecker mit 3:0 in die Umlaufbahn geschossen. Dabei hatte ich zwar keine Bude erzielt wie in meinem Traum-Match, dafür aber Tore vorbereitet.

Was später in dem Legdener Vergnügungszentrum für die intellektuelle Elite Deutschlands noch passiert war, entzog sich meiner Kenntnis, aber wenn ich nach rechts schaute, schien es so übel nicht gewesen zu sein.

Mit dröhnendem Schädel verließ ich das Bett und schlurfte ins Badezimmer. Im Spiegel erkannte ich meinen Lebensretter: ein Tablettendöschen mit Aspirin. Ich warf die doppelte Dosis ein und kippte zwei Zahnputzgläser Leitungswasser hinterher. Danach wieder schnell ab ins Bettchen – träumen üben.

ENDE

Schwarzer Humor im Münsterland: Privatdetektiv Dieter Nannens erster Fall

Dieter Nannen, Prokurist aus Essen, erbt überraschend einen Bauernhof im tiefsten Münsterland. Leider sind keine agrarökonomischen Erlöse zu erwarten, da sich der Viehbestand auf ein Schwein und mehrere Kaninchen beschränkt. Womit Geld verdienen? Warum nicht als Privatdetektiv? Nannen wird wider Erwarten auch gleich ein Fall übertragen: Er soll die Tochter des Arztes überwachen, die der Schule fernbleibt und auch dem Drogenkonsum nicht abgeneigt zu sein scheint. Als das Mädchen noch am selben Tag tot aufgefunden wird, ahnt Nannen, daß er besser die Finger von dem Auftrag gelassen hätte …

Schwein gehabt

Ein Münsterland-Krimi

ISBN-13: 978-3-548-26256-7
ISBN-10: 3-548-26256-2

ULLSTEIN